浙江省哲学社会科学规划重大项目“西方文学思潮发展史”（22YSXK03ZD）
2024年“商大精品文库”建设项目

西方文学思潮发展史论丛

蒋承勇 主编

象征主义文学思潮导论

李国辉 著

商务印书馆 SINCE 1897 The Commercial Press | 北京
浙江工商大学出版社 ZHEJIANG GONGSHANG UNIVERSITY PRESS | 杭州

图书在版编目(CIP)数据

象征主义文学思潮导论 / 李国辉著. — 杭州 ：浙江工商大学出版社 ；北京 ：商务印书馆，2024.12
(西方文学思潮发展史论丛 / 蒋承勇主编)
ISBN 978-7-5178-6055-6

Ⅰ. ①象… Ⅱ. ①李… Ⅲ. ①象征主义—文艺研究—西方国家 Ⅳ. ①I109.9

中国国家版本馆 CIP 数据核字(2024)第 111307 号

象征主义文学思潮导论
XIANGZHENG ZHUYI WENXUE SICHAO DAOLUN
李国辉 著

出 品 人 郑英龙
策　　划 郑英龙　任晓燕
责任编辑 张晶晶
责任校对 韩新严
封面设计 观止堂_未氓
责任印制 祝希茜
出　　版 商务印书馆
浙江工商大学出版社
发　　行 浙江工商大学出版社
(杭州市教工路 198 号　邮政编码 310012)
(E-mail:zjgsupress@163.com)
(网址:http://www.zjgsupress.com)
电话:0571-88904980,88831806(传真)
排　　版 杭州朝曦图文设计有限公司
印　　刷 浙江全能工艺美术印刷有限公司
开　　本 710mm×1000mm　1/16
印　　张 15.75
字　　数 206 千
版 印 次 2024 年 12 月第 1 版　2024 年 12 月第 1 次印刷
书　　号 ISBN 978-7-5178-6055-6
定　　价 85.00 元

总　序

蒋承勇

20世纪八九十年代,我国学界曾经就"重写文学史"问题展开了十分热烈的讨论,唤起了众多学人对创新文学史研究的学术热情,不少人开始致力于新文学史著作的撰写。时过境迁,热烈的讨论已归于沉寂,文学史"重写"的实践无疑也取得了可喜的成果。但是,今天看来,当年的讨论主要聚焦于文学史撰写的观念更新,而不是着力于对文学史事实与现象及作家作品本身的深度研究——就当时的学术状况和语境而言,这种研究尚不具备深度展开的客观条件,——因而也不可能为文学史的"重写"提供丰富的学术"原材料"。观念更新固然很重要,但如果没有长期的对文学史事实与现象及作家作品研究的深厚积累,仅仅是观念和概念层面的花样翻新,那么,这种"重写"就缺乏学术新成果的有力支撑,从某种意义上说是"巧妇难为无米之炊",那么,所"重写"的文学史难免有观念空泛与学术意蕴轻浅之嫌,很难取得实质性的学术突破,其历史局限不言而喻。

文学史的"重写"原本就不是一蹴而就的,有道是"一代人有一代人的文学史","重写"也总是处于一种开放和行进的状态。从当今时代倡导人类文明交流互鉴、重构文明史的理念来看,显然又到了需要对曾经的"重写文学史”进行回顾、总结、反思与超越的时候了。就近几十年来学术研究的积累而言，当下新一轮“重写文学史”的展开亦有了较为丰厚的学术资源，更何况，文学史构建的理念也需要与时俱进、不断更新——“重写文明史”①的呼声无疑是新时代在人类文明交流互鉴语境中昭示的一种崭新的历史观和价值观，文学史撰写的创新无疑又进入了一个新的历史周期。在这种意义上，“重写文学史”依然是当今摆在我们面前的十分紧迫的学术新任务。

就国内的外国文学史撰写而言，自当年开展“重写文学史”的讨论以来，各种集体或个人“编撰”出来的西方文学史、国别文学史著作或者外国文学史教材，无疑有其历史的超越性与学术贡献。但是也必须看到，它们大都呈现为作家列传和作品介绍，对文学历史，普遍缺乏生动、真实、系统而有深度的描述与阐释；此外，用失之狭隘的文明史观和文学史观所推演出来的思想观念去简单地对作家、作品做出定论，也是这种文学史著作或教材的常见做法。这种现状亟待改变。

文学思潮是指在特定历史时期一定社会—文化思潮影响下形成的具有某种共同美学倾向、艺术追求和广泛影响的文学思想潮流。由于文明与文化发展的差异性，与国内文学史的演进相比，西方文学史是以文学思潮的形态展开的，并由此彰显其显著的“革新”“革命”“运动”的特征。从文艺复兴开始的人文主义，17 世纪的古典主义，18 世纪以降的浪漫主义、现实主义、自然主义、唯美主义、象征主义、颓废主义，再到 20 世纪的现代主义、后现代主义等，这一系列的文学思潮和运动在交替或交叉中奔腾向前，勾勒出了西方文学史发展的大致轮廓。可以说，文学思潮是西方文学发展的基本脉络，有其深层的人文意蕴，把握住了这一脉络，就等于把握住了西方文学史发展的基本构架和总体风貌。“批评家和文学史家都确

① 曹顺庆、刘诗诗：《重写文明史》，《四川大学学报》（哲学社会科学版）2023 年第 1 期。

信，虽然古典主义、浪漫主义和现实主义这类宽泛的描述性术语含义多样，但它们都是有价值且不可或缺的。把作家、作品、主题或体裁描述为古典主义的、浪漫主义的或现实主义的，就是运用一个有效的参照标准并由此展开进一步的考察和讨论。”[①]也许正是基于此种原因，在西方学界，文学思潮研究历来是文学史研究的主战场，其研究成果亦可谓车载斗量、汗牛充栋。与之相比，国内学界在这方面的研究则显得十分薄弱，亟待拓展与深化，这对文学史和文明史的“重写”与互鉴都有重大意义。因为，就西方文学而言，文学思潮研究乃“重写”西方文学史所不可或缺的重要前提，其研究成果乃“重写”西方文学史不可或缺的重要学术资源。

在我国，西方文学思潮自五四前后被介绍到本土，百余年来学界展开过不少研究，出版过一些研究与介绍性的作品，如早年陈独秀的《现代欧洲文艺史谭》、茅盾的《西洋文学通论》，以及后来胡风的《论现实主义的路》，何其芳的《关于现实主义》，王秋荣、陈伯通主编的《西方文学思潮概观》，罗钢的《浪漫主义文艺思想研究》等，也出版过翻译引进的著作，如厨川白村的《西洋近代文艺思潮》、本间久雄的《欧洲近代文艺思潮论》、勃兰兑斯的《十九世纪文学主流》、罗杰·加洛蒂的《论无边的现实主义》等。20世纪八九十年代学界曾经编辑出版过系列的单个文学思潮的资料汇编，如朱雯等编选的《文学中的自然主义》等。此外，杨周翰等的《欧洲文学史》、李明滨的《二十世纪欧美文学史》、朱维之等的《外国文学史》和郑克鲁等的《外国文学史》等文学史（教材）类的出版物也涉及对西方文学思潮的介绍。所有这些出版物，都为我国的西方文学思潮研究打下了坚实基础。不过，总体上看，这些研究或介绍只能代表一定时期的学术水平，而且难免有历史局限性，尤其是没有对西方文学思潮演变的历史展开全

① Donald Pizer: *Realism and Naturalism in Nineteenth-Century American Literature*, Southern Illinois University Press, 1984, p. 1.

面系统的研究与阐释。迄今为止,国内学界未曾出版由本土学人撰写的系统研究与阐释西方文学思潮发展史的著作,这无疑是我国外国文学研究与出版的一大缺憾。

有鉴于此,"西方文学思潮发展史论丛"作为浙江省哲学社会科学规划重大项目"西方文学思潮发展史"的最终成果,致力于对西方文学史中最具代表性的十大文学思潮——人文主义、古典主义、浪漫主义、现实主义、自然主义、唯美主义、象征主义、颓废主义、现代主义、后现代主义——展开深入、全面的反思性研究①,以 10 卷(每卷 20 万字左右)的体量予以系统呈现,力图对西方文学思潮和西方文学的演进做正本清源的梳理与研究,为"重写文明史"背景下本土学界重写文学史,特别是重写西方文学史提供重要的学术资源和观念启迪。

作为国内首次系统推出的关于西方文学思潮发展史研究的学术性丛书,"西方文学思潮发展史论丛"立足反思性、超越性和建设性,把西方十大文学思潮置于西方文明史和文学史演变的历史长河中,既作为一个整体,又分别作为各自独立的单元,以跨文化、跨学科方法展开多角度分析,发掘和阐发其本原性特质、历史性地位与价值,努力在研究方法的创新性,研究内容的系统性,研究结论的前沿性、原创性等方面,都有显著的建树,从而把对西方文学思潮的研究推向新水平、新高度,为推进中国特色的外国文学学科建设,也为中国现当代文学和文艺理论研究提供借鉴与参考。

---

① 需要说明的是,国内不少外国文学史教材或西方文学史、欧洲文学史著作,把 18 世纪启蒙运动中出现的文学——启蒙文学——也视为一种文学思潮,而本丛书则没有将其列入西方文学思潮中。那是因为,我们认为,欧洲 18 世纪的启蒙运动主要发生在思想文化领域,而不是文学领域。这一思想文化运动背景下出现的启蒙文学,虽然也受启蒙思想的影响,而且也有一个宽泛的作家群体,但是他们的成就主要表现在哲学、政治和思想文化领域而非文学领域,尤其是他们并没有形成比较系统的文学理论和美学思想体系,因此启蒙文学总体上只是一种松散的文学现象,而不是一个系统的文学思潮。有鉴于此,本丛书未将其作为西方文学思潮之一予以研究与阐释。

本丛书虽然集中于研究西方文学思潮，但实际上学科和专业涉及面宽，体现了跨学科、跨文化的比较文学方法与视野。对读者而言，本丛书的写作定位是学术性与普及性相互兼顾，既“为学术而学术”，又面向文科专业的本科生、硕士和博士研究生以及文学专业工作者和爱好者。本丛书的宗旨是努力打造一套简洁而不简陋、通俗易懂又有学术性和持久影响力的西方文学思潮精品读本与学术参考书。为此，本丛书坚持以下基本写作原则：观照基本问题，把握思潮主线；追踪思潮渊源，阐释本原特质；内容简明扼要，语言简洁生动。希望本丛书不仅能成为外国文学教学与研究者、文学工作者和爱好者的重要读物，同时也能成为中国现当代文学、文学理论教学与研究者的重要参考书。

目　录

| 引　言 |

象征主义的反思

西方象征主义，是先后发生在19、20世纪之交欧洲各国的文学思潮。说它是先后发生，是因为它像一股风潮，在法国生成后，先吹向比利时，随后又朝着英国、俄罗斯、西班牙、美国前进，并最终形成世界性的运动。这个过程是在历史中慢慢展开的，当它达到全盛时，似乎势不可当，但当人们把目光逼近它时，又会发现它其实不乏凄凉。1893年，巴黎象征主义的火种已经接近熄灭，俄罗斯和英国才有点点火光。当1908年英国和日本象征主义（尤其是象征主义自由诗）的火堆已经燃起时，波士顿还要再等5年才能借来火种。而遥远的太平洋对面，"五四"新诗还要经过10年的准备期。

如果抛开历史的因素，象征主义在各国上演的就是近乎相同的故事。虽然背景不同、时机有别，但象征主义在各国"吹刮"的过程似乎并无二致：先是激烈的无政府主义，蔑视权威，将文学政治化，或者至少将文学当作社会身份的符号，产生保守与先锋的对抗；随后无政府主义进入形式，自由诗于是乘势而起，直至造成新诗、旧诗的二元对立；保守文学家尤其是旧韵律的捍卫者于是怒不可遏，两大阵营直面相搏，结果似乎总是谁的嗓门大谁就获胜，但其实双方渐成势均力敌之势；不料第一次世界大战爆发(或者国家面临重大变故),民族主义卷土重来,先锋文学处境尴尬,自由诗受到怀疑甚至抵制,颓废美学名声扫地,民族文学或者现实主义复辟。象征主义所有的力量和罪状,似乎都体现在传统文学与先锋文学的紧张关系中。这正是象征主义这个风潮的特征。

《19世纪西方文学思潮研究·第五卷·象征主义》(简称《象征主义》)[①]渴望抓住这个特征。它找到了厌水者俱乐部和《新左岸》《黑猫》杂志,它们孕育了反传统的颓废文学,也给象征主义思潮未来的发展准备了动力。它也找到了布朗热运动和罗曼派,这是民族主义决定性的反击。但是,仍然有很多内容在那本书中遗漏了。那本书只是一个起点,对笔者以及国内象征主义研究者来说,都是这样。对于已经讨论过的内容,仍然有反思、重审的必要。

重审,意味着新的审视的距离。《象征主义》的用意,在于从流派史、思潮史的角度观察象征主义这股动荡不安的风潮。流派史涉及颓废派、瓦格纳主义派,当然还可以包括语言配器法派、罗曼派,而思潮史则涉及波德莱尔主义、瓦格纳主义、无政府主义、民族主义等内容。这就像测量了河流的分段、水文,又理出它不同的支脉一样。这是初步的工作,但并未毕其功于一役。就像调查河流的气候和生态有它的价值一样,在描绘象征主义思潮和流派的基本图谱后,站在更远的距离,对象征主义的一些根本问题做进一步的思考、做一般性的总结,就是这本书的写作价值。

重审凭借什么?凭借新的材料?虽然近一年以来,笔者又接触了一些新的材料,并意识到之前材料还有不足的情况——这本书中会在一些部分做出增补——但是材料本身只是让历史的脉络更加细腻,未必有利于大视野的观察。重审需要两个条件:第一是重审的对象;第二是重审的眼光。就第一个条件来看,本书不再关注流派和思潮的生成、诗人具体的

① 李国辉:《19世纪西方文学思潮研究·第五卷·象征主义》,北京大学出版社2022年版。

创作和诗学倾向。自由诗的创作与实践不再是本书的主要内容,颓废思想的演变已经是翻过去的一页。本书选择的对象是重要概念,是象征主义的构成与矛盾。就第一个部分来说,城市风景成为重要的研究内容。城市大多情况下指的是巴黎。城市不但见证象征主义的起落,而且是新的社会经验和美学经验的舞台。浪漫主义还眷恋着自然、乡村的话,象征主义主要就关乎城市艺术。它的语言、宣传媒介、文艺组织,都关乎城市。如果用质料与形式譬喻,象征主义的质料可能与浪漫主义的较为相似,但是它的形式完全不同了,因而产生了不同的本质。两种思潮的差别,完全超越了种与种的差别,而归为不同的属。当然,构成象征主义的形式,并不存在于哪个超越者内,而是存在于历史中。是历史造就了象征主义这个形式,而且这种造就也并非一成不变,往往是一种不断塑造的过程。城市就是这种特有形式的创造者。具体来看,城市有时是一个活动的空间,有时是一个处于客体地位的感觉对象,有时则是一种影响人甚至进入人的精神世界的元素。但归根结底,象征主义者的美学经验和生存经验离不开它,需要借它来解释。

异域也是重要的风景,象征主义继承了浪漫主义对远方的关切,这是富有感情的关切。但是象征主义给远方带来了幻觉的色彩,甚至将远方提升到本体的地位。异域对于世纪末的诗人们来说,简直成为黑格尔的"绝对的心灵",成为他们理想的存在。这个内容在笔者前一本书《象征主义》中是完全被忽略的。随后还有身体。象征主义者在身体上是两面派,他们一方面要借助身体观察无限和未知,另一方面又蔑视它,把它当作俗世的累赘。但是身体对于他们的梦幻而言,就像小酒馆的墙壁对于上演的中国影子戏一样,这是一个新的理想空间的入口。通过身体进入诗人们的梦幻,这真的是非常吸引人的研究工作。笔者可能把这种工作简化了,没有达到期望,但笔者相信这是一个可贵的尝试。最后还有病态的风景。它跟身体有关,也涉及幻觉。之所以单列出来,是因为它非常独特,是象征主义的一个主要标志。笔者有一个印象，病态的风景就是那个颓废时代的象征。

象征主义的构成和矛盾所占的篇幅更多。共时地看，什么是象征，什么是感应，这些问题还有抽象的需要。无限多和虚无是同义的，它们不会有助于理解。讨论象征主义也是这样。如果一本书给出100个关于象征的定义，那它等于什么都没有说。在写作《象征主义》时，笔者做了4万字关于象征的笔记，汇集了各家的说法。100个象征的定义是不难写出的。波德莱尔、拉弗格、马拉美、格里凡、威泽瓦，他们都有很好的判断力，也都提出过有价值的定义。但介绍这些，似乎会让读者的理解变得更加模糊不清。能不能跳出象征主义，在中西比较中思考象征的特色呢？文艺学学者们可能要责怪本书侵犯他们的权利，但西方象征主义的园地随时向他们开放。像忧郁、神秘这类概念，也是如此，介绍各家的看法不可少，但说清这类概念的流变、使用的情况，也许会让一些不想过度纠缠于文学史的朋友得到更大的快乐。可以插入一下，这里对概念的梳理，有点像辞典的写法。是这样：在第一章，笔者有意将象征、忧郁、神性等词看作是同一个词，西方文化就是它的辞典，而象征主义则是它的一个语境、一个文本。读者在翻查象征有关的词条时，可能不会意识到自己同时进入了一个词语的象征森林(请波德莱尔允许笔者用这个词)。

再回到感应、通感和综合的问题上。这三个概念非常接近，尤其是前两个。感应可以看作是纵向的通感，而通感是横向的感应。综合其实也是横向的。中国的汉代很强调“天人感应”，先秦的《易经》每一爻、每一卦似乎都有感应。在感应的问题上，西方一直有个不变的、高高在上的本原，在托马斯的神学中，它就是“第一善”。通感则打破了这个原点。其实通感比感应具有更多的现代性。不了解象征主义的学者，包括一些文科生，可能非常重视感应，他们很容易理解理念与表象的二元关系，并在这个关系上预先形成对感应的一个判断。在他们眼中，象征主义者好像个个都是虔诚的宗教徒，象征主义者好像有获得感应的能力，天堂的光影就在象征主义者眼前展现。事实上，象征主义的感应主要呈现的是一种心境，这是唯心主义的感应，而不是本体哲学或者神学的感应。而唯心主义与通感的联系更加密切。通感不仅具有认识论、艺术美学的价值，还具有艺术本源的价值。在某种程度上，现代艺术并没有任何创造，一切思想、情感在创作前就已存在，文学家和艺术家所有的工作无非是用通感来解释它。也就是说，现代艺术其实是利用通感开展的一种解释工作。现代艺术的主要任务不再是理念的模仿，不再是创造新的思想，不再是发现某种感受。一切都已经完成了，意义全部结束了，历史已经终结。现代艺术要给那种结束的情感或者感受一个新的通感。从大的方面来看，象征主义就是一个已死的历史的通感。

当人们再也拿不出意义、再也不在乎历史的时候，文艺就向内发展，在不同的领域里打转。而这就是综合出现的原因。瓦格纳欺骗了人们，他用真实性，用本性的冲动，用所谓最有活力的旋律，来说服人们相信他的交响乐，信服他的整体艺术论。他后来放弃了综合，完全依赖交响乐。但是他的后继者们是认真的。瓦格纳的音乐美学，以及象征主义中的瓦格纳主义，本身是颓废的。多艺术的综合就是新的通感形式。综合本身就表明了这种态度：我没有意义。其实，象征主义者们多次在理论中表达对历史、理性（也就是意义）的蔑视。他们越是强调音乐的本性冲动，越是崇尚形式。

最后是象征主义的矛盾。想找到象征主义的内部结构是徒劳的，象征主义并不是一个统一的理论，它甚至没有固定的成员、群体，象征主义的旁观者、反对者可以比一个“正式的”成员更加象征主义，例如克吕姗斯卡、施沃布，象征主义者也可能非常不象征主义，例如1891年后的莫雷亚斯。象征主义并不一定是象征的主义，它可以与象征毫无关系。象征主义也可能是保守的民族主义，或者是追求娱乐的大众艺术。《象征主义》

已经建议把象征主义视为一个历史概念，而非文学概念。它还有一句话不太敢说：读完那本书，就忘掉什么是象征主义吧。但这本书要费心做一些解释。它要帮助人们思考为什么民族主义、自由诗创格仍然可以归在象征主义的研究中。那些隐藏起来的心理需要将会被揭示出来，人们可能会看到，象征主义是由无数的面具和借口组合起来的骗局，这里的骗局同时具有真实的含义，它们在心理需要上是真实的。

就重审的眼光来看，本书主要借助于文艺学的眼光而非文学史的眼光。过程的梳理、历时的描述虽然还可能出现，但不再是本书的主要任务。相反，本书期望利用文艺学的眼光对一些基本的概念、术语进行追问、分析，为了获得更加普遍的认识价值，有些时候不免要脱离象征主义的时间和空间来思考它。这可能在抽象上走得很远，甚至可能破坏 19 世纪西方世界这个大背景，但是这也许值得冒险。哲学的眼光自然着眼于普遍性，因而本书尽量避免单个诗人、理论家的讨论，而主要面向综合、归纳。

另外，本书在思考颓废者们逃避现实和寻求梦幻等心理冲动时，会经常利用精神分析的眼光。精神分析并不仅仅是一个心理学的方法，本雅明在分析波德莱尔的“闲逛者”身份时，就利用过这种方法。这种方法往往能进入问题的内部，发现更深的真实。但是它也有很大的缺陷。每个人的内心都是看不见的深渊，因而研究者找到的答案都是假设。例如，在讨论哈姆莱特的“俄狄浦斯情结”时，谁也得不到莎士比亚本人的证据，真正实证性的材料是绝对不会出现的。精神分析无法摆脱人们的怀疑，因为它是内在合理性的推测，而不是实证性的证明。对于波德莱尔、古多、马拉美、兰波、里维埃这些人，本书在不少地方都有一些假设性的判断，笔者不想证明这些判断是正确的还是错误的，因为它们不可证明。但笔者尽量让它们显得合理，而且希望读者自己能做进一步的评判。

大道至简。考虑一些文艺学上的基本问题，并借象征主义对这些问题做一些回答，哪怕这些回答还有偏颇、不易达成共识，笔者也会沿着之前的判断，甘愿冒险。这是一本以个性思考为特性的书，希望学界朋友们考虑到笔者的勇气，不要过于责备这本书中结论的草率和失误。如果实相是存在的，对它的追问即使是有缺陷的，相信也会促成人们接近实相。如果实相是不存在的，那么人们的追问就都是有缺陷的，这样一来，也就等同于每个人的思考都是合理的。因此笔者欢迎其他人的回答，也期望读者得到自己想要的答案。

| 第一章 |

象征和它的世界

第一节 象 征

象征主义是利用象征进行表达的文学思潮。这种定义是过于简单的，与历史事实有很大差距。实际上，很多象征主义者并不以营造象征为长，例如古斯塔夫·卡恩、朱尔·拉弗格和爱德华·迪雅尔丹。这三位诗人并不太喜欢暗示，而更热衷于明白的表达。但是就象征主义的来源看，这个简单的定义也能站住脚。在象征主义时期，有批评家曾指出："象征主义是思想和语言的状态，在这种状态中，主义只通过象征来表达。"[①]这种说法就是当时相当一部分人的看法，甚至也为半数象征主义者所认同。虽然象征不是象征主义的充分条件，但它是后者的必要条件。因而思考象征主义，第一个就是要思考象征。什么是象征？什么是象征主义的象征呢？

① Saint-Antoine: "Qu'est-ce que le symbolisme?", *L'Ermitage*, Vol. 6, No. 5, 1984, p. 332.

“象征”貌似是中文固有词语，但实际上是一个外来词，“五四”时期方才进入汉语。古籍中虽有“象”“征”合出的情况，但并未合成一个词。例如成玄英在《南华真经疏》中说：“若以言象征求，未穷其趣也。”象征的词源可以追溯到古希腊时期的“σύμβολον”，其含义类似“符节”，即一种表示身份信息的凭证。该词后来进入拉丁语中，写作“symbolum”，它是欧洲多国语言中象征一语的直接来源。在中世纪，该词指“信条选编”。具体来说，它是代表信徒身份的一些宗教格言的汇编，可以简称为“信经”。托马斯·阿奎那在《神学大全》中说：“信仰的陈述包含在信经(symbolo)中。不过，信经提供的不是言论，而是事实。”①从语境来看，这里的“信经”与文学象征无关。

随着天主教的传播，这个词也从意大利向北、向西蔓延。1380年前后，法语中首次出现了这个词，其含义与托马斯·阿奎那所用相同。两个多世纪后，该词开始与符号的意义发生交叉。1680年，法国语言学家里什莱在他编写的《法语辞典》中列了“Simbole”这一词条，它的拼写法和今天法语中的“Symbole”只有微小的差别。辞典是这样解释的：“这是来自古希腊语的词，它的意思是标记(marque)、符号(signe)。”②该解释只是同义互释，没有真正下定义。里什莱列出的“标记”词条，可以补充象征、符号的定义：“辨识事物的符号。标出某人尊贵身份的外在标志。辨识某物的记号。”其中第二句话透露了象征与符号、标记成为同义词的更为具体的原因，它们是某种宗教或者政治身份的标识，虽然使用的领域可能不同，但是它们的含义一旦抽象化、一般化，就具有“辨识某物的记号”之义。

随着浪漫主义文学兴起，这个词进入象征主义诗论中，渐渐有了今天理解的含义。1883年，日本学者中江兆民出版译作《维氏美学》，这是汉

① Thomas Aquinas: *Summa Theologiae*, *Vol. 17*, The Aquinas Institute, 2012, p. 5.

② Pierre Richelet: *Dictionnaire françois*, *seconde partie*, Jean Herman Widerhold, 1680, p. 375.

文化圈第一次出现“象征”一语。该书是对法国人维隆《美学》一书的翻译，但这个词出现在中江兆民结合古希腊神像自我发挥的一段文字中。1886 年前后，法国象征主义崛起，让象征这个词流行起来，从此这个词成为诗学中的一个重要关键词。日本明治末年的新体诗运动、象征主义运动，从法国借来了这个词，开始用“表象”称呼象征，后来改用了沿用至今的术语。中国“五四”时期的留学生们又从日本把这个词移植到中国，并形成了“五四”时期中国的象征主义流派。

象征这个词虽然是外来的，但是它的理却是中国古人很早就熟悉的。因而不从术语上看，从象征的理上看，象征是一个中国固有的诗学、哲学概念。

一、中国文化中的象征

中国文化中的象征，要从《周易》中“象”的概念谈起。《周易》之前，据说还有《连山》《归藏》。这个传统是非常久远的。到了周文王，方才以乾卦为六十四卦之首，确定了今天《周易》的卦序。而《周易》中，最基本的就是爻、卦、象、辞之类的内容。《系辞・上》中说：“圣人有以见天下之赜，而拟诸其形容，象其物宜，是故谓之象。”这里出现了“象”与“理”两个相对相成的概念。“赜”就是事物深微之理，象就是卦象。卦象有两解，《周易正义》中韩康伯的注说：“六十四卦，皆拟诸形容，象其物宜也。”这是将六十四卦当作卦象。但《周易略例》中的注解有不同的解释：“若乾能变化，龙是变物。欲明乾象，假龙以明乾。”因而乾卦爻辞中的龙就成为卦象。无论哪一种解释，都在理与象之间建立了一个联系。这个联系是人为的，并不是自然形成的，但它们中间有一个链环存在着，这就是“形容”，是象与理的相似之处。其结果就是无法传达的深微之理，最后可以在看似平常的象中得到传达。就《周易》来看，具体到乾卦，龙就是刚健之理的象征。

《系辞・上》还说：“圣人立象以尽意。”理与意是不同的。理是人人心中之理，是恒常之理，意则是圣人对理的体会，有个人性。不过两者可以相通，在人曰意，在物曰理。象不仅可以与理建立相似性，还可以与意建立相似性。王弼在《周易略例》中说："夫象者，出意者也，言者，明象者也。尽意莫若象，尽象莫若言。言生于象，故可寻言以观象，象生于意，故可寻象以观意。"这里的"象生于意"，突破了之前"拟诸其形容"而建立的相似性，王弼认为象以意为根据，言以象为根据。由此言、象、意建立了一种内在的结构。但是这种内在的结构还不是本体论，"意"可以是对天下之理的解释，但它还不是天下之理。另外，言、象、意还不是一体，象与意要想发展到圆融的程度，还需要佛学体用论的启发。

《周易》中有体、用二字，例如"神无方而易无体""制而用之"（《系辞·上》）。但是这里的"体"没有本体的意思，在语境中指的是卦体，"用"指"利用"，不涉及本体的发育流行。王弼的《老子道德经注》中有一句话，将体与用的关系拉近了一些："万物虽贵，以无为用，不能舍无以为体也。"这里貌似谈体、用，实际上引文中的"体"仍旧不是本体，有学者指出："这里的体大约是与卦体相当的概念，也就是说，体是一物之为一物之原因，这个体是由无和有共同参与来形成的。"①当然，在《周易》的解经学中，也有体、用真正一起出现的情况，唐代李鼎祚的《周易集解》曾引过崔觐的《周易探玄》："凡天地万物，皆有形质。就形质之中，有体有用。体者，即形质也。用者，即形质上之妙用也。""体"是形质，而"用"是功用，两者虽然相关，但是还不能说就是同一个本体。

佛学给体用说带来了真正的改变。隋代吉藏的《大乘玄论》中，出现了"中道为体""空为体有为用"的概念，这里的"体"都抛开了形质，指的是真如法性，而"用"是它所生。《大乘玄论》中说："有是世间法，皆从空而生，故空为其本，有是其用。"（《大正藏》第 45 册）通过"空"和"有"来解释

① 李晓春：《王弼"体用论"述真》，《兰州大学学报》（社会科学版）2010 年第 4 期，第 15 页。

体、用，这就解决了易学中的象是象、意是意的问题。象和意虽然可以建立联系，但是它们原本是二物，象其实是意的符号，言其实是象的符号。王弼有“象者，意之筌也”的表述，他把象视为工具，认为得到了意就可以忘象了。《大乘玄论》的体用说，让体、用成为一元的：体是空的，但是又能容纳一切万物；用是实有的，但又寄寓着空性。体和用因而是一而二、二而一的存在。

以《大乘玄论》为代表的佛学，不仅带来了新的体用说，还出现过“体用一源”这个术语，原文出自文才的《肇论新疏》。文才是元代人，生活的年代比朱熹晚，朱熹不可能受到他的影响。但是在教门严格的宗教著作中使用“体用一源”一语，至少可以说明在佛学论疏传统中，“体用一源”含有的思想是得到认可的，而且在历史中应该具有较长的延续性。

二程与朱子正是借助佛学资源，建构了自己的体用论。这种建构一方面用太极、天理来代替佛学中的空性，并让体摆脱了儒家感到不妥的“空寂”的旨趣，体用论于是进入易学和儒家的形而上之学，出现“两仪是太极(体)”“四象是用”的表述，另一方面用性情的术语来比附体用，于是出现“性是体，道是用”的伦理观念。这些做法将纯粹佛学领域中的体用论扩及儒学，渐渐使体用的概念变得抽象化，成为一般性的范畴，并最终形成“体用一源，显微无间”的思想结晶。程颐在《易传序》中说：“至微者理也，至著者象也。体用一源，显微无间。”所谓“至微者”，也就是“赜”，这里换作了“理”。另外，“体用一源，显微无间”将象征的特征解释得非常清楚。为了说明这 8 个字的深刻含义，可以再参考朱熹的解说。在答何叔京的信中，朱熹指出：“‘体用一源’者，自理而观，则理为体，象为用，而理中有象，是一源也。‘显微无间’者，自象而观，则象为显，理为微，而象中有理，是无间也。”[①]理和用的关系是一为体，一为用，一为微，一为显。这

① 朱熹：《朱熹文集编年评注》第五册，福建人民出版社 2019 年版，第 1972 页。

是就区别而言的。就相同处而言,理和用是“一源”的,是“无间”的。“无间”即无有不同。这是中国思想史上对哲学所下的最精辟的定义,可惜这种定义一直局限在易学之中,没有与文艺学的象征建立联系。

根据朱熹的解释,所谓象征,其实就是象与所征之物(或是理,或是意,或是情,这里为了方便,用思想来代替理、意、情。但要注意,具体分析的话,思想与理、意、情并不完全重叠)一为体,一为用,一为微,一为显。由微而显,就是具体化的过程,由体而用,就是符号化的过程。象征不仅要具体化,即清晰,还要符号化,即曲折。于是象征在清晰和曲折之间建立起它的张力。中国园林的曲径通幽,就是象征很好的譬喻。这样看来,象征与明说、直言是相反的,与抽象、笼统是相反的。“体用一源”强调一个“通”字,思想与象征虽为二物,但可以相通。“显微无间”强调一个“透”字,就像半透明的灯罩与灯火的关系,一物虽然掩住另一物,但是还要让另一物的光芒透出来。两个字合起来,则合成“通透”一词。琉璃灯就是象征的另一个极好的譬喻。因而,象征与封闭、严密之类的语言相反,与晦暗、昏黑之类的效果无关。

琉璃灯的譬喻,可以得到当代哲学的印证。德国哲学家图克曾指出:“象征并不遮掩思想。象征是半透明的;它允许思想透出光来,而这多亏了作为形象的它的特性。”[①]思想原本就在那里,可是它借着象征的半透明的媒介而显露出来。但这里还要再反思这个譬喻。如果思想有光的话,那么没有象征,这种光芒会不会更加直接和强烈?不是这样的。思想本身并没有光,它是昏暗的,甚至是模糊无定形的,但是形象成全了它,让它确定,并且发出光彩。没有象征,思想之“微”无法放光而成为“显”。所以,形象和思想是互相成就的。

---

① Christoph Türcke: *Philosophy of Dreams*, translated by Susan H. Gillespie, Yale University Press, 2013, p. 32.

在中国诗学中，存在着比兴的传统。比兴是不是象征呢？似乎有支持的观点。诗人覃子豪曾说："中国诗中的比兴和西洋文艺中的象征，虽名称不同，其本质则一。"①甚至在拙文《象征主义在中国本土化的历程和策略》中，笔者也曾将象征与比兴联系起来："象征主义中国化既然首当其冲的是去除颓废的元素，则法国象征主义的主体特征必然要被替换掉。象征主义诗人一旦变成感兴的诗人，则比兴、意境的观念就能顺利引入，这种诗学就有中国风貌了。"②但这里需要解释一下。拙文主要着眼于戴望舒、卞之琳等将法国象征主义的象征中国化的问题，就一些具体的创作而言，中国现代诗人们确实用比兴代替了象征。但这并非认为比兴和象征是相同的。实际上，在那篇文章中，笔者正是从两者的差异之处来讨论的。至于覃子豪的观点，则有必要认真反思一下。

比兴虽然是一个词，但实际上又分为两类：一是比，二是兴。比就是比喻，浅显明白，与象征无关。因而，比兴是否与象征相似，就单落在"兴"上。对"兴"的解释，自汉代以来，形成了复杂的解释传统，如果要细论的话，恐怕要费一部书的篇幅，而这是超出本书任务的。这里只对一些重要的含义进行说明，并从大体上判断"兴"与象征的关系。朱熹在《诗集传》中曾提出一个非常流行的解释："兴者，先言他物以引起所咏之词也。"照这个解释，兴就是说话的一种过渡方式。用兴所说的话，与正题没有直接关系，大多时候是应景的铺垫话。这种说话方式和现代人进入正题前谈谈气温或者天气类似。因而，兴所引的话与正题并非"体用一源，显微无间"的象征。朱熹也曾有过更显明的补充："兴，则引物以发其意，而终说破其事也。"(《朱子语类》卷六十)这里明显强调的不是"半透明"的状态，而是"说破"。另外，兴中之象，是"引物"，并非与思想有什么关系。孔颖

① 覃子豪：《论现代诗》，曾文出版社 1982 年版，第 217—218 页。

② 李国辉：《象征主义在中国本土化的历程和策略》，《法国研究》2020 年第 4 期，第 21 页。

达在《毛诗正义》中对兴也有解释:“兴者,兴起志意,赞扬之辞。”(《毛诗正义》卷一)这里根据“兴”在《诗经》中的使用,加上了赞叹的作用,虽然更具体一些,但基本与朱熹的解释相同,也强调“兴起志意”。

但兴中之象在实际的使用中,并不仅仅起过渡的作用,有些时候,诗人将情意也投到外物上,让外物与主体相通,这就让问题变得复杂起来了。例如《古诗十九首》中的《冉冉孤生竹》,起头一句,既可当作“引物”之言,又可作为独守空房的女人的自喻,似乎也有“拟诸其形容,象其物宜”的特征,这就与象征难以区别了。梁代刘勰曾在《比兴》篇中总结过这类新情况,他指出“比显而兴隐”,说出了“兴”重暗示的特点。又说兴是“起情者依微以拟议”,这里的用语,与“显微无间”非常接近,因而不能轻易否定“兴”与象征的一致性。鉴于“兴”在使用中的多元性,因而可以把一部分比兴归于象征。覃子豪的解释,是有一定道理的。

另外一个需要回答的问题,是中国古典诗歌中的意象是不是象征。唐湜持肯定说,他认为意象与诗意的关系“是一种内在精神的感应与融合”,“一种相互的光照,从深心里跃出的感兴”。[①] 唐湜还引用《齐物论》及《文心雕龙》中的话当依据,可知这里的意象不仅是现代诗的意象,还包括古典诗歌。怎么评判唐湜的观点呢?像比兴一样,意象在历史中有多种含义。一种含义类似“情中景”。像一些耳熟能详的诗句,“孤帆远影碧空尽”“窗间日暮寒烟重”,是将情与象结合在一起,情是露的,没有被象遮掩,这种意象并未达到显微无间的状态,不应与象征等量齐观。不过,在王维、李商隐等人的部分诗中,象有时并非与情直接结合,而是故意耐人寻味。叶燮在《原诗》中曾经有过总结:“必有不可言之理,不可述之事,遇之于默会意象之表,而理与事无不灿然于前者也。”这里强调“不可言之理”与可言的“意象”的结合,涉及象征的曲折与清

① 唐湜:《新意度集》,生活·读书·新知三联书店 1990 年版,第 9 页。

晰，当与象征相近。

二、西方文化中的象征

中国文化较早在《周易》的哲学中找到了象征的原始观念，而《周易》的六十四卦是为了演绎天地之理的，这涉及形而上的太极、阴阳、气等范畴。西方文化中的象征也与形而上的存在有关系，具体来看，多重的世界等级观带来了西方的象征。古希腊时期的赫拉克利特对这个问题有过典范性的思考，他认为万物之中有一个潜在的结构，与此相对的，则是一个表面的结构，例如事物的长度、高度、颜色之类。这两种结构虽然同时存在，但是有高下之别，潜在结构是表面结构的主人，前者是真实的、有力量的，而后者是从属性的。赫拉克利特的这种解释，不是宗教性的，而是形而上学的。不过，欧洲后来的宗教解释，基本上延续了这种思维方式。潜在结构是神圣的存在，表面结构则是一般的存在。

柏拉图是一个有神论者，他提出的模仿说，虽然看似与象征无关，但是给象征提供了一个哲学（或神学）的基础。画家画的自然，是对实际自然的模仿，而实际的自然又是对神所创造的相应的理念的模仿。自然与理念的关系，同样存在着显微无间的状态。柏拉图之后的普罗提诺提出了一种新的概念“太一”，“太一”即是善，又可说是神。所以普罗提诺的理论也是神学。“太一”高于任何的存在，在它之下是理智，再次是灵魂。这种多层的结构，让低级的存在成了最高的“太一”的象。奥古斯丁受到柏拉图、普罗提诺等人的理论的影响，但他将神（天主）与最高的存在等同起来，放弃了普罗提诺将“太一”置于存在之上的主张。天主是绝对的存在，而万物则来源于他，是相对的存在：“一切自然物都来源于至高的、真正的天主：但是一切事物都不是至高的善，只是接近至高的善，一切最新出现的善的事物，它们与至高之善相距遥远，也是来源于至高的善。"①天主作为至高的善，是无形无体的，人们无法观察他本身。不过，人们可以借助于观察一切自然物的善来间接体会天主的至善，因为天主的至善中有着一切自然物善的理。如此一来，无形的至善就可以从有形的自然物的善中透出它的微光，象征通透的特征就向一切自然物开放。就形式而言，也是如此，天主有一切自然物形式的理，因而他与自然物的形式隐约构成了思想与形象的二元性。哲学家吉尔松曾这样概括奥古斯丁的理论："被造的存在的形式是神圣理念的诸多表象，或者是分有神圣的理念。从这个角度来看，每个事物都有两种存在，一种是在它本身内，另一种是在神圣的理念内。"②

波爱修斯继承了普罗提诺和奥古斯丁的一些思想，他将天主视为"太一"，视为第一善。第一善是绝对的存在，它产生其他具有部分的善的事物。在第一善和自然物的善之间，存在着相近的显与微的关系。波爱修斯说："第一善，因为它本身存在，凭借它的存在就是善的；次要的善，因为它是从存在即善的事物中流出的，也是善。一切事物的存在，源自作为第一善的事物，源自凭借其存在就可恰当地称为善的事物。"③具有部分的善的事物，与第一善的区别，在于第一善是纯粹的形式（精神），而前者则具有形体（质料）。换句话说，具有部分的善的事物，是具体化的思想，这与象征的概念基本是一致的。深不可见的天主的形式，就像中国《系辞》的写作者看到的"天下之赜"一样。但是借助自然物的形体，这种深奥的

---

① Sancti Aurelii Augustini："De Natura Boni contra Manichæos", in tomus octavus: *Sancti Aurelii Augustini*, *Opera Omnia*, Venit apud editorem in vico dicto Montrouge, 1841, pp. 551-552.

② Étienne Gilson：*History of Christian Philosophy in the Middle Ages*, The Catholic University of America Press, 2019, pp. 73-74.

③ Anicius Manlius Severinus Boethius：*Theological Tractates*, *Consolation of Philosophy*, Harvard University Press, 1973, p. 48.

形式的理透出它的部分光芒。这里面似乎也有一定的“体用一源”的思想。

托马斯·阿奎那将柏拉图、奥古斯丁、波爱修斯、亚里士多德等人的思想进行了新的更富高度的融合。在托马斯那里,天主是第一善的、现实性的和第一因的。它是一切被造物善的本源,也是其形式的本源。天主存在着,但没有形体,因为万物分有他的神圣之善,所以人们可以通过把握万物身上的善来体会天主的神圣之善。天主的神圣之善是万物完美的原因,只要万物渴望它自身的完美,它就要朝向天主的神圣之善。这里出现了本体与喻体的二元性,天主就是善的本体,而万物的善只是这个本体的影像。在《神学大全》第 44 题中,托马斯指出:“每个被造物都想要获得它的完美,这种完美是神圣的完美和善的影像(similitudo perfectionis et bonitatis divinae)。因而,神圣之善是万物的目的。”换成程朱理学的话,就是托马斯回应了“体用一源,显微无间”的观念。万物之善是天主至善的“用”,天主至善是万物之善的“体”,同时两者一微一显,透露出类似琉璃灯的光芒。于是,在这洪荒的宇宙以及这个宇宙之上,形成了一个巨大的象征。

中世纪神学家提出的“至高的善”“第一善”,以及“绝对的存在者”,就是一切存在物的本体,它们在德国唯心主义思想家的著作中,被替换成不同的概念。在费希特那里,是“绝对的自我”(das absolute Ich),在黑格尔的哲学中,则是“绝对理念”或者“绝对的心灵”(der absolute Geist)。尽管这些概念不是神学概念,但在思维方式上与神学概念有相似之处。以绝对理念为例,它像“第一善”一样,是绝对的、无限的,是本体,万事万物则是相对的、有限的,是它的表象。从这个意义上说,绝对理念可以被看作去掉了神学光环的“第一善”。“心灵”一词仍然带有一些神学的影子。在《神学大全》中,托马斯就曾说明天主并无形体,但有意志,这与“绝对的心灵”说非常类似。在唯心主义哲学的体系中,一旦出现象征,象征就容易具有本体论的地位。这种现象在诺瓦利斯的哲学中就已经出现了。诺瓦利斯接受了费希特的思想，他说："非我是自我的象征，只用于理解自我。"①在语境中，"自我"和"非我"都有存在的地位，"非我"并不只是一个能指，它本身就有现实性。这种认识让象征变得充实了。

黑格尔在《美学》中继续思考象征与理念的新关系。他认为艺术的目的是传达理念，让理念从形象的世界超越出来，从而实现"绝对的心灵"的自由自在状态。具体到各门艺术，理念就是作品的思想、意义。在讨论象征型艺术时，黑格尔描述了象征的特征，他认为象征首先是符号，但象征又不同于符号，为了表示这种不同，黑格尔创造了一个新的词语——"作为象征来用的符号"，它的对立面是"单纯的符号"。换句话说，象征是一种特殊的符号。他进一步指出："在这个意义上象征就不只是一种本身无足轻重的符号，而是一种在外表形状上就已可暗示要表达的那种思想内容的符号。同时，象征所要使人意识到的却不应是它本身那样一个具体的个别事物，而是它所暗示的普遍性的意义。"②所谓"普遍性的意义"，强调的是理念的绝对性。真正的象征不应像一个符号一样，指示另一个具体的事物，相反，它是进入"绝对的心灵"的窗口，就像托马斯认为人们通过万物的善认识"第一善"一样。象征于是摆脱了符号的重力，向绝对世界飞升，它重新聚集起西方文化特有的宗教和哲学的内容。本体论意义上的象征说确立了，新的象征与符号于是有了差别。这些差别表现在三个方面。第一，象征中的形象具有真实性。符号也利用形象，但是这种形象本身没有价值，它要指向所指，但它本身并不是所指，只是所指的工具。黑格尔认为在形象中概念实现自己的客观存在，形象不是工具，它有真实性。第二，象征中的思想成为隐性的存在。符号的所指虽然不在场，但是

① Novalis: *Philosophical Writings*, translated by M. M. Stoljar, State University of New York Press, 1997, p. 121.

② 黑格尔:《美学》第2卷，朱光潜译，商务印书馆2020年版，第11页。

指示功能一旦实现,所指就代替能指,在观念中明确存在。黑格尔认为理念并不是抽象的,它本身就是具体性,是具体化的概念。在象征中,思想、情感并非要代替形象,而是隐藏在形象中,与它成为一体。这就好像营养与水果的关系,营养就潜藏在水果中,不是水果之外有一个营养。第三,形象与思想、意义构成完满的统一体。索绪尔在解释符号与象征的不同时,认为符号的能指与所指的联系是任意的,而在象征中形象与思想有些关联,他还强调不要使用"象征符号"这个词,因为这会带来误解。"关联"指的是什么呢? 它指的是理解力中的某种相似性。黑格尔的象征说不涉及相似性,形象本身就是思想、意义的形象,它们是具有内在必然性的统一体。

通过奥古斯丁、托马斯、黑格尔等人的理论,我们已经可以看到世界的双重结构是如何带来象征的观念的。但这种象征的观念与诗学中的还不一样,就像《周易》的"立象以尽意"的传统只是在思维上启发了具有象征地位的诗歌意象,与诗歌意象还隔着一层一样。随着浪漫主义的崛起,象征作为重要的诗学概念,也在西方文学史中确立了它的地位。不过,这里还需要区别象征与讽寓(allegory)、隐喻(metaphor)的不同。首先来看隐喻,象征主义时期的批评家似乎把隐喻等同于象征,例如法国批评家勒迈特(Jules Lemaître),他曾在《保罗·魏尔伦与象征主义、颓废派诗人》中认为:"象征主义者们的创造,可能在这儿:不直说他们通过形象传达的某些感情、某些思想或者某些心理状态。但是这种创造并不新颖。总而言之,象征是一种延长的比较……一种连续的隐喻的体系。"①如果将一系列象征看作"连续的隐喻的体系",那么,象征就与隐喻没有什么区别。它们的共同点,在于都是"延长的比较"。1891 年,另一位批评家圣-安托

① Jules Lemaître: "M. Paul Verlaine et les poètes 'symbolistes' & 'décadents'", *Revue Bleue*, No. 25,1888, p. 4.

万明白地说,“象征就是隐喻的比喻”。[①] 可见,将两者等同起来,是有一定普遍性的倾向的。

与象征相比,隐喻很早就在文艺著作中有它的地位了。古希腊的文艺理论家朗吉弩斯在《论崇高》中曾谈到过崇高,他认为隐喻不是一个普遍的传达工具,专门适用于一些特定的场合:激情汹涌澎湃的时刻。今天来看,这种主张就没有什么合理性了。不过,对于这种源远流长的隐喻,还是看一下它的特征是什么吧。当代学者莱科夫曾做过分析,认为:“隐喻并非以相似性为基础,而是以我们经验中的跨领域的相关性为基础,这种相关性产生了隐喻中感到的相似性。”[②]这里明确指出隐喻并不是显和微的关系,而是两种不同领域的相似性,例如用时间来比资源,用高度来比地位。本体本身并不是幽深的黑暗,它同样是显明的。隐喻带来一定的曲折性,但是并没有象征的半透明的通透性。

讽寓在西方使用的时间也非常久远,古希腊文艺理论家德默特里乌斯(Demetrius)在他的著作《论风格》中专门讨论了讽寓,认为它也可以带来崇高的文风。他还引用了一句话:“蝉将于地底朝人嘶鸣。”这句话实际上委婉地表达了洛克里城(Locris)将要被摧毁的意思。德默特里乌斯还对讽寓的特征做了概括:“以此故,幽微隐于讽寓之中,以引发敬畏,曲言幽冥。讽寓者,曲言幽冥(darkness and night)者也。”[③]这里将讽寓与“敬畏”的心理效果联系了起来,还认为讽寓是“曲言幽冥”,这与象征的曲折是接近的。张隆溪在《略论“讽寓”和“比兴”》一文中指出,在古希腊时期,对荷马的史诗进行讽寓性的解释的行为就出现了。因为《雅歌》中多有缠绵的爱情描写,有伤《圣经》的神圣性,就有神学家对其进行讽寓性的解

---

① Saint-Antoine: “Qu'est-ce que le symbolisme?”, *L'Ermitage*, Vol. 6, No. 5, 1894, p. 332.

② George Lakoff and Mark Johnson: *Metaphors We Live By*, The University of Chicago Press, 2003, p. 244.

③ Demetrius: *Demetrius on Style*, Everyman's Library, 1941, pp. 224-225.

释,寻找字面意义背后隐藏的神学的意思。张隆溪说:“在犹太传统中,《雅歌》被解读为表现上帝与以色列之爱,于是经文中具体的意象都和上帝、以色列的历史或历史人物相联系,也由此而完全抹去了经文香艳性感的字面意义。”①譬如《雅歌》中抒写爱情的“乳房”,被解释为两位犹太教中的大圣人:摩西和阿伦。其实,这种传统在中国的《诗经》中也存在过,最常见的一个例子是歌唱爱情的《关雎》被《毛诗序》解释为“哀窈窕,思贤才,而无伤善之心焉”。这种解释传统被称为“兴喻”,王符在《潜夫论》中曾说:“兴喻以尽意”,算是它的理论的一个来源。

讽寓的特征,在于言(象)和意(思)的关系出现了新变化。在象征中,象和思是并列的,它们重叠,但思借象而带来光亮,象借思而富有深度。象和思虽然不同,但有一种向心力将它们合在一起。象并不是工具,象本身就是光亮的媒介。在讽寓中,言和意并不是同等重要的,言的作用在于指向意,它本身并没有完全的独立性。如果说,在象征中,思被象遮着,那么,在讽寓中,似乎翻了过来,言往往要被意遮住。如果意不能遮住言所传达的表面意思,或者意不能把语义带到它所完全主宰的地方,讽寓就是失败的。所以在讽寓中,言和意是主仆的关系,而在象征中,象和思是合成一体的情侣的关系。

就可言说性来看,在讽寓中,言和意都是可以言说的,直接把意言说出来也无妨,实际上也并无不妥。真正言说的“言”和意在可言说性上是同质的。但是在象征中,象是可以言说的,是“显的”,思是不易言说的,或者说是无法言说、不可形容的。因而,象征中的象和思是异质的。这里可以用一个比喻,在讽寓中,“言”是一个世俗的门房,而“意”是一个威严的老爷。在象征中,象和思是一对有情有义的男女,他们的结合带来富有意味的美感。象征主义理论家莫克尔曾经指出:“在讽寓中,道德的观念或

① 张隆溪:《略论“讽寓”和“比兴”》,《文艺理论研究》2021年第1期,第4页。

者哲学的观念,先于塑造的形式存在;在象征中,通常它是形式的探究的结果。在讽寓中,形式与它们分析的思想,具有人为的并列关系;在象征中,思想、感受应该从形式中自然产生出来,它们也借形式陈述存在的理性。”[①]也就是说,在讽寓中,作为主子的“道德的观念或者哲学的观念”是预先存在的,但是在象征中,象和思要相互寻找、互生情愫。在正统的讽寓中,人们看到的是一个借题发挥的道学家,在出色的象征中,人们看到的是情投意合。

三、象征主义的象征

中西文化中象征各有各的起源,总的来看,分为两类:一类是存在的象征,一类是文学的象征。存在的象征源自哲学、宗教等思想,主要给象征提供思维模式,文学的象征则源自各自文学中思想与形象的综合问题。前面两个部分的内容,已经解释了象征的特征,象征要求象在遮掩思想的同时,透露出思想的光彩(由此与比喻、隐喻及一部分比兴不同),象征的象和思相互协调,在异质性中建立一种统一性(由此与讽寓不同)。简而言之,象征就是语言的通透性。

这种解释是将文学和文化结合起来看,并没有照顾到某一作家、某一流派象征的特色。象征主义的象征,是19世纪末期在巴黎出现的具有鲜明流派倾向的表达形式,它的时间和地点都非常特殊,因而带来了象征主义象征的特殊性。下面我们可以追问这样一个问题:象征主义的象征与中西文化中普遍的象征,有什么不同呢?

我们首先来看对于这个问题现在已经有了哪些思考。欧美的学术界已经注意到了象征主义的象征与一般的象征的不同,而且对于这种不同的解释,目前有两大主流意见。第一种是威尔逊的,他提出变与常的区分

---

① Albert Mockel: *Esthétique du symbolisme*, Palais des académies, 1962, p. 87.

法：人们熟悉的象征是“传统的、固定的”，甚至含有逻辑性的成分，但是象征主义的象征主要是诗人的“随意选择”，以此来传达内在的思想。[①] 如果进一步追问威尔逊，什么是固定的象征呢？他会回答，固定的象征指的是来自传统哲学、宗教等文化的象征，它有民族文化心理的基础。与此相对，象征主义的象征拒绝民族文化心理的基础，向个人心理内部进行探索。笔者曾在拙文中指出：“象征主义诗人在象征上的特色，不在固定的、人为的象征上，而在自发的、个性的象征上。”[②]这种判断算是对威尔逊的一种回应。但这种回答有明显的漏洞，因为任何源自民族文化心理的象征，在它最初创立时，都曾是个性的，大家接受得多了，使用得久了，于是成为固定的象征。同样，即使是某位诗人个性的象征，后来的诗人用得多了，也慢慢会成为陈词滥调。中国古典诗歌中数百年沿用的典故就是这样，西方诗歌中也不乏“夜莺”“钟声”这类陈腐的形象。这样一来，象征主义的象征与一般的象征，似乎差别就在使用的频率上了。使用频率高的，就是固定的象征，使用频率低的，就是象征主义的象征。这种判断当然是有缺陷的，因为在实际操作中很难有一个明确的标准。实际上，这种评判还容易带来争论。诗人们可以声称他们创造了新的象征，在大数据时代，批评家很容易发现这种象征已经被人使用过。

另一种解释，来自法国批评家布吕内蒂埃。作为与象征主义者同时代的人，他的观察可能有更大的价值。布吕内蒂埃说：“诗的象征，先生，是一种具体的、形象性的、造型的、运动的和有色彩的想象，可以这样说的话，它是有它特有的、个性的、独立的生命的生动的想象，能自足、自成、自

---

① Edmund Wilson: *Axel's Castle*, Farrar, Straus and Giroux, 2004, pp. 17-18.

② 李国辉：《象征主义象征的自发性及其心理学依据》，《诗学》（西南大学）2021 年第 15 辑，第 140 页。

我发展，但是这种想象的‘感应’是完整的，具有它所包含的情感或者思想。”[①]这个定义包含的信息很多，除去它含有的一般的象征的特征，如“具体的、形象性的”，再除去和威尔逊的观点相同的，如“特有的、个性的”，剩下的东西基本就是布吕内蒂埃理论的重点。这里可以强调的是“情感”一词。布吕内蒂埃看到了一般的象征源自抽象或者可以抽象的思想，而象征主义的象征则源自情感。情感和思想当然并不是完全隔开的，因为不少情感可以进入思想中，并给思想提供力量。但是思想主要是理性的，情感主要是感性的。两者的区别相当大。如果说象征主义的象征源自情感，那么它就与逻辑、符号、知识的联系非常少，而与回忆、梦幻、情绪的联系密切。巴纳斯派诗人孟戴斯曾归纳过他看到的象征主义的特征：“诗中运用的象征，在我看来，是在心灵中召唤情感、回忆、愿望、梦想的艺术，语言无法全部表达或者立即表达它们。”[②]这里用的“召唤”一词，含有一种动作，即处于远处、深处的“情感、回忆、愿望”等内容浮现出来。怎样浮现呢？就是通过象征浮现。与象征的形象相对，这些处于远处、深处的“情感、回忆、愿望”等内容就是象征主义象征的本源。还可补充一下，日本的文学理论家萩原朔太郎在《诗的原理》中最终得出的定义，是布吕内蒂埃和孟戴斯式的。在谈到西方文学中的象征时，萩原朔太郎以马拉美的象征作为象征主义的代表，主张“象征不是由知性的‘头脑’产生的，而应是主观感情所温热的心情的意味”[③]。日本理论家所强调的中心就在“主观感情”上，与其相对的则是冰冷的理性的象征。

第二种解释虽然可能更近了一步，但仍然会招来质疑。象征主义的

---

① Ferdinand Brunetière: *L'Évolution de la poésie lyrique en france au dix-neuvième siècle*, Librairie Hachette, 1922, p. 249.

② Catulle Mendès: *Le Mouvement poétique francais*: *de* 1867 *à* 1900, Burt Franklin, 1971, p. 154.

③ 萩原朔太郎：『詩の原理』，「萩原朔太郎全集」，第 6 卷，筑摩書房 1975 年版，第 127 页。

象征应该不同于浪漫主义的象征。浪漫主义的象征与一般的象征的区别,正在“情感、回忆、愿望”等本源上。也就是说,布吕内蒂埃回答的其实不是象征主义的问题,而是浪漫主义的问题。象征主义与浪漫主义最大的不同,在于前者偏好冷静的风格,排斥热烈的情感。这不是说象征主义没有情感,而是说它远离情感的抒写。象征主义的冷静风格,其实源自巴纳斯派,从马拉美、魏尔伦早期的流派身份上就可以看出这一点。虽然象征主义者和后来的批评家们经常将象征主义与巴纳斯派对立起来,认为前者是对后者的反抗,但两个流派在对待情感问题上,却是同源同根的。象征主义理论家莫雷亚斯在他宣言性的论文中明确表示,象征主义是“夸张朗诵、虚假感受、客观描述的敌人”①,这里的“夸张朗诵、虚假感受”针对的是浪漫主义,而“客观描述”针对的是自然主义。象征主义者是情感上的冷淡者,是厌恶生活的人,他们不愿意把热烈的爱情、美妙的田园写到作品中,相反,他们表现的往往是避世的、绝望的、晕眩的内容。虽然无政府主义曾经一度改变过这种状况,尤其是 1886 年到 1889 年的这段时间,但也要看到,这只是一种暂时的修正,冰冷的情感基调早已进入象征主义的血液中,很难真正发生改变。

回到刚才萩原朔太郎的话,象征主义的象征大体上看,不是“温热的心情”,而是“平静的”、带着神秘主义气息的象征。对于这种状态,浪漫主义的“情感”就丧失了作用,而需要寻找新的词语。这个新的词语有不少人思考过。比如勒迈特,他找到的是“某些心理状态”②,这个词要比“情感”好,因为它说出的是某种不好形容的心理体验。但是这个词太模糊了,会让读者乱猜。马拉美也给出了他的答案:“选择一个事物,通过一系

---

① 关于莫雷亚斯《象征主义》的译文,可以参考《19 世纪西方文学思潮研究 · 第五卷 · 象征主义》一书的附录。

② Jules Lemaître:“M. Paul Verlaine et les poètes ‘symbolistes’ & ‘décadents’”, *Revue Bleue*, No. 25, 1888, p. 4.

列解读利用它引出一种心灵状态,这就是构成象征的对这种神秘性的完美运用。"[①]当然,"一种心灵状态"仍旧是模糊的。勒迈特、马拉美的回答,看上去并不完美,实际上已经解决了这个问题。象征主义的象征的本源,不是情感,而是与情感较远的另一种状态。其实更好的术语是:心境。它有这样几种好处:第一,心境是复合的,情感则是同质的。在一个作品中,可以同时有悔恨、埋怨、忧郁等多种情感。但是它们从性质上看,都是情感,不含情感之外的心理内容。心境因为强调的是心理的状态,而非特定的情感,所以不仅可以容纳情感,还可以包含感受、回忆、反思、印象、欲求等多种心理内容。而且多种心理内容可以连续交替出现,成为一种复杂的综合。综合是象征主义美学的一大特征,也是象征主义心境的基本形态。象征主义者们即使难以在每个作品中实现这种综合,也会将其视为远大的理想。与此相反,浪漫主义的理想则是情感的飞扬,诗人如果不陷入某种情绪中,如果不放弃他的反思的力量,就无法得到诗神的垂青。浪漫主义的诗作中可能也有回忆,也有感受,但是整体上看,浪漫主义的理想是要用情感来淹没一切。浪漫主义情感的强度和力量,就像歌德的《少年维特之烦恼》中维特眼前"狂暴的山洪"一样。维特最终开枪自杀,杀死他的不是对夏洛蒂无法抛却的爱情,而是他自身主宰一切的情感破坏力。具有杀伤力的情感是浪漫主义情感单纯性的一个征兆。第二,心境只与体验的主体有关,而情感则往往涉及一个抒情的对象,或者某种读者。浪漫主义的情感在释放时,往往需要一个对象,它可能是一个情人、一个小女孩、一位友人,或者一个对象化的自我。象征主义的心境则是自我体验的演绎,它是内省性的,不必有一个特定的聆听者。波德莱尔有一部散文作品,题目是《裸露的心》,这是一部自白书、一面自我审视的镜子。即使是它说给自己听,也总有一个冷静的观察者在旁边,在做解剖家的工

① Stéphane Mallarmé: *Œuvres complètes*, Gallimard, 1945, p. 869.

作。福楼拜将他的解剖刀伸向了被情欲纠缠的女人，象征主义者往往是自我的解剖者。“解剖”说出了象征主义心境的特点，这种心境就像是一部自白书，它无处可说，没有听者。波德莱尔很早就形成了象征主义心境的基本范式。

因而，心境内省的通透性，就是象征主义象征的特征。它不炽烈、不迅猛，用太阳或者火焰来形容它的光芒，是不合适的，如果它有光芒，也大多是夜光，是蓝色的光。它不刺人的眼，但也不会给人热度。用罗兰·巴特的一个人们耳熟能详的概念来说，象征主义的象征是近乎零度的象征。因为不必有一个诉说的对象，所以这种象征又不需要人理解，这带来了它更大程度的晦涩。晦涩曾经一度被看作象征主义的一大缺陷，有批评家在 1896 年的评论中指出：“他们(象征主义者)的作品中产生出思想和形象的晦涩，以及语法的晦涩。”[①]马拉美的诗就经常被指责晦涩。这种批评其实是没有必要的，因为一首诗不需要被理解的话，它也就摆脱了晦涩的指责。晦涩的前提是需要被理解。当然，任何诗只要写出，它就要被理解，哪怕对象是某些潜在的读者。

“内省的通透性”能否有效地解释象征主义诗歌呢？波德莱尔写过不少关于黄昏的诗歌，黄昏具有复杂多样的状态。《黄昏》一诗中写道：“罪人的朋友，迷人的黄昏来了。”在相同题目的散文诗中有这样一句：“黄昏使疯人兴奋。”《黄昏的谐调》中说：“天空又愁又美，像大祭台一样。”这些形象汇聚在一起，形成一个整体的黄昏的象征。而它含有的思想，则是那个躁动的、让人迷醉的、给人安慰的颓废的生活。这种生活的精彩、喧闹、苦恼以及难以言说的忧郁，都在满天霞光和街头煤气灯的光色之中传达出来。黄昏并不是衰弱的生命力的符号，颓废的生活是不可见的，就在它里面存在着，并透过它显出光来。本雅明笔下的闲逛者走在巴黎光亮的

---

① Marcel Proust：“Contre l'Obscurité”，*La Revue blanche*，No. 11，1896，p. 69.

黄昏中,如同沉浸在自己颓废的精神中。马拉美的名诗《海洛狄亚德》中多处写到镜子,镜子是“可怕的”“不朽的”。女主人公海洛狄亚德让奶妈在镜子旁边帮她梳理头发。她一连几个小时凝望着镜子,“像一个遥远的影子”映在镜中。她觉得镜子里有“深邃的冰洞”。镜中的冰冷世界,象征的是一个虚无之境。在创作这首诗期间,马拉美在日记中记载过他内心的状态,他相信自己感受到“纯粹的虚无”,他还补充道:“给我照出存在的镜子,常常是可怕的事物。”镜子成为虚无世界的入口,以及隔绝现实世界的一个边界。虚无之境本身是不可表达的,是“微”,镜中影像就是虚无之境的“显”,即一种让真实性可以得到观察的光影。马拉美的镜子恰好是“内省的通透性”的一个贴切的比喻。

第二节 忧 郁

象征主义的象征,是心境内省的象征,这种心境不是温热的,而是偏于阴冷的。这种心境有许多具体的形式:悲观、梦幻、厌倦、绝望……其中,忧郁无疑是最惹人注目的,从波德莱尔到兰波和拉弗格,再到艾略特、李金发,忧郁给象征主义带来了一个漫长的雨季,很多诗人的叹息似乎都混入那个雨季的雨声中。这种忧郁的文化来源是什么,从浪漫主义的忧郁到象征主义的忧郁,这中间发生了什么变化?忧郁最终借助什么样的象征呈现出来?本节将对这些问题试着做出思考。

一、忧郁的历史

西方文学并不缺少忧郁,忧郁也不是一个现代的事件。古罗马诗人卡图卢斯就借一只蓝鹀儿(Passer)唱出了他爱情的忧郁。那只啄人手指的鸟儿似乎成为诗人羡慕的对象,因为鸟儿倒可以接近遥不可及的情人,并给她带来安慰。诗人最后表示：

tecum ludere sicut ipsa possem
et tristis animi leuare curas![1]
让我也像她一样和你玩耍，
也减轻我心中忧郁的牵挂！

诗中的关键词忧郁(tristis)，就是后来法国诗人所用的“triste”的拉丁文词源。虽然处在古代时期，但是卡图卢斯的忧郁似乎并不比《新爱洛绮丝》中的圣普乐少了什么。让卢梭感到遥不可及的距离，同样也刺痛了他的爱情。

在卡图卢斯和莎士比亚、卢梭(甚至更早的诗人)之间，是一片忧郁的沙漠。这倒不是说阿伯拉尔和他的爱洛绮丝真的抛开了“无尽的忧伤”[2]，而是说在中世纪，因为天主教的教义，人们意识到忧郁这种情感是对德性的败坏，根本无益于人最终的救赎。在奥古斯丁的教义中，痛苦根本没有自己的本性，它只存在于和善的本性关系中。拿身体为例，当一个生命体抵御一个更强大的生命体时，它会感受到痛苦，这是为了保持该生命体原有的善。痛苦的产生，在于生命体不愿放弃他原有的善。当生命体的善被败坏时，这种痛苦就变得没有益处：“当它不得不成为更好的事物时，痛苦是有益的；当它不得不成为更坏的事物时，痛苦是无益的。”[3]忧郁，作为人心中的痛苦之一，出现是为了留住内在的德性，使其不被恶

① Catullus: *Catullus: The Poems*, edited by Kenneth Quinn, Macmillan, 1973, p. 1.

② Peter Abelard and Héloïse: *The Letters of Helosie and Abelard*, translated by Mary Martin McLaughlin and Bonnie Wheeler, Palgrave Macmillan, 2009, p. 64.

③ Sancti Aurelii Augustini, “De Natura Boni contra Manichæos”, in tomus octavus: Sancti Aurelii Augustini: *Opera Omnia*, Venit apud editorem in vico dicto Montrouge, 1841, p. 557.

念所败坏。如果人世间所有的爱欲，对人的德性来说，都不是必需的，那么出于爱欲而产生的忧郁之情，就不但不能保持人的德性，而且是徒劳的、有害的。

在西方文化中真正恢复忧郁的重要性，要等到启蒙运动以及文学上的浪漫主义时期。在这个时期，超越性的存在、善受到了质疑，身体变成了自我可以依赖的力量。卢梭认为要了解人的精神，先要理解人的身体，他在《爱弥尔》中解释了他倡导的自然的人："他用自己的眼睛看，用自己的心灵感受，除了他自己的理性，任何权威也不会左右他。"虽然卢梭在谈到"最高的存在"时，仍然像中世纪的神学家一样，轻视身体的作用，但是他让身体与灵魂的关系发生了调整。这种调整需要经过很长的时间，最终在尼采那里，身体成为心灵的同义词，甚至精神只是身体的工具，身体完全取得了新的统治地位。当然，要看到尼采是卢梭的反叛者，卢梭是绝对不允许哲学走到尼采那一步的。但是卢梭却对尼采的思想"难辞其咎"，因为尼采虽然走得更远，但面朝的方向却是卢梭指出来的。身体的重要性将使忧郁变得重要，因为忧郁这种来自身体又塑造身体的心境，是新的自我的组成部分。它不是人们德性的妨碍，相反，它就是自我，是人心理的真实。在《少年维特之烦恼》中，维特说出了这种新的自我观："我的心才是我唯一的骄傲，才是我的一切力量、一切幸福、一切痛苦以及一切一切的唯一源泉！唉，我知道的东西谁都可以知道；而我的心却为我所独有。"(《歌德文集》第 6 卷)这种话用到忧郁上，可以得出这样的结论：只有我的痛苦才是我自己的，只有我的忧郁才是我自己的。维特说出了浪漫主义时期诗人们想说的话：写作仅仅是为了说出心中的快乐和痛苦。

卢梭和歌德预见到了新的自我的出现，那么这种新的自我观是否能在社会中形成共识呢？歌德的《少年维特之烦恼》难道不是在一个仍旧专制的社会，向人们解释、宣传这种新的自我观，让人们明白个人的价值？压抑自我的所有传统、习俗，在圣普乐和维特那里，当然还有门第观念、社会等级观念，这些难道不是封建王权的基础？是启蒙运动召唤了欧洲的资产阶级革命，也正是启蒙运动承受了封建王权最后的压迫。因此，浪漫主义文学的忧郁，来自封建王权的旧制度、旧观念对新的社会关系、自我观的摧残。杀死维特的，与其说是他借来的一把手枪，还不如说是旧制度、旧观念的敌视。如果维特未能说明这一点，海涅的忧郁则清楚地表达了对新的社会关系求之不得的感受，他的《诗歌集》中不少作品描写的就是众多德国年轻人"同样的痛苦"。

浪漫主义诗人开创了不同于卡图卢斯的忧郁。在卡图卢斯那里，忧郁是个人的忧郁，忧郁的根源在于一个偶然的因素，例如所遇非人，或者一次偶然的灾祸。但在浪漫主义诗人这里，数百年的制度和观念成为普遍的压迫人的力量，诗人的忧郁是社会性的、集体性的。而这种忧郁普遍含有一种变革的要求。资产阶级大革命已隐约发出它的雷声。就像阿伦特在《论革命》一书中所说的，革命是一种新的历史进程的突然发生。浪漫主义诗人的忧郁是对新的历史进程的召唤，就像招魂的巫术一样，这种忧郁已经预示着新的鬼魂的出场。虽然诗人们用的是个人情感的媒介，但是在个人情感的面具下，被遮住的是同一个大革命的鬼魂。它张牙舞爪，随时要毁灭旧制度。浪漫主义的忧郁就像风雨将来时池塘里的蛙鸣，每一声个人的鸣叫，都在为一个新的世界辩护。

因为渴望将忧郁的声音连成一片，以改变当时的现状，所以浪漫主义的忧郁含有宣传的功能，即让这种忧郁包含的革命内容成为社会的共识。浪漫主义表面上主张个性的情感，实际上这只是一种掩饰，其背后隐藏了政治、道德、文化的野心。雅各宾党的尖锐匕首，在浪漫主义那里被一种美的形式包裹着，文学家们似乎也善于将作品的主人公打扮成柔弱的、多愁善感的样子。可是这些柔弱的主人公同样是冲锋的猛士，在旧制度卫道士的眼中，这些文学人物像革命者一样可怕。忧郁的、像患着精神病的维特，在历史上绝不会轻易地结束自己的生命，他积蓄着对门第观念的仇恨，最终会借那个新的鬼魂的爪牙来复仇。

出于建立新的共识的需要，卢梭和歌德的小说，采用书信体的形式是容易理解的。因为书信体的第一人称的视角，是直抒胸臆的言说方式，这与鼓动革命的演说是一样的。直抒胸臆不会有任何情感的障碍，但象征会成为建立共识的障碍。这就解释了为什么浪漫主义文学象征使用的频率不高。象征，除了更生动地呈现内在情感之外，不宜于象征主义的宣传功能，它会降低情感的强度，延迟情感传达的速度。如果情感还需要一个东西让它透出光来的话，那么这种情感的强烈程度就会大打折扣。如果情感需要人们曲折地加以理解的话，那么这种情感就不会直接给读者的心理带来原本的刺激。将琉璃灯的灯罩取掉，让灯直接照出来，这就是艾布拉姆斯在他的名著《镜与灯》中所做的事情之一。浪漫主义不是没有象征，只是它偏好直接让灯照耀。浪漫主义的道德，似乎就是不遮不掩。当它光亮的情感完全是赤裸的时候，它政治、道德的主人公就会披上准备战斗的盔甲。

可以对浪漫主义的象征做新的理解，这基本不是象与思的融合，而是从象退回来，退回到类似中世纪的心理世界中，即在个性的忧郁与普遍的诉求之间建立联系。诗人们用自己的个性说出那在每个人心中都相同的两个字：自由。当拜伦写出他的《哀希腊》时，他将自己的情感变成了象征，同时他也透露了浪漫主义象征的秘密，浪漫主义诗人不会像卡图卢斯那样因为爱情而忧郁，他诗人的袍子下，塞着革命者的刀剑。因为将忧郁变成了象征，诗人们就不太在意在更小的层面上经营形象。海涅的《心，我的心，你不要忧郁》一诗中根本就没有象征，拜伦的短诗中真正的象征屈指可数。不过，寓情于景的写法，还是让他们的独白性的诗作开始增加外在的细节，并由此生成象征。这些象征往往是自然界中原本存在的，它们与较为复杂的情感和思想开始结合，在雪莱的《致云雀》中，平常的鸟儿渗透着难以言喻的快乐精神，在拜伦的诗作中，海岸、暗夜这些熟悉的场景和时刻，与忧郁、感伤的情绪纠缠在一起。虽然这些象征还失之简单，与中国汉代以前的比兴手法接近，但它们却是象征主义象征的有益参照。

二、巴尔扎克和波德莱尔的忧郁

浪漫主义的灯一直照耀着，直到巴尔扎克的时代。七月王朝见证了法国大资产阶级的崛起，也见证了法国浪漫主义的充分发展，雨果的《巴黎圣母院》就是在七月王朝初期发表的。这个时代里，如果文学家、诗人还有什么忧郁的话，那么能够造成他们忧郁的力量，就再也不是旧制度、旧观念了。因为旧制度、旧观念在受到法国大革命的沉重打击后，又迎来了法兰西第二共和国的攻击。虽然保皇党仍旧蠢蠢欲动，但是资产阶级革命已是过去式了。浪漫主义者期求的新时代真正到来了，虽然这个时代并不会让所有人感到振奋。

巴尔扎克就是这样的一位。在商人、银行家的舞台上，巴尔扎克感到的不是新秩序、新观念的美好，而是无处不在的文明的堕落。巴尔扎克是保皇党，但是他更多的是从人性、道德的角度来审视第二共和国的问题。共和国在打破旧制度的束缚后，似乎并没有给人期待的更大的自由，相反，人们被新的枷锁所困，而这种新的枷锁是人们自己打造的，它就是人们的欲望。进一步说，商人和银行家的共和国带来的是无药可救的金钱社会，人们现在成为金钱的奴隶，金钱已经腐蚀掉了人们原有的良知。在《驴皮记》中，巴尔扎克通过妓女欧弗拉齐的嘴，说出了不少人的心声："与其病死，还不如快活而死。看到上帝的作为，我既无永生的奢望，也不对人类抱有敬意。给我几百万，我就会把它们挥霍一空；我不想留一个铜子给明年。活着是为了快乐、支配一切，这是我每次心跳的决定。"①巴尔扎克的忧郁并非来自一个求不得的新时代，而是来自一个令人厌倦的新时

① Honoré de Balzac：*La Peau de chagrin*，Charpentier，Libraire-Éditeur，1845，p. 86.

代。他看到巴黎的人们在欲望中自杀，生命就是欲望的燃料，作品中“驴皮”是资产阶级自由时代的象征，人们的欲望每满足一次，驴皮就会缩小一点。

虽然不是诗人，但是巴尔扎克在《高老头》《纽沁根银行》等作品中建立了真正的象征。无论是拉斯蒂涅出人头地的“史诗”，还是一群女人被金钱和爱情折磨的血泪故事——尽管作品的基调有差异——在世俗情感这种象征下，透出的都是欲望的悲哀。巴尔扎克的忧郁就在这里。他是一位厌世者，他打开了法国19世纪末文学的大门。在思想上而非艺术技法上，巴尔扎克是波德莱尔以及后来的象征主义者的先驱。日本诗人萩原朔太郎在讨论文学上的厌世者的时候，认为“他们憎恶现在人间生活的本质，在否定整个宇宙的同时，从叔本华的厌世感的虚无主义出发，态度恶毒地将浪漫派感伤的爱或人道主义，视为像梅毒一样肮脏”①。浪漫主义那种理想之爱，作为欲望的象征，在巴尔扎克的小说中再也不是遥不可及的痛苦了，它变得苍白了，或者说变成了“恶之花”。除了欲望的放纵和悲哀，巴尔扎克的《人间喜剧》没有留下什么爱情。它的主角是欲望，爱情是缺席的，情感是可耻的。

巴尔扎克不像浪漫主义者那样是个召唤者，他是个解剖者，而且是内心沮丧的解剖者。他讲出了动人心弦的故事，可是这些故事本身并不能让他感到快乐。他的忧郁来自这种处境：除了一个个欲望不断重复的悲剧外，他找不到其他的故事。他在逃避他无法逃避的时代，他在讲述他不愿讲述的历史。

波德莱尔将第二帝国的生活场景呈现在人们面前，他像巴尔扎克一样，是一位厌世者，但同时也是一位放纵者。在巴尔扎克笔下被形容为丑

① 萩原朔太郎：『詩の原理』，「萩原朔太郎全集」，第6卷，筑摩書房1975年版，第138—139页。

陋可怕的巴黎，在波德莱尔那里却具有奇异的魅力。这倒不是说巴尔扎克是一个更道德的人，而是说巴尔扎克的眼前总会有一个高大的雕像，而波德莱尔则喜形于色地将这个雕像推倒。他在一首跋诗中曾这样描述那个广大的巴黎：

我爱你，下流的都市！妓女
和强盗，你们如此频繁地带来快活
世俗的庸人们对此却不懂得欣赏。

波德莱尔不是保皇党，但他的厌世感不比巴尔扎克少多少。巴尔扎克描述那些资产阶级社会的丑态，巧妙地嘲笑它，波德莱尔却要在肮脏的巴黎找到令他心醉神迷的东西。波德莱尔是患了病的，这倒不是说他身体上有众人皆知的疾病，而是说他像患了精神病的人一样，需要在城市的灯火里找到让他感到安慰的解药。在私人日记《裸露的心》中，波德莱尔这样自白："我感觉到我的心灵中有两个矛盾的情感：对生活的恐惧和对生活的迷醉。"①这似乎不是一个真正的厌世者，巴黎的光和色维持着他迷醉的生活。在他所有《恶之花》的诗作中，人们读到女人是如何给他"享乐的时光"，酒是如何给他带来"忧郁的愉悦"，这些词都烘托出一个声色之徒的面影。萩原朔太郎曾指出，"高蹈派蔑视人间社会，沉浸于真正孤独的贵族主义，走进独善生活的云中"②。波德莱尔也算是高蹈派中的一员，他有 15 首诗作入选了 1866 年的《当代巴纳斯》，而且其中有一首叫作《忧郁的情歌》③。但波德莱尔绝对没有信奉"孤独的贵族主义"，他希望

① Charles Baudelaire: *Œuvres Complètes*, tome 3, edited by Yves Florenne, Le Club français du livre, 1966, p. 1251.

② 萩原朔太郎：『詩の原理』，「萩原朔太郎全集」，第 6 卷，筑摩書房 1975 年版，第 139 页。

③ 在钱春绮的译本中，这首诗的题目为《哀伤的情歌》。这里根据词意做了更改。

混进人群中，只有在人群中，他才能找到他的快活。

但是波德莱尔确实是一位忧郁者。他的《恶之花》第一个部分就是“忧郁与理想”，而这一部分中有四首诗是同名的，都题作“忧郁”。当然，使用的是一个近义词“spleen”。波德莱尔的散文诗也题作《巴黎的忧郁》。忧郁成为波德莱尔最重要的标签，他在一切令人迷醉的事物上，看到的都是忧郁，忧郁的头发、忧郁的房间、忧郁的季节。如果说巴黎经常被忧郁的雨浸泡着，那么他的诗就经常被忧郁之情浸泡着。甚至在波德莱尔那里，美就是忧郁，他给美下了一个新的定义：“我发现了美的定义——发现了我们的美的定义。这是某种热情而忧郁的东西，某种有些模糊，将过去留给人猜测的东西。”他以美丽的女人的头做比，认为这种美含有忧郁以及对生活的厌倦的思想。

这里似乎出现了悖论。一个沉迷于生活的人，却怀着奇怪的伤感。但这就是波德莱尔的独特之处。他在第二帝国的巴黎，找到了肉体的狂欢，但是这只是他想得到的一部分生活，在肉体的狂欢之上，还有更为他热衷的超自然世界的光彩。波德莱尔是一位超自然世界的探险家，是一位反省的诗人。他的反省能力，不是体现在迷醉的生活中，而是体现在超自然世界中。迷醉的生活，只是波德莱尔那痛苦的精神的向导，引他去真正令他心驰神往的境界。他在忧郁的房中看到的其实是光影的瀑布，他在女人的头发中看到的是梦幻的港口，他在女演员让娜的裸体上看到的是幸福的海岸，他在酒、鸦片或印度大麻带来的迷醉时刻，看到的是感应的世界。

波德莱尔是厌倦生活的，他厌倦所有凡夫俗子的生活，他厌倦他的继父所代表的道德和人生观，他敏锐地看到灯红酒绿中含有的非同寻常的观念，并用这些观念来对抗自己的理性，在他的迷醉的生活中，实际上演的是自我的斗争。他要看到正常的自我是如何被一个陌生的自我打败的。女人和酒只是见证者，只是催化剂，而非真正的战斗者。他一生似乎都在等待那个陌生的、奇异的自我。他虔诚地等待着,坐在女人和酒的刀尖上,被刺得鲜血直流,但是并不退缩。他知道他的母亲不理解他,他的继父敌视他,他唯一的知音是他那偶然才会到来的自我。他用海水做镜子,照自己的影子,但海水映出的其实是一个不在场的自我。在《人与海》一诗中,诗人说:

你们两个都谨慎而且阴郁:
人啊,没有人探测过你的海床,
海啊,没有人知道你内心的宝藏,
你们都如此渴望保守秘密!

这个善于保守秘密的自我,就是那个不被世人理解的奇异的自我。与他相对的,是一个现实中的自我,围绕着他的是现实中的一切沉重之处。波德莱尔的忧郁可以从这两个不同的自我角度来理解。资产阶级革命带来的商业社会的单调、平庸,让诗人感到窒息,他渴望借助酒和女人唤来另一个自我。在另一个自我到来之前,就像在雷雨到来之前,就是忧郁统治的时刻。忧郁是不同自我的过渡阶段,是新的自我和新的世界的征兆。批评家巴尔曾指出:"在无穷无尽的偶然性的波涛下,波德莱尔听到了他的神经的回响,通过它们,他察觉到看不见的世界的回声。"①

在这种忧郁的心境下,可以理解波德莱尔的象征了。他给后来的19世纪末的诗人们创造了一系列真正的象征。大海,那翻滚不息的力量,就是诗人忧郁、不安的内心;猫,那孤独而沉默的精神,是那终将进入神秘世界的目光;地窖,这忧郁的心境,那里有无日无夜的哀愁。这些象征并非在本质上与浪漫主义有所不同,它们也是常见的形象,但是它们似乎有了

① André Barre: *Le Symbolisme*, Burt Franklin, 1968, p. 56.

不可名状的意味，像一个时间和情绪的黑洞，不再与那些最简单、最常见的感情发生联系。与忧郁的象征相对的，则是激情与放纵的象征，它们是新世界大门上的浮雕，暗示着门后那奇妙、纯粹的世界。这些象征含有女性的香气，那是真诚与充满活力的氛围；有吸血鬼，那是放纵的女王；有海船，那是美丽的、诱人的形态。这些激情的象征，并不是独立存在的，它们被忧郁的象征所包围，即使后者只是隐藏着的。

在波德莱尔那里，忧郁是象征最富创造力的母亲。

三、魏尔伦

波德莱尔，这位资产阶级商业社会的厌恶者，他在政治和道德上找不到出路，于是在放纵和叛逆中对抗那个时代。这是一种消极的对抗，除了给自己带来精神的安慰外，并不能解决社会问题。卢卡契曾指出："这种反抗是不开花结实的，不是着眼于未来的。这样一种反抗，其不开花结实性是奴性的含辱忍垢的另一极。"①从这里可以看出波德莱尔与拜伦的不同，拜伦是积极的对抗，他的忧郁来自创造一个新世界的苦痛。波德莱尔对世界是厌恶的，他要创造，但是这种创造是一种逃避，是内在精神世界的创造。他忧郁的象征来自进入这种精神世界前的苦闷。波德莱尔把这种血型遗传给了布朗热运动之前的文学家，即1889年之前的人。

严格来看，1889年之前的文学家与波德莱尔处在不同的时代中。经历了普法战争的创伤，经历了巴黎公社的流血周，这一时期的文学家普遍具有更强烈的民族情怀和无政府主义精神，虽然他们对第三共和国的厌恶与波德莱尔对第二共和国和第二帝国的厌恶相比，前者可能更强烈一些，但是他们的无政府主义并不足以让他们走上街头，他们更多的是躲进

---

① 乔治·卢卡契：《卢卡契文学论文集》第1册，高中甫译，中国社会科学出版社1980年版，第448页。

波德莱尔早就给他们挖好的地窖中，怀着相似的忧郁之情。

魏尔伦是波德莱尔真正的继承人，如果不考虑道德的优劣，魏尔伦真正延续了《恶之花》作者的“无耻”与“放荡”。《新左岸》的创办者特雷泽尼克曾经评价他道：“魏尔伦是波德莱尔的直接信徒。他从这种危险的范例中得到了他闻所未闻的反常的精致，他的深刻，他的独特性；他有古怪的类比。但是他抛下了波德莱尔的毒药和他多余的暴力。”①这里明显是文饰之言。魏尔伦没有放弃波德莱尔的暴力，相反，他将语言和道德上的暴力推至更高的程度。魏尔伦和真正的无政府主义者是有差距的，在巴黎围城期间，他参加了国民自卫队，隶属于第160营，但很快就因为玩忽职守而被关进了牢房。他对寻找逃亡公社成员的热情似乎要逊色于他与兰波的诗歌冒险。他将波德莱尔诗中的形象当作他的毕生追求，即做一个道德败坏、贫困潦倒的诗人。

如果说波德莱尔是在放纵中寻求安慰，那么魏尔伦就是在放纵中寻求放纵，放纵在他那里具有目的性的地位，安慰只是放纵后的忏悔。他出狱后一直有一个身份：天主教徒。每一次拾起虔诚的面具，都是在他进入医院或者犯下大错、决定洗心革面的时候，也就是在他下一次决定重新投入放纵生活中的间歇期。这时他会想起“美轮美奂”的赞美诗，想起祈祷的重要。但是没过多久，他欲望的触角开始到处摸索，他在日记中这样记载：“没有女人了，没有女人了。”②如果说忧郁的女人是奇异世界的符号，是值得尊敬的，那么女人在魏尔伦那里，就成为欲望的对象，她们可以没有名字，只是肉体。而魏尔伦歌唱的不再是忧郁之美，而是那肉体永不停歇的呻吟。他曾在诗中这样写道：

---

① Léo Trézenik："Paul Verlaine", *La Nouvelle Rive gauche*, No. 54, 1883, p. 4.

② Paul Verlaine: *Correspondance de Paul Verlaine*, tome 2, Albert Messein, 1923, p. 251.

我用放荡不羁的手抚摸你，

我的动作是臭流氓的老练动作

这里出现了一个问题，魏尔伦的忧郁指的是什么？如果忧郁代表着某种感情或者风格的美，魏尔伦的放纵如何能产生忧郁？浪漫主义文学家的忧郁，是感受到世界在作恶。魏尔伦好像代替了那个作恶的主体。一个作恶者，能怀有忧郁之情吗？魏尔伦的传记作者有这样的解释："他并非不知道他在建构自己的神话，把身体变成诗性的身体。这种堕落更有可能是挑衅甚至是控告的手段。没完没了地给这些身体良好的诗人展示他堕落的身体，是想向他们表明，他们没有真正投入他们的诗中。"①这样来看，诗人的放荡实际上是一种故作的姿态，在一个颓废流行的时代，最颓废的诗人就是用他的身体来作诗的人。可以看到，波德莱尔和魏尔伦都把身体当作了工具，只是目的有别。前者要进入感应的世界，而后者则将自己诗性化。在写于 1866 年的一首诗中，诗人曾这样自白：

Car toujours nous t'avons fixée, ô Poésie,

Notre astre unique et notre unique passion,

T'ayant seule pour guide et compagne choisie…②

我们唯一的星星和激情，

诗啊，我们永远把你注视，

只有你是我们的向导和恋人……

在魏尔伦荒唐的生活下，藏着的是虔诚的向诗的心。这是一种非正

① Alain Buisine: *Verlaine, Histoire d'un corps*, Tallandier, 1995, p. 411.

② Paul Verlaine: *Oeuvres poétiques complètes*, Gallimard, 1962, p. 94.

常的诗境的探寻，它不是探索未知的超越世界，而是在肉体的自杀中品尝超越道德的精神体验。

魏尔伦的忧郁可以得到解释了，这是一位同样逃避社会同时又在社会中寻找迷醉的人，他厌恶资产阶级生活的温馨和舒适，不断地寻找新的、反叛的生活。他的资本就是他的身体和他的诗。他可以看作现代主义时期第一位用身体写作的诗人。身体给他换来诗，诗又来养活身体。他不在乎超越性世界的建构，酒和女人就是他的世界。在他的自传《我的监狱》中，人们读到了这种诚实的话："什么样的魔鬼驱赶着我，我用唯一的、最后的苦艾酒，冷冻其他的酒！"[①]这句话可以换成更好理解的语言：如果有什么快乐是一瓶酒带不来的，那么就再来一瓶酒。女人同样如此。他的诗性的身体被这些"一半是神圣，一半是魔鬼"的快乐所包围，让诗人忘记他抛弃家庭或者被人抛弃的现实，忘记被流放的巴黎公社社员。但是这种诗性的身体却无法得到现实的和解，现实有许多武器来打击他：身体的病痛、友人的远离（例如莫雷亚斯）、家庭的不幸（他的妻子和儿子远离他，母亲因对他绝望而死）、商业上的失败（投资庄园失败）。总之，这是一个"被诅咒的"人。他用诗性的身体与"诅咒"他的现实相对抗。他的每一次放纵，都会让他摆脱这种对抗，但是短暂的酒和性的迷醉，会把他交给一个更有力的、铁板着脸的巨人手里。他在给颓废文学下定义时，认为颓废文学是"反抗文学以及其他艺术中的、环境中的平庸和丑陋"[②]，他用酒和女人反抗的，其实是相同的一个东西。但魏尔伦并不强大，似乎也不是最后的胜利者。他很多时候需要求助道德和宗教，他想象出一个道德的自我，以便忘掉他无法躲避的惩罚。这完全是一个脆弱的孩子，用他心爱的玩具想象出一个强大的保护者，但在夜晚却被吓出声来。魏尔伦的

---

① Paul Verlaine：*Œuvres completes de Paul Verlaine*，tome 4，Albert Messein，1926，p. 418.

② Paul Verlaine：*Correspondance de Paul Verlaine*，tome 3，Albert Messein，1929，p. 20.

反抗是脆弱的，他的忧郁正是他面对平庸和丑陋的现实无法摆脱的情绪。

魏尔伦晚年沉沦的生活，就是他的忧郁的象征，也是他的反抗的象征。另外，不要忘了在比利时入狱之前，魏尔伦还保持着巴纳斯派诗人的良好水准，写出了一些出色的诗。那时他还怀着巴纳斯派诗人对美的崇拜，因而创作了一些文学的象征。在《永难再》中，出现了秋天的“斑鸫”，这是让人伤感的回忆；在《感伤的散步》中，出现了“苍白的睡莲”和白色的“裹尸布”，这是难以排遣的忧郁；在《无言的浪漫曲》中，密密织着的雨网，象征着那永不停歇的愁思；在《智慧集》中，还出现了更具象征主义气息的象征“黑色的睡眠”。这些诗的忧郁和浪漫主义者的忧郁相似，主要来自某种无法保持的感情，当然，里面多少有些 19 世纪末诗人的黯淡之情，虽然程度有所不同。

四、于斯曼

魏尔伦并不是在忧郁性上唯一重要的象征主义诗人，其他的诗人在这一点上同样有认识价值。于斯曼就是这样一位。如果说魏尔伦发展了波德莱尔的放纵，放弃了后者的奇异世界，那么，于斯曼正好就是魏尔伦的补充。于斯曼在他的《逆流》中，让音乐、酒、宝石、气味建立了新的奇妙的感应。

《逆流》是 1884 年出版的，距象征主义运动正式发起还有两年。但传统的象征主义思潮、运动的时期划分过窄，本书将 1881 年之后 20 世纪到来前的这段时光，都看作象征主义运动的构成部分。《逆流》处在该运动的早期阶段。这是一部卓越的象征主义小说，主人公德塞森特就是一个隐居的波德莱尔，即是说除去放荡，除去小酒馆和客厅中所有破坏道德的内容，德塞森特就是剩下的波德莱尔。这位主人公曾经这样表达他对《恶之花》作者的景仰之意：

> 德塞森特越是重读波德莱尔，就越是在这位作家身上认出一种难以表述的魅力，在一个诗歌只用来描绘人与物表象的时代，这一位却依靠一种肌肉丰富的语言，成功表达了无法表达的东西，他的语言比任何其他语言都更拥有那种美妙无比的力量，能以表达上的一种奇怪健康，来确切指明疲倦的精神和忧伤的心灵那最不可捉摸、最战栗的死气沉沉的状态。①

引文中的“死气沉沉”一语，画出了一个遁世者的肖像。德塞森特父母早亡，住在鲁尔普城堡昏黑的房间里。他年轻时也做过浪荡子弟，但最终厌倦了一切，希望在隐僻之处度过余生。他找到一座郊区的旧屋，决定隐居。在做好准备后，他辞退了仆人，躲进了门窗紧闭的房间。在不与任何人交流的空间里，他靠他的幻想而活，房间里的一切东西，气味、色彩、声音，都在他的感觉中引发最奇特的想象。真实与虚幻的边界消失了，通感和感应的世界到来了。波德莱尔用酒和大麻创造的心灵境界，在他那里凭借纯粹的想象力就达到了。最普通的事物也与他进行神秘的交流，例如石头：

> 德塞森特一开始想到了某些乳白石和水透玉；但是这些以其色彩的变幻不定，以其光泽的疑惑而令人感兴趣的玉石，实在是太不顺从、太不忠诚了；乳白石有一种风湿病病人的敏感；它的光泽会因湿度和冷热的变化而变；至于水透玉，它只有在水中才发光，只有当人们把它弄湿时，才会同意点燃它灰色的火焰。②

① 于斯曼：《逆流》，余中先译，上海译文出版社 2016 年版，第 187 页。
② 于斯曼：《逆流》，余中先译，上海译文出版社 2016 年版，第 63—64 页。

冷冰冰的石头，不是封闭的客体，而是像张着嘴、闪着眼睛，可以和人交流的活物。德塞森特的目光一触到它们，神秘的对话就开始了。

这些不仅是一个虚构的人物的体验，它们的创造者于斯曼，在“序言”中承认，《逆流》的写作是无意识的，一切要来的就来了，一切要去的就去了。作者没有刻意虚构什么，好像一切都是自然而然地出现的。这种状态正是当时颓废美学的结果。有批评家认为于斯曼写出了忧郁、颓废的一代人，他们“厌恶社会接触、鄙视或者嘲笑更健康、更有节制、更刚健的生活”，总的来看，这是一种“悲观主义”。①

德塞森特的忧郁在什么地方呢？这位耽于梦幻的人有什么伤感呢？就像波德莱尔的忧郁来自现实与那诗性身体的对抗，德塞森特的忧郁来自梦幻的心灵与丑陋的现实的对照。德塞森特越是想进入奇异的感觉中，就越需要摆脱现实的力量。这种逃脱是永不休止的斗争。只要德塞森特让平常的意识进入他的生活中，他就难以挣脱那些向他伸出的手臂。这是一切习惯、习俗、传统的手臂，长在一切觉得熟悉、呆板的事物和思维上。作品中虽然大量描写了主人公的幻觉，可是无法抗拒的现实始终站在那里，似乎在最奇妙的心灵境界中德塞森特也无法彻底地离开大地，相反，那些手臂在暗中撕扯他。作品第 10 章中有这样一段描写：“天低云暗，在软绵绵的空气中，永恒的墙流出了黑汗，地下室的气窗发出恶臭；生存的肮脏触目惊心，忧伤的气氛令人压抑；每个人心灵中的垃圾种子都在发芽；酩酊大醉的需要玷污了威严的人，而在正人君子的头脑中，苦役犯的欲望将要诞生。”因而，忧郁就是来自与现实对抗的“苦役犯”的痛苦。

因为采用小说这一文体，所以于斯曼的象征营造与诗歌有很大不同。诗歌中的象征营造了意义的断裂感，它要尽量减少描写和陈述的内容，因

---

① Émile Hennequin: “J. K. Hÿsmans”, *La Revue Inndépendante*, No. 1, 1884, pp. 209-210.

为这些内容会冲淡象征。小说不能这样,它以描写和陈述为基本手段,只有在不经意间、在形象与心境(或情感)一刹那的相遇中,才会露出象征的身影。因而,在很多情况下,小说中的形象主要是隐喻,是两个不同事物的比较,但是一旦心境要穿过那种形象,形象就突然像露珠一样闪耀出光明来。诗歌的象征就像是花瓶中的花枝,而小说的象征就像那原野中铺开的碎花,不经意的时候,人们才会在草丛中看到整个春天的一朵色彩。于斯曼的象征就藏在许多具有隐喻地位的形象中。人们可以读到德塞森特的"巨大的忧伤之水",这是往昔愁苦的回忆;人们可以读到主人公修士般的黄色调的房间,这象征了他单调、乏味的精神;主人公用来装饰他家中的乌龟的宝石,发出"病态的微光",于是一个荒唐、古怪的精神跃然纸上。而与这些出自忧郁心境的象征相对立的,是那进入梦幻世界的象征,例如"鸡蛋花的清香""薄荷酒的独奏"。鉴于小说的特殊性,甚至可以把德塞森特的居住环境、所思所想,都看作他心境的象征。在《逆流》中根本就没有情节、没有故事,真正的内容是隐喻和象征的布置。于斯曼在《逆流》中做的是装饰工的工作。

于斯曼和魏尔伦代表着波德莱尔在象征主义初期(即颓废派的形成期)两种不同的倾向,身体的放纵和梦幻的寻求原本是结合在一起的,现在分成了两条支流。于斯曼、马拉美属于一条支流,魏尔伦属于另一条,如果不考虑流派的归属,那么莫泊桑将在魏尔伦后面逶迤而行。马拉美身后,还有1885年形成的瓦格纳主义者,虽然后者又会产生新的支流。

象征主义忧郁产生的根源,在于19世纪末资产阶级社会的道德危机。这是巴尔扎克已经预言的危机,在商业时代,往昔一切崇高的价值都倒塌了,一个欲望商品化的时代已经到来。文学家们作为精神生活的创造者,在这个欲望商品化的时代感到手足无措。他们要么出门,拥抱这个新的时代,同时用文学来描述他们身体的迷狂,并渴望从中寻找个性的、非道德的精神,代替浪漫主义的革命精神,要么退回,退回到类似地窖的私人世界，在那里虚构一个神奇的世界，以与外界的平庸和世俗相对抗。第一种方式是象征主义时期普遍流行的方式，无论是象征主义者，还是自然主义者，或者其他任何流派的主张者，他们几乎都对这种方式不陌生。19 世纪后期流行的小酒馆、演艺咖啡馆以及文学家们身上的疾病，可以证明第一条路的拥挤。第二种方式是象征主义者、巴纳斯派诗人较为独特的方式，如果世界再也没有奇迹——因为一切商品化的欲望都是公共的、开放的——那么就人为地创造一个乐园。波德莱尔的一本书《人工天堂》的名字，可以概括文学家们逃避现实的渴望。现实的逃避者因为蔑视现实，寻求某种"永恒""未知"之物，所以在思维方式上，与中世纪的神学家是相同的。神学家们说服人弃世的手段，就是树立超越性存在的价值，贬低现实生活。采用第二种方式的文学家，基本上怀有宗教的情怀，当然这里的宗教情怀一词用的是比较宽泛的意义。当马拉美宣称他的理想是"在物质不知道在何处存在的梦幻中狂奔，歌唱灵魂以及所有相似的神圣印象"①时，他想说的就是这一点。需要看到，这种宗教情怀具有工具性的作用，并非真的完全是目的。它往往给诗人们的工作做辩护，让他们相信自己处理的是更真实、更崇高的价值，实际上他们文化叛逆者的身份往往让他们崇拜异教，或者是自我崇拜，而他们处理的价值是虚构的、并非真实的。因为远离生活，因为用梦幻与生活对抗，所以他们的忧郁就不可避免了。这也可以解释他们忧郁的象征缺少力量的原因，忧郁的象征不再是刀剑，而是一个古希腊的女神雕像，在每个象征主义者眼中，女神的眼神都是诱人的，只是面貌因人而异。

---

① Stéphane Mallarmé：*Correspondance complète*：1862-1871，Gallimard，1995，p. 298.

第三节 神 秘

象征主义象征的心境,除了忧郁,还有一种也很典型,它就是神秘。神秘和忧郁构成了两种不同的层次,相互补充。忧郁来自未进入梦幻世界时的心境,而神秘则是进入后的心境。两者一个在先,一个在后,形成了象征主义心境的一个圆环。然而神秘的心境并不是象征主义者普遍共有的,有不少人甚至否定自己与神秘有关系。例如瓦格纳主义者迪雅尔丹和威泽瓦,他们认为眼前的世界是他们的头脑构造出来的,或者说是他们意志的表象,并不是一个神秘世界的象征。① 文学史家康奈尔也曾指出,神秘主义并不是象征主义的"整体要素"。② 尽管如此,神秘主义在象征主义的初期阶段确实具有突出的地位,除了波德莱尔外,于斯曼、马拉美、兰波等人都热衷于神秘心境的营造。本节将专门调查神秘心境的问题。

一、西方文化中的神秘

神秘(le mystère)在西方文化史中是一个最常见的元素,从古希腊到中世纪,再到浪漫主义时期,如何理解神秘的存在者,其实就是西方思想史的基本问题。这些不同时期的神秘观念是慢慢过渡、转变,最终进入象征主义文学中的。

在柏拉图那里,诗来自一种迷狂状态,诗的迷狂由缪斯来掌管,就像预言、宗教的迷狂,由日神和酒神来掌管一样。迷狂具有鲜明的神秘色

① Édouard Dujardin: *Mallarmé par un des siens*, Messein, 1936, pp. 92-93.

② Kenneth Cornell: *The Symbolist Movement*, Archon Books, 1970, p. 80.

彩,因为人要作诗,就要摆脱他自己的意识,进入非我的状态中,这时他的灵魂出窍,获得了神秘的力量,于是就能说出神谕。如果联系《俄狄浦斯王》和《阿伽门农》中的先知,就可以对柏拉图的看法有更直接的体会。整个自然界和人类社会的命运,都已经被天神所预先决定。人的力量是盲目的,根本无法摆脱天命。但是侍奉天神(例如日神、战神)的先知具有与天神沟通的能力,如果他同时作诗,那么他就让诗成为进入未来神秘世界的大门。这种神秘性有两点值得注意:一是存在着力量巨大的天神,二是已经决定的结果。尤其是第二点,想象一下,目前的一切都是临时的,未来已经在预言中显现,这会给古希腊人的精神带来多么大的震动。他们注定要将目光从不可信的现实生活上移开,投向那苍茫的高处。

奥古斯丁继承了柏拉图的思维方式,但是古希腊的众神在他那里成了唯一的天主。而且令人敬畏、有时不免残酷的天神现在成为众善的本源。奥古斯丁在将天主哲学化,使其成为一个神秘的、无限的存在者:"天主不能说有尺度,也不能说他有他的限度。尽管他本身并非过度的,天主把尺度分配给一切事物,由此这些事物在某种程度上就可以存在了。也不能说天主是被度量的,就像不能说他从其他事物中获得尺度一样。但如果我们说他是至高的尺度(summum modum),我们或许说对了某些东西。"[①]世间的万物都有尺度、形式和秩序,天主是这些尺度、形式、秩序的来源,但是天主本身却不受尺度、形式、秩序的约束,它超越了这些。这说明天主不但具有神秘的力量,而且有神秘的存在。

奥古斯丁的思考在波爱修斯的神学中得到了延续,波爱修斯用"太一"来形容奥古斯丁所说的终极的本原。波爱修斯还对天主的神秘的存在做了更具体的思考:"他处处皆在似乎指的并不是他在一切的地点上

① Sancti Aurelii Augustini: "De Natura Boni contra Manichæos", *in tomus octavus Sancti Aurelii Augustini*, *Opera Omnia*, Venit apud editorem in vico dicto Montrouge, 1841, p. 558.

(因为他根本不可能处在任何位置上),而指的是任何地点都呈现在他面前,都被安排朝向他,他自己不被任何地点所承载;因而说他不在任何地点,因为他无处不在,又处处不在。"①虽然第一本原的概念解释了万物的起源问题,但是它带来了许多值得思考的新问题:天主的存在和万物的存在不同的原因该怎么解释?天主是否像古希腊的众神一样对人的命运做了预定?

托马斯·阿奎那认可了奥古斯丁、波爱修斯对天主的一些判断,不过,因为引入亚里士多德的理性,托马斯让天主成了一个没有形体的理性的自在者。这个自在者因为有意志、有爱的活动,所以在一定程度上是个人格神。但因为他没有形体,他的存在就是他的本质,这种本质具有高度的理性,所以他又类似于程朱理学的天理。在讨论天主的神秘力量时,托马斯曾指出:"因为天主活跃的能力不但伸到形式上——普遍的原理来自形式——而且伸到质料上……天主的知识必然延伸到个别的事物上,这些事物将要通过质料而个体化。"②因而一事物,无论质料还是形式,都是天主造就的。万事万物都以理的形式更真实地存在于天主内部,显露出来的东西,只是天主内部的理的表象。

到托马斯这里,我们可以看到正统天主教的神秘性。因为这种神秘性是对大多数人说的,所以会较为克制一些。与此相对,基督教中还有类似于佛教密宗的传统,传播的圈子很小,具有更大的神秘性。公元 2、3 世纪的圣克来孟就是一个神秘主义者,比他稍晚的神学家奥利金认为基督教中存在着神秘的教义,有些教义不是让多数人知晓的,它们不仅是基督教教义的特殊内容,还是哲学体系的特殊内容。中世纪后期以及文艺复兴时期,神秘主义宗教在欧洲的不少地方传播,14 世纪的神秘主义者埃

① Anicius Manlius Severinus Boethius: *Theological Tractates*, *Consolation of Philosophy*, Harvard University Press, 1973, p. 20.

② Thomas Aquinas: *Summa Theologiae*, *Volume 13*, The Aquinas Institute, 2012, p. 162.

哈特提倡“纯粹的心灵”，这种心灵既可用于宗教修行，又可用于文学创作。纯粹的心灵类似庄子“逍遥游”的境界，它没有挂碍，无拘无束，是“空空的虚无”(empty nothingness)。但是这种虚无并非无所依附，它时刻都等待着与天主的合一。埃哈特提出的神秘思想，就在于人与天主合一的可能性，他指出：“我们将要变成他，有时与他为一，因而属于他的将会属于我们，属于我们的将会属于他：我们的心和他的是一颗心；我们的身体和他的是一个身体。因而，我们的感觉、意志、思想、感官和四肢亦然。”① 这种观点在正统的神学家看来是亵渎的，不论是奥古斯丁，还是波爱修斯，他们都强调万物的存在(善)与天主的存在(善)不同，其目的正是防止人们将自我与天主看作齐一的。埃哈特这里似乎将婆罗门教的梵的观念引入基督教中，篡改了之前的教义。他的理论的神秘性给世人做了更多的承诺，如果世人可以与天主同一，那么，一切神圣的力量世人就可以掌握，人有无限神化的可能，在人与神秘的世界之间，一定会出现复杂的关系。

这种“同一”的关系，与瑞典的神秘主义者斯威登堡(Emanuel Swedenborg)的“感应”理论有相似之处。不但天堂中的事物与大地上的事物存在着感应，而且大地上的植物界、动物界和矿物界也都存在着感应。看不见的感应将一切存在联系起来，它们围绕着一个圆心，这个圆心就是第一存在者。围绕着的事物因为这个第一存在者而存在。人通过感应就具有与天堂交流的能力。当人获得感应的知识，它就能与天使结合起来。斯威登堡用新的理论形式解释了世人可能具有的超凡力量。

斯威登堡给波德莱尔和马拉美带来了感应的象征，他是象征主义感应的一个理论源头。除了他，象征主义还有另外的源头：诺瓦利斯。诺瓦

① Meister Eckhart: *Eeister Eckhart: A Modern Translation*, translated by Raymond Bernard Blakney, Harper Torchbooks, 1941, p. 28.

利斯相信自然界中有奇迹，也相信人可以利用超感觉来感受奇迹。在这方面就有了诗人的必要性，因为诗人的作用不是别的，就是教人获得超感觉，而诗就是建构超越性的艺术。对于这种超感觉的世界，平常人或者平常的理性是无法把握的，于是，诺瓦利斯就给神秘主义赢得了地位："最高的东西是无法理解的——最近的东西，是最不可或缺的。只有通过减少了解我们自己，即不再对我们自己熟悉，本身不可思议的某种不可思议的东西才会出现。"①虽然目前还没有证据证明兰波与诺瓦利斯的关系，但是从理上，而非从实际的影响上，兰波的通灵人诗学已经在诺瓦利斯的超感觉诗学那里完全做好了预备。

在象征主义者生活的时代，除了上面宗教的神秘主义以及神秘主义的宗教外，还有一些边缘性的神秘主义传统同样需要注意。它们就是炼金术、招魂术、灵智学。传记作者斯坦梅茨曾经记载，一位叫布列塔尼的税务员给兰波介绍了巫术："布列塔尼的生活一直是个谜，我们虽然对他了解得并不多，但那点滴信息足以证明是他向兰波灌输了'校外教育'，是他向兰波推荐了咒语类的禁书以及革命性的抨击文章。"②斯坦梅茨没有具体说明这些禁书都是什么书。在兰波生活的时代，并不缺少一些从西亚传来的巫术著作，炼金术之类的书籍在欧洲内部也有很久的传承了。在象征主义运动时期，世界史上重要的神秘主义者布拉瓦斯基夫人正在活动，1877 年她出版《揭开面纱的伊西斯》，宣告东西方神秘主义大融合的时代就要到来。1884 年她访问欧洲，并在伦敦定居。虽然她对法国象征主义者未曾施加影响，但在海峡另一边的象征主义诗人叶芝则是她虔诚的门徒。布拉瓦斯基夫人在招魂术和灵视上据说非常灵验，叶芝本人也有过惊人的尝试。布拉瓦斯基夫人在《寂静之声》一书中解释过她的神

---

① Novalis: *Philosophical Writings*, translated by M. M. Stoljar, State University of New York Press, 1997, p. 24.

② 让-吕克·斯坦梅茨:《兰波传》，袁俊生译，上海人民出版社 2008 年版，第 115 页。

秘主义思想,她认为人们的头脑欺骗了他们,无法让他们看到世界的实相,只有放弃物质的自我,才能真正获得精神的自我,她向她的信徒们呼吁:"这个大地,无知的信徒啊,只是凄惨的入口,通向暮色,它在真正之光的溪谷之前到来——那种光没有风可以吹来,那种光不用灯芯和灯油就可燃烧。"①

从柏拉图、奥古斯丁,到托马斯、埃哈特和布拉瓦斯基夫人,神秘主义的宗教和学说构成了一个巨大的梵高式的星空,星星在那里闪耀,并渗入大地。象征主义者们受到这个星空的吸引,进行自己的神秘心境的探索,这就是非常自然的事情了。

二、马拉美的神秘心境

尽管不少神学家、宗教修习者强调神秘主义世界的存在,但是要看到宗教与文学是不同的领域。文学家们更多地站在宗教世界之外,他们是观察者,而不是实践者。文学家们对宗教世界感兴趣,主要是因为宗教世界与他们的艺术世界存在着契合性。进一步说,文学家们是因为艺术世界而对宗教世界产生兴趣的,两者都有意与现实世界保持距离。宗教世界并不是他们的首要关注。象征主义的神秘心境的特殊性也就在这里,它的着重点在心境上,神秘性是次要的。任何神秘性,无论它是真是假、是高是低,只要它没有进入文学家的内心,没有转变成一种诗性体验,它就无法被象征主义者有效利用。

马拉美就是这样的象征主义者。他肯定文学和宗教一样,都有神秘的内容:"所有神圣的事物,所有想保持神圣的事物,都被神秘包裹着。宗教受到只向灵魂要得救者显露的秘密的保护:艺术也有它的秘密。"②艺

① H. P. Blavatsky: *The Voice of the Silence*, The Theosophical Publishing House, 1970, p. 17.

② Stéphane Mallarmé: *Œuvres complètes*, Gallimard, 1945, p. 257.

术的秘密就是将艺术与平庸之人隔开的东西，只有深谙艺术的人才能进入它的内核。这种内核当然与宗教的内核不同。诗人要进入的内核具有个人的体验，而宗教的内核则需要放弃自我，进入更大的存在中。这种内核在马拉美那里，就是梦幻。即使在他患病丧失自我期间，他也流连于内在的梦幻中。他曾这样记载一个早晨他的神奇体验：那时，地平线上是苍白的晨曦，很快，"一种难以觉察的变化在我身上发生了，轻盈的感觉渐渐完美地在我身上融化了。所有我精神的存在——感应的深邃的宝藏、色彩的内在的和谐、过去的节奏的回忆、词语神秘的知识——都已实现，都在我求助的罕见的诗的作用下漾动"①。这里的描述，不是世界进入虚空的状态中，相反，它是生动的，富有色彩和声音。甚至词语也自动地结合起来，形成诗人渴望的纯诗的雏形。这与其说是一种宗教体验，还不如说是一次成功的"神思"。不过，在这种神思中，世界中有了感应的联系，抽象的和具体的、过去的和现在的，似乎在重新编织一种新的现实。

对于马拉美所说的"节奏的回忆"，可以再做进一步的分析。他提到的其实是音乐。神秘和音乐的关系在马拉美那里非常特殊，这种关系在托马斯或者斯威登堡那里并没有得到特别强调，波德莱尔在描述他的迷醉经验的文章中，曾指出：音乐像诗一样，具有讲述的能力，它摆脱了声音，具有了多种存在，例如，它与视觉的事物结合了。可见波德莱尔已经注意到音乐加入感应的世界中。这种记载是马拉美神秘体验的一个示范。不过，在马拉美那里，音乐渐渐地被抽象为感应，也就是说世界中不同事物的隐秘联系形成了一种新的关系，马拉美将这种关系叫作音乐。于是神秘性在诗中最终形成一种词语、声音、形象的交织，从而得以具体化。

从这种神秘的心境出发，马拉美营造了许多经典的象征。在《新春》

① Stéphane Mallarmé：*Œuvres complètes*，Gallimard，1945，p. 262.

一诗中,出现了"蓝天"这个看似简单的形象,这是从忧郁的心境进入一个神奇的心境之时出现的象征。蓝天在他的诗中好比神秘性的入口,在它之下是阴郁的大地,在它的深处则是时间和空间消失的深渊。蓝天的形象在《青空》一诗中再度出现了,它有了新的样子,变成了"永恒的青天"观察人们的灵魂,最终人们将会进入青天无所不包的世界中。在《海洛狄亚德》那里,人们看到了镜子,这遥远的、梦幻事物的象征。诗中的镜子是另一个世界的鉴照者,因而是"可怕的",诗人说:

des soirs, dans ta sévère fontaine,
J'ai de mon rêve épars connu la nudité!
晚上在你汹涌的泉水中
我做着散乱、纯粹而简单的梦!

镜子见证的是两种不同的时刻,一种是意识清醒的时刻,另一种是意识进入神秘状态的时刻。因而,镜子也相应地具有两种特征,一种是意识的对象,是被诗人的双目注视的对象,另一种是注视者,镜子本身就是一个更大的眼眸,它观察着诗人主体的变化,它里面神秘的东西,在向诗人招手。

三、兰波的通灵人心境

英国的象征主义诗人、文学史家西蒙斯曾将兰波形容为一个梦想家,一个毕生以探索为梦想的人。这里的"探索"如果理解为对神秘世界的探索,不会有大的问题。兰波这颗叛逆的心,不仅蔑视法兰西第三共和国,还蔑视现实世界中的一切道德和真实性的价值,他在一定程度上超越了马拉美,走到了波德莱尔的身边,有时甚至还走在波德莱尔的前面,是一个价值的破坏者。他曾不无骄傲地说:"我终于让人类的希望在我的心灵中破灭。我像凶猛的野兽一样悄然跳到所有的快乐上,为了咬住它的喉咙。"①

这个在北方的夏勒维尔长大的孩子,这个在教师和其他学生面前比较优秀的学生,是如何成长为神秘世界的"野兽"的?除了上文已经提到的"咒语"之类的影响外,更重要的因素是波德莱尔。波德莱尔一直对神秘主义感兴趣,这种神秘主义有时涉及正统的宗教,有时涉及异教。文学生涯开始后,斯威登堡的感应说吸引了波德莱尔,于是他成为象征主义者中第一位强调感应的诗人。也主要是因为这一点,后来的诗人们奉他为象征主义的先驱。波德莱尔认同斯威登堡的意见,精神世界、物质世界到处都存在着看不见的感应,这组成了一个"象征的森林"。如果能进入这种世界,人们就能具有神秘的能力,就能清晰地看到通感的发生,而且人们的心灵会摆脱平常的状态,达到一种柏拉图所说的迷狂境界。波德莱尔曾这样转述瑞典神学家的话:"心灵更为博大的斯威登堡,已经教导过我们,上天是一位极为高大的人;一切形式、运动、数、色彩、香味,在灵性世界中就像在自然世界中一样,都是有意味的、互存的、交流的、感应的。"②兰波对波德莱尔的印象,还不止于此。波德莱尔是一位勇敢地寻找神秘性的人,他敢于在肉体和精神上付出极大的代价。为此,兰波称赞波德莱尔是"一位真正的神"。这位《地狱一季》的作者也想效仿,他要冲破一切价值的警戒线,让自己成为"凶猛的野兽"。

为了达到目的,兰波使用了多种方法,他诉诸想象力,借助病态的感觉,甚至像波德莱尔那样曾接近 19 世纪初期传入法国的印度大麻。他的主体精神已经发生变化,一度出现过人格解体的现象。这就是"通灵人"诗学带来的医学的后果。兰波渐渐让幻象进入他的实际感受中,虚幻与

---

① Arthur Rimbaud: *Œuvres complètes*, edited by Antoine Adam, Gallimard, 1972, p. 93.

② Charles Baudelaire: *Œuvres complètes*, tome 3, edited by Yves Florenne, Le Club français du livre, 1966, pp. 572-573.

真实、正常与病态开始纠缠在一起，没有明显的界限。当诗人在《语言炼金术》中写出这种体验的时候，似乎没人能轻易否定它的实在性："我特别清楚地看到，作坊的位置上出现了一座清真寺，天使敲打着的击鼓队、天路上行驶的敞篷马车、湖底里的沙龙；怪物、奥秘；歌舞剧的标题在我面前呈现恐怖的景象。"

就获得神秘性的形式来看，兰波与波德莱尔表现出两种不同的路径。波德莱尔是重视感官体验的，但是他相信这种感官体验，不仅是自己的幻觉，还有原本不为人知的世界的秘密。精神与物质、物质的不同形态之间的感应，原本就存在，只是正常的人无法意识到它们。因而波德莱尔的神秘经验是一种发现的过程，诗人好像是一个揭开自然的帷幕的人。虽然兰波也认可自然原本的神秘性，但是在他那里，神秘性的获得发生了重大改变，因为这种神秘经验几乎是兰波自我创造出来的。兰波不是寻找原本存在的秘密，而是通过不断地打乱自己的感觉，不断地让不同的感觉建立新的联系，从而获得感应的体验的。在他那里，感应的世界带有他的个性，即一种非和谐的、暴力的、动荡的神秘性。兰波自己就是魔法师，他的神秘的"清真寺"是他自己搭建的，他不需要揭开遮挡的帷幕，想给人呈现的秘密他早就做好了谋划。当然，马拉美的寂静的等待，与他的差别就更大了。波德莱尔站在马拉美和兰波的中间。兰波在最左边，躁动不安，马拉美在最右边，萎靡不振。

很难将兰波的象征与他的通感分开，因为他的象征就像是通感世界的路灯，散布在他心境的不同位置上。这种情况实际上在马拉美那里已经出现了，在马拉美的诗中，不同的形象往往可以折射出同一种心境。这些形象就像琉璃灯上每一个镂空的图案，共同透露出同一个火光。这是一种精致的装饰术，马拉美是这方面的大师。相比之下，兰波是随意的、有力的。他使用的不是点缀的技巧，而是一种类似迪雅尔丹所说的"喷涌"的技巧，即像浪漫主义者一样，把心境的潮水释放出来。迪雅尔丹的

“喷涌”说，非常强调无意识心理内容的直接呈现，兰波不是这样的。兰波是将一切意识的、印象的、回忆的、幻想的内容喷发出来，哪怕语言和形式还没有做好准备，也没有顾虑。不过，兰波并不是一下子就进入这种状态的，在他早期的诗作中，还有较多的巴纳斯派诗人的风格。例如在《元音》中，理性的反思仍然占据统治地位，人们看到不同的元音与色彩出现了集体性的对应。一个感应的世界毫无保留地出现在人们面前。当然，这首诗只是对感应世界的模仿，从诗的内容来看，它与《彩图集》中的不少诗作还存在差距，所谓的“感应”恐怕还只在理论设想的层面。

在《啊，季节，啊，城堡》中，可以看到兰波有了冲破自然形象、进入更深的梦幻世界的冲动。虽然这首诗形象偏少，但“城堡”、打鸣的“雄鸡”，已经将人们的意识带到新的领域。翻开早期的诗作，《彩图集》的第一首诗就让人眼前一亮，这就是《洪水之后》。洪水是激情的洪水，是巴黎公社革命的洪水；“野兔”，这寻求安慰的存留下来的人，在向天空祷告；“宝石”，这珍贵的价值，都看不到了，被“掩埋”上了；“肉摊子”，这资产阶级的快乐生活，开始出现在“污浊的大街上”。在诗篇的结尾部分，人们还看到了“洪水”和“闪电”，它们代表人们的愤怒，或者是内心的伤痛。这些形象与其说是分散的，还不如说是同时存在的。在《童年》一诗中，神秘的形象变得多起来了，一个“宠儿”，好像不属于任何的国度，她也没有名姓，她的世界，是纯粹而神秘的，是“蔚蓝和狂野的葱翠”，她生活在奇特的森林，那里“梦中的花朵在鸣响”。在这首组诗的第四部分，可以看到“我是另一个”的愿望已经完全实现了，诗人不再是他自己，他活在不同的时间和空间，他成为“圣徒”，成为阴暗书房中的“学者”，成为落日余晖中的“行路人”，成为被遗弃在海岸上的“孩子”。在《断章》中人们看到了更加奇特的体验，那里的钟声具有“玫瑰色的火焰”。在《流浪汉》中，“太阳之子”让人们窥探到寻找未知者的精神。所有这一切，这可以言说的和不可以言说的心境，都在《神灵》一诗中综合起来，“神灵”，这位梦想的解放者，这永恒的价值,这"力量和爱情"的化身,这"精神的繁殖力",既说出了这个神灵是什么,又让人们难以完全理解他。因为诗作中的所有语言都成为内在火光的媒介,所以这首诗出现了放弃形象的倾向。进一步说,哪怕兰波不使用象征,他的语言也会给他营造一种更普遍的象征。兰波破坏了象征,又重造了象征。原因在于他解放了词语。平常散文的词语,意义是固定的,而且这种意义一般都符合使用的习惯。兰波也使用人们经常使用的语言,但是他改造了能指与所指的关系,这就是他曾说的"语言炼金术"。词语们变得活跃起来,开始挣脱习惯的力量,与人们心中某些原始的、灵性的感受结合起来,并恢复了最初的象征力量。当象征不需要形象,词语本身就能唤起某种心境时,兰波就达到了象征的极致。中国诗评家司空图在《二十四诗品》中说的"超以象外,得其环中",可能就是一个很好的概括。任何做到这一步的诗人,都摆脱了文学的领域,而进入道的世界。这里无意对兰波进行品第的评价,只是想强调这一点:从兰波代表性的诗作中,可以看出文学是如何令人惊讶地向上打通形而上世界的。

四、象征主义神秘的概括

马拉美和兰波并不能完全代表象征主义的神秘,还有一些象征主义者也表现出了这种倾向。多奈就是一个代表。1881 年,《黑猫》周刊在巴黎创刊,它迅速成为象征主义思潮的孵化地。多奈也注意到了这个杂志,并产生了浓厚的兴趣:"我当时是中央学校的学生。我没有出入于黑猫小酒馆,作为补偿,每周六,我都如饥似渴地阅读《黑猫》杂志,通过这个机关刊物,我与我未来的同志们神交已久。"[①]《黑猫》杂志吸引多奈的原因有很多,神秘风格的文艺就是其中之一。多奈人比较胆怯,他经常路过黑猫小酒馆,但是不敢进入,因为波希米亚人的呼喊、狂欢可能吓到了他。但

① Maurice Donnay: *Autour du Chat Noir*, Bernard Grasset, 1926, p. 16.

多奈很快就在《黑猫》上发表作品，并且与黑猫小酒馆的成员结识，成为他们的一分子。他给小酒馆创作了两个剧本，其中的《别的地方》就具有鲜明的神秘性。剧本的场景多变，主人公是复活的伏尔泰和一位叫作“泰尔米努斯”的诗人，实际上他的原型是魏尔伦。两位大文豪因为厌恶人生，跳进了塞纳河。但他们没有死，而是到了一个叫作魔法师海角的地方，作品描写道：“他们悄悄地来到巨大的、陡峭的山顶：这是魔法师海角，一个不熟悉密教的人会感到害怕的所在；幸好泰尔米努斯知道神秘的教义，两位行人可以继续前行，没有过于恐慌。”①这个地方当然是杜撰的，不过，多奈这样写，是想探索在精神中可能存在的空间。他的作品的标题“别的地方”含有这种意思：不是任何具体的空间，而是在空间之外。这是一个精神空间，它将波德莱尔向往的超自然世界也包含进去了。在一个叫康斯坦丁海湾的地方，出现了这样的景象：“走出了陡峭的群山，伏尔泰和泰尔米努斯到达了一个平静的海岸，那里一切都很精神，都是新鲜的、明净的，有诗情画意。他们的脚一踩上这片被祝福的大地，他们就马上感到心旷神怡。”②这里当然写的不是自然景观，而是一种心境。像兰波的《彩图集》一样，多奈不是利用精心挑选的形象来传达心境，而是利用语言、利用叙述，即通过语言进入一种心境中，让语言承载思想的光亮。这样一来，象征的“透”的作用就被弱化了，有被语言的直接陈述取消的危险。当然，在多奈的作品中，还是可以找到象征的，场景本身就是心境的象征，另外，在第五场出现的“池塘”的意象，象征了忧郁、沮丧的心情，而池塘边出现的年轻人阿道夫，他的原型可能是诗人自己。在第三场中，“长满灯芯草的海岛”暗示着奇异的、悦人的美感，它被大地这“阴沉的香炉”的香气所笼罩。

---

① Maurice Donnay：*Autour du Chat Noir*，Bernard Grasset，1926，pp. 142-143.

② Maurice Donnay：*Autour du Chat Noir*，Bernard Grasset，1926，p. 144.

除了像多奈这样的作家之外，总的来看，在马拉美和兰波之后，神秘不再是新加入成员的主要关切。卡恩、迪雅乐丹、古尔蒙这些后起之秀，分别将注意力转向自由诗、内心独白和个性的风格，这是有力的证明。所以象征主义的神秘心境是一个局部特征，而非总体特征。就这一局部特征来看，象征主义者极少因为宗教本身的原因倡导神秘，所谓的神秘，很多时候是新奇的体验、幻觉的代名词。从本质上看，这种神秘与浪漫主义的个性感受接近。象征主义的神秘世界表面上看起来非常热闹，那里有非凡的自然景物、奇特的建筑，有未知的声音和形式，但它有时与寂静的氛围有关，也就是说，来自一个独处的象征主义者的虚构。文学家想在丑陋的现实之外重造一个虚拟的、非凡的世界，用以安慰自己绝望无助的内心。它有时与躁动的氛围相伴随，来自一个急切想摆脱现实的人的头脑，这是奔向“别的地方”的冲动。这两种情况不同，但是又有一致性，即具有针对现实的离心力。认识到这一点，就可以发现神秘乃是象征主义者的造神运动。越是强调神秘，越是说明19世纪末文化生活的真实情况是单调和乏味的。只有无法忍受单调和乏味时，才会求助于神秘。因而，神秘性的大行其道，证实的却是它的对立面：这是一个已经没有历史奇迹的商业时代。

第四节　暗　示

如果浪漫主义者是歌唱者，那么象征主义者就是暗示者。这种比喻比较容易理解，因为象征就是暗示的技巧。目前学界比较流行的看法，就是将暗示视为象征主义的基本表达法，例如美国学者巴拉基安就曾用暗示来区别浪漫主义者和象征主义者，并认为“象征主义者要寻找一种不同的间接言说，在波德莱尔那里我们可以看到它的痕迹，它将在19世纪后半叶发展成为一种新的技巧”①。巴拉基安的判断可能来自象征主义大诗人马拉美，后者曾在一次访谈中指出：“文学的目的是暗示事物，没有其他的目的。”②这种看法当然有合理之处，但是同样存在一些问题，它容易让人怀有刻板印象，误认为暗示涉及的只是表达方法。实际上，暗示涉及象征主义整体的美学理念，这也是其核心概念之一。本节尝试还原暗示的复杂意蕴，并对暗示的美学结构进行描述。

一、心境的异常性

间接言说与直接言说不涉及文学家内在心境的变化，也不涉及文学内容的变化。它们只关注传达方式，它们具有的是工具性的特征。实际上，象征主义的暗示，除了象征的营造外，含有内在心境和文学内容等重要内容。就内在心境看，象征主义的暗示者是这样的人，他们的体验本身就是神秘的、无法传达的。进一步说，暗示内在性地存在于暗示者中，暗示的内容本身就具有暗示的必要性。这里并不是对暗示的含义做了引申，让它成为一个宽泛的名词。它想做的是真正深入内在心境中，而非在概念间打转。那么，暗示与内在心境到底有什么关系呢？结合本章第三节的论述，暗示与内在心境的关系可以概括如下：内在心境的异常性本身就具有暗示的能力。

象征主义者不同于浪漫主义者的地方，在于集体听众的消失。浪漫主义者们好像是时代的代言人，他们预感到人性或者政治的革命即将到来，于是在闷热的季节歌唱时代的变迁。他们的眼睛往往是向后看的，他们是未来社会的先知，擅长写出与时代普遍共鸣的情感。在此意义上，卢梭的圣普乐就是那个时代许多追问情感价值的年轻人的代表。浪漫主义

① Anna Balakian: *The Symbolist Movement*, Random House, 1967, p. 57.

② Stéphane Mallarmé: *Œuvres complètes*, Gallimard, 1945, p. 869.

者作为政论家或者教育评论员所起到的作用是非常显著的，如果这个社会还拒绝改变，那么就在文学中尝试改变它，《爱弥尔》《自由颂》就来自这种思维。浪漫主义文学的圣殿里，不仅坐着灵感之神，还供奉着真与善的神灵。浪漫主义者希望感动读者，形成某种集体的共识。在此意义上，浪漫主义产生了西方文学史上第一批真正的流行文学。与此相应，浪漫主义者也成为西方文学史上第一批民族文学家，他们在逝世后给文学家的葬礼设立了新的标准。

象征主义者们不再关注干预现实了，至少除了卡恩、雷泰、莫拉斯——如果不可以把莫拉斯归在象征主义的门类下，那么可以把他归在象征主义时期的作家下，同样的还有巴雷斯。似乎没有多少人真正想参选议员，尤其是巴黎公社失败后的 15 年间，弥漫在巴黎的是厌恶现实的情绪。批评家布尔德曾这样描述颓废者们："这种对疏离其他人的神经症的需要，这种将艺术理解为专属几位雅士的业余爱好的方式，这种对堕落和丑恶的热衷，这一切从 1835 年起就在法国年轻人身上埋下了种子。"[①] 当然，布尔德的用意不是要把颓废文学运动上溯到 1835 年，他看到早期的种子在巴黎公社失败后开花结果了。文学家们从贵妇人的客厅、从流血的街头退回去，几乎没有人需要他们。他们待在自己的房间，像黑暗中的蜘蛛一样编织着非同寻常的梦幻。本雅明在他的巴黎拱廊研究中，认为波德莱尔在寻找买主，他是出卖自己感受的人。但是波德莱尔的诗作并没有让他发财，他活着的时候没能成为出版商的宠儿。这种现象在 1886 年也出现过，发表过兰波《彩图集》中的精彩诗作的《风行》，发行量只有几十份，最终黯然终刊。魏尔伦的《被诅咒的诗人》初版时只印了 253 册，收益甚微。只有讲究商业策略的《黑猫》是个成功的案例，因为成功的促销，加上文字、图画的讽刺效果，它的发行量曾达到过 2 万份。雷

① Paul Bourde: "Les Poètes décadents", *Le Temps*, No. 8863, 1885, p. 3.

泰新办的刊物《风行》需要自己贴钱，只办了 3 卷(月)就难以为继。现实生活的不堪，让象征主义者们去寻找精神的安慰，于是奇特的体验就有了它的内在迫切性，奇特的体验代表着为艺术而艺术的立场，提供了文艺家们在现实世界没有得到的报偿。

当然，象征主义者们需要自己把自己当作读者。如果没有理想的读者，就自己创造。这解释了 19 世纪末小酒馆、咖啡馆时兴的原因。从魏尔伦、兰波开始，再到莫雷亚斯、多奈等人，颓废文学家、象征主义文学家热衷于光顾巴黎的小酒馆、咖啡馆，圈内人的交流显得愈来愈重要。小酒馆的意义不仅是给象征主义者建构一个相对小的公共空间，还是给志同道合者一个窥探先锋艺术的窗口，表明自己的存在。这就好像在对世界宣示：看！我是奇特的，我厌恶庸俗。小酒馆成为波希米亚文艺家展现自我、获得认同的场所。其中的一位成员古多在 1888 年的回忆录中吐露，因为厌倦待在自己沉闷的旅馆中，在阴影中写作，所以他开始经常出没于文学咖啡馆，希望能找到赏识他的诗歌才能的知音，获得知名人士的认可。无名的古多后来成为厌水者俱乐部和黑猫小酒馆的名人、颓废文学运动的领导者之一。

概括而言，浪漫主义者和象征主义者(至少是 1889 年以前的象征主义者)在内在心境上呈现出二元分化，前者偏向个性情感的公共性，后者则偏向内在心境的奇异性。公共性需要文学与大众的交流，而且能保障这种交流，奇异性则有些相反，它不是拒绝交流，而是给交流设置一种距离。这种距离的存在，一方面给交流带来阻力，另一方面让交流具有一定的趣味性。之所以说象征主义的心境本身就含有暗示，原因就在这里。暗示就存在于奇异的心境和平常的心境之间的距离中。这里可以分析暗示与直接言说的不同。直接言说的一个条件是言说者的情意与听众的情意之间的相似性，这种相似性保证了从内容的发送到内容的接收这个过程的平稳、有效。这里可以参考托马斯的神学：“在看的能力上，要想看到天主，就必须有从天主分得的某种像（相似性），通过它，理智就能有效地看到天主。”①世人之所以具有认知天主的能力，是因为他的理智与天主有某种相似性，如果没有，世人就见不到天主，甚至会认为天主并不存在。这种认识论并不只是对神学有效，对一般的认识也有效。读者能体会文学家的心灵，这是因为两者的心灵内原本就存在相似性，是这种相似性保证了阅读、欣赏行为的进行。对于浪漫主义文学家来说，他们的情感与读者的情感存在着相似因素，因而爱情与人生的悲欢离合，就能很好地通过直接言说传达出来。但是象征主义者人为地设置了差异。心境的奇异性本身就含有对平常心境的逃离、破坏，它针对的目标，不如说就是读者和作者原本具有的情意上的相似性。如果拆解这种相似性，将读者和文学家原本的联系打断，那么奇异性就自然而然地出现了。参考兰波的通灵人理论，兰波没有说出来的，难道不是这一点？在解释打乱感受，以便获得未知的时候，兰波指出：“诗人可能会定义未知的特性，因为诗人从他的时代的普遍的心灵中觉醒：他将会提供更多的东西，超过他的思想形式，超过他所做的进步的注释！奇谈怪论被所有人当作标准接受，这才是多几倍的进步。”②兰波所说的从“时代的普遍的心灵中觉醒”，指的就是对原有的普遍相似性的拆解。

拆解给暗示留下了空间。因为拆解后的感官体验丧失了感受的相似性，平常的语言在很多情况下失效了，直接言说已经无法达到交流的目的。在谈到19世纪末象征出现的必然性时，无政府主义者米歇尔认为，象征的产生是出于面对着新时代，原有的语言已经不够用了，无法满足新的思想、新的人性的需要。这句话的语境，比它本身要广泛得多，它还涉及无政府主义和高级资本主义时期给语言带来的新要求，但是米歇尔的

① Saint Thomas Aquinas: *Summa Theologiae*, *Volume 13*, The Aquinas Institute for the Study of Sacred Doctrine, 2012, p. 102.

② Arthur Rimbaud: *Œuvres Complètes*, Gallimard, 1972, p. 252.

观点同样适用于暗示的原理。在象征主义的初期阶段,文学家们渴望建立语言与感受的新关系,当直接言说无法承载已经出现较大距离的心境时,文学家们就不再直接来描摹这种心境了,他们围绕着这种独特的心境,一点一点呈现这种心境中发光的形象,或者用其他相似的形象来与浸泡在这种心境中的形象建立联系,于是就出现了象征。这两种方式都是象征。马拉美在接受于雷的访谈时,曾做过相近的解释,在他看来,象征就是利用形象,渐渐地将已有的心灵状态透露出来,当然也可以相反,即先有形象,慢慢地引发某种心灵状态。这两个过程,虽然步骤不同,但是同样要依靠形象的暗示力。

象征的本质并不是修辞学,希望擅长语言便能擅长象征,这在象征主义者看来,只是不懂文学者的空想。象征需要以进入奇异的心境为前提,只有奇异的心境才能给暗示、象征提供真正的土壤。把比喻和直抒胸臆交给平常的心境吧,那是宣传和说教的作品该干的事情。象征主义者不但提出了他们的理论,而且做了实验。虽然不是每个作品都能符合他们的期望,虽然不是每个作品都遵循了他们的理论,但是的确有一部分作品给他们的理论做了辩护,而这是象征主义思潮研究最值得关注的。马拉美曾经的学生吉尔继承了象征主义的暗示者身份,他的“语言配器法”理论,就是为此而提出来的。他曾经用“暗示”的语言来形容马拉美的诗作,这对我们理解心境与暗示的关系很有启发。吉尔说:“马拉美:在海蓝色和玫瑰色的环境中,在洁白的泉水中,有一根笛子,在天地之间时响时断。然后是伴奏音乐的肃穆,气氛纯真——让人想起不常用的虚幻的乐器——某个消失的或者将要到来的崇拜的祭司。”①这里就把马拉美形容为“海蓝色和玫瑰色”世界中的祭司,一个虚幻乐器的演奏者。相应地,马拉美诗中的心境也可以借助“虚幻的乐器”而暗示出来。

① René Ghil: *Traité du verbe*, Éditions A.-G. Nizet, 1978, p. 54.

二、非个人性

接着心境而来的，是作品的内容问题。如果文学家传达非同常人的心境，那么他所营造的文学内容就必然具有非个人性的特征。非个人性是象征主义时期文学的主要特征，是区别于浪漫主义个人性的内容。

浪漫主义文学的功能是普遍的，是以达成共识为宗旨的，但是它的内容有迷惑性，即使用了个性的情感。举例来说，同是表达自由的、冲破等级观念的爱情，《新爱洛绮丝》围绕着一个不受贵族接受的、敏感的家庭教师而展开，但歌德却把他的维特设定为一个固执的、受过良好教育的人。人物的不同处境，给两个作品带来了特殊的、个性的面貌。个性的面貌，也可以称作主观的东西，它是怎么产生的？萩原朔太郎曾指出："艺术中的题材，是外界的'物'，还是内界的心，本质上一点区别也没有。因为表现的本质，存在于作者观物的态度中，并非存在于对象本身的性质中。我们所说的'主观的'，根本不是这种浅见，而是认识通过作者观物的态度融于感情之中，具有性情的情趣的态度。"①也就是说，所谓主观的内容，来自"具有性情的情趣的态度"。这种"态度"是带来主观性的原因。浪漫主义文学设定一个特定的处境，让主人公在这个处境中说话。虽然说出的话本身具有普遍的思想，但是一旦主人公在处境中形成了某种态度，思想就在这种态度中变得个性、变得主观了。态度需要可以依赖的处境，具体来看，受到叔本华所说的充足理性原则的制约，就是说它有时间和空间的规定。浪漫主义文学个性的面具，就是时间和空间所赋予的。只有在特定的时间和空间中，主人公们才能形成他们的态度。于是，在海涅的诗作中，人们看到的是经过拿破仑时代启蒙的德国人对自由的渴望，海涅所说

① 萩原朔太郎：「萩原朔太郎全集」，第 6 卷，筑摩書房 1975 年版，第 145 页。

的“安享着爱情和宁静/做起幸福的美梦”①，显现的是一个异族人借爱情来摆脱现实苦闷的心理。司汤达的《红与黑》也是这样，如果我们摆脱现实主义与浪漫主义之争，肯定这部作品具有浪漫主义元素，那么于连的爱情悲剧下，难道流露的不是王朝复辟时期下层忏悔者的态度？他期望回归道德，告别革命时代曾经大行其道的冒险精神。

象征主义的象征和心境具有内省性，哪怕在奇幻的体验状态下，文学家也不愿做浪漫主义式的呼喊。象征主义者是观察家，是自我的记录者。他清楚地意识地自己的体验是自己的，别人不会知晓。想让别人进入他的内在世界中，就好比让一个分子进入另一个分子的轨道一样，毫无可能。这里所用的“分子”一语出自象征主义理论家古尔蒙，他在《唯心主义》一文中把自我形容为分子，认为每个人都是不可靠近、不可理解的，他者并不存在，他者只是自我的表象，就像世界也是自我的表象一样。象征主义者放弃向其他人呼喊他的奇异的感受，以寻求和自己建立共识，他渴望像孤独地进入太空的宇航员一样，成为新的内在世界的探索者。对于他所亲历的经验，他像探险家一样借助语言的暗示而记载下来。他最终也会与读者分享，但在他创作的时刻，读者是不在场的。他不是为了某些潜在的读者而写作的。这就是他晦涩的原因。他的工作主要是为自己而进行的，就像探险者为了帮助未来与他相似的探险者而记下日记一样。实际上，这个未来的人存在与不存在，并不是他现在考虑的问题。在此意义上，象征主义者是诗歌语言和诗性经验的开拓者，他的使命就是人们意识不到的远方。

文学内容非个人性的转变，并不是在19世纪末才开始的。巴纳斯派诗人在第二帝国时期，已经迈出了他们的步子。李勒是其中的代表，他厌

① 该诗句引自海涅的《抒情插曲》第9首，钱春绮译。见《海涅诗集》，上海译文出版社1990年版。本书引用的海涅诗句，如无特殊注明，均来自此书。

恶浪漫主义的情感宣泄，认为这是一种艺术的“亵渎”，而真正的文艺应该是“沉思的工作”。这种观点出现的时间是在1852年，离《恶之花》的出版还有5年，离《巴黎的忧郁》的出版还有7年，李勒就已经看到了未来文学的新趋向。他是如何发现这种非个人性的？是通过唯美主义。唯美主义让文学摆脱了道德说教的内容，也摆脱了个人的情感，因为个人的情感不免苍白。在海峡的对岸，王尔德提倡文学的“谎言”说，给文学家的题材带来了新的可能，这也是唯美主义文学思潮的组成部分。在这种背景下，知性的、反省的内容就成了重要的选项。当然，在反省平常情感的同时，人们也可以探索未知的领域。李勒总结道：“个人的题材以及其重复过多的变化，无法再引起关注；无动于衷理所当然地继之而来；不过，如果必须尽快放弃这种狭窄的、平庸的道路，投身到更加困难、危险的道路也是必须的，通过学习和秘法传授可以强化这条道路。”①过去常有一种误解，即认为象征主义者是巴纳斯派的反动，象征主义是自由的，而巴纳斯派代表着保守的势力。萩原朔太郎就曾表示：“象征派还是针对高蹈派的反动，热爱诗情的朦胧，厌恶判然明白之物。（这种判然明白，就是高蹈派的标语）”②法国象征主义者也往往持这种观点，例如莫雷亚斯，他是象征主义宣言的发表者，在文学生涯的后期，他认为：“年轻的诗人从巴纳斯派的狭隘中摆脱出来，从自然主义的粗俗中摆脱出来，尝试文学的新生，这已有七年了。”③在论象征的本章中，虽然可以对象征主义的理想进行抽象，但是也必须注意，象征主义与巴纳斯美学，甚至与自然主义，具有的延续性、类同性，远比人们想象的多。就暗示而言，象征主义者就曾受到李勒的影响，而从个人性的内容走到非个人性的内容上去。李勒在他的诗论中，已经将他的诗的做法，归结为“非个人性和中性”的探索。

---

① Leconte de Lisle: *Œuvres de Leconte de Lisle*, Alphonse Lemerre, 1942, p. 221.

② 萩原朔太郎：「萩原朔太郎全集」，第6卷，筑摩書房1975年版，第141页。

③ Jean Moréas: “L'École romane”, *Le Figaro*, Vol. 266, No. 37, 1891, p. 2.

像李勒一样，马拉美也在做他的思考。马拉美这位离群索居的诗人，原本就没有多少浪漫主义的情感需要传达，他自己观察自己，他的诗是“给自己雕刻墓碑”。但是对自己说话和隐去自己的个性，中间还隔着一层。怎么理解马拉美的非个人性呢？其实，在他那里，诗人是必须进入神秘的心境中的，而神秘的心境本身就是非个人的。这里可以对自我与神秘做一个分析。自我就是处在时间和空间中的。按照荣格的解释，自我就是人的完整人格，而神秘性是要进入本我(ego)中，也就是进入无意识的世界中的。这个世界是意识无法控制的，是非个人的。所以神秘性的基本特点就是非个人性。象征主义者在神秘的心境中感受到的不是个人的体验，而是非个人的体验。马拉美描述过这种体验：“我现在是非个人性的，不再是你熟悉的斯特凡，而是精神世界具有的一种功能，这种精神世界想察看它自己，发展它自己，穿越曾经是我的这个地方。”①马拉美认为他自己已经离开了他自己，另一个马拉美在自动地发挥他的作用。而原来的马拉美则是一个旁观者，或者是一个被搁置起来的功能。他将现在的自己形象地比作“一颗钻石”，钻石反射一切光芒，它在自动发挥作用，似乎钻石本身并不怀有什么意志。

与这种钻石的存在相应的，是马拉美的诗作。他偏好代言体的形式，不论在诗剧中，还是长诗中，他乐于用神话或历史的题材来传达他的心境，例如《海洛狄亚德》，这位要了约翰项上人头的女人，成了马拉美诗中美、野性和梦幻的代言人，她道出诗人的许多心境，她像马拉美一样忧郁。同样，《牧神的午后》则借牧神的视角，描述了美丽的梦幻。这些代言体的作品，一般认为更适于描述神秘的内容，这当然不错，但是评论家们没有看到代言体本身就是非个人性内容的要求，就是暗示的要求。因为代言体中的人物与传达的心境的关系，正好像一位反省者与他的神秘体验的

---

① Stéphane Mallarmé: *Œuvres complètes*, Gallimard, 1945, p. 343.

关系。也就是说,代言体中的人物,不论是海洛狄亚德还是牧神,他们的出现并不完全是修辞的考虑,还有着内在的原理。是反省者、观察者与那种心境的距离,自然而然地带来了代言体的主人公。在这个过程中,代言体像暗示一样,再次成为特定心境的固有之物。这样,代言体就和暗示是同一个东西了,只是言说的角度不同。当涉及特定心境的反省者、观察者时,这说的是代言体;当涉及这种特定心境的本身时,这就是暗示和象征。它们面对的是同一种心境,但一个关注该心境的整体,一个则更关注局部。

马拉美所说的“不再是你熟悉的斯特凡”,在兰波那里被概括为“我是另一个”。通灵人信件写于 1871 年,这离《彩图集》的写作还有几年的时间,是否能把《彩图集》中的诗作归于早期的通灵人理论可能还有争论。但兰波至少在他写作的初期阶段,通过神秘主义找到了非个人性的内容。在他给老师伊藏巴尔的信中,他提倡一种打破传统的“客观的诗”,与其相对的是主观的诗,他没有明确解释什么是主观的诗,它大致与浪漫主义有关,而客观的诗与巴纳斯派的诗接近。兰波强调要“抵达未知”,这包括未知的心境和文学内容。客观的诗含有非个人性的内容,它需要一种转换,即将自己转换成其他的人或物,用他的原话来说,就是“发现自己变成了小提琴的木头”。① 通灵人与文艺学中的移情相似,都是将自我与外物联系起来,并发生感受、情感的代替。沃林格在描述移情的作用时指出:“审美的享受意味着在不同于我的美感对象中得到乐趣,意味着把自我移到它里面。”②这个过程并不取消原来的自我意识,但是自我的领域膨胀了、扩大了,文艺家们随时可以进入新的大我中。通灵人诗学不是这样,它不是沿着一个核心向外扩张,它是核心的改变,即取消原来的自我意识。而

① Arthur Rimbaud: *Œuvres complètes*, Gallimard, 1972, p. 249.

② Wilhelm Worringer: *Abstraction and Empathy*, translated by Michael Bullock, Ivan R. Dee, 1997, p. 5.

取消自我意识的过程和结果,都与非个人性相关。意识的错位拒绝一般的语言和解释作用,也拒绝个性的文学内容,它原本就是暗示性的。进一步说,兰波想要表达的内容并不是大众可以理解的内容,也没有现成的语言可供使用。但兰波需要一般的语言和一般的内容,并通过它们抵达未知。一般的语言和一般的内容只是一个媒介,它们真正的意义在另外的地方。这就是暗示的定义。

三、多文体

暗示涉及的似乎只是语言及其内容的问题,与文体没有什么关系。实际上暗示还含有这种意思:文学家传达的内容,无法单纯用某一种文体直接表现,它还需要借助多种文体甚至其他的艺术形式,进行综合的呈现。当真正的文学内容具体化时,应该像一个多棱柱一样,每一棱柱面都对应着不同的文体。这里的“棱柱面”的比喻,来自象征主义者卡恩,他曾说:“什么是诗? 这是所有棱柱面的对照,这些棱柱面是诗人想展现的完整思想的诗节。”①卡恩想把每一个诗节都当作一个棱柱面,这样,整首诗就是多个面合成的立方体。思想内容也是这样,这个内容涉及许多种感觉,例如视觉、听觉,也涉及理性的内容,因而语言本身不能完全传达它,还需要多种手段、媒介的配合。按照象征主义理论家莫里斯的观点,从17世纪开始,到19世纪,文艺是沿着不同的轨迹发展的。在17世纪,人们关注的是灵魂,于是神学解释之类的文体成为人们的主要关注点。之后是感情的时代,书信体和散文因为适于表现感情而获得人们的偏好。再后来,是感觉的时代,福楼拜就是这个时代的骄子,福楼拜在小说中完成的,被巴纳斯派诗人们在诗歌中重造了。象征主义者迎来了这样一个时代,尽管情感仍旧居于核心地位,但是情感、感觉和灵魂中的每一种对

① Gustave Kahn, “Le Vers libre”, *L'Art modern*, Vol. 11, No. 7,1891, p. 52.

他们而言都是不充分的，他们渴望一切，渴望心灵所有的领域，于是所有的文体，包括音乐、美术、诗、小说等，都成了文学家的工具。莫里斯在《近来的文学》中给诗下过一个象征主义的定义，即诗利用所有的艺术给所有人提供暗示。

为什么莫里斯意识到单独的文体或艺术门类已经不再是充分的？如果象征主义者进行了真正的心境的探险，如果他真正看到奇异的心境并成为它的观察者，那么他就是一个自由的艺术家，而不是囿于旧传统、旧理性的艺术家。自由的艺术家将释放他全部的能力：视觉的、听觉的、情感的、概念的。象征主义奇异的心境并不是死寂的、毫无生气的世界，而是一个极为活跃的，甚至具有通感的世界。波德莱尔曾经这样记载他体验的这种心境："外在的事物具有了古怪的面貌。它们在目前未知的形式中呈现给你。随后它们变形，最终进入你的生命中，或者你进入它们中。最奇特的含糊的思想，最无法解释的错乱的思想出现了。声音具有了色彩，色彩具有了音乐。"①对于这些体验，不但平常的文字变得无力了，单个的文体也无法容纳它们的变动不居。文学家们发现，为了更好地保存这些体验，他们需要在同一个作品中轮替使用不同的文体（艺术门类），在小说中召唤诗，在诗中召唤音乐或者绘画。象征主义理论家威泽瓦认为之前的文学家要表达的生活（心境）是"同质性的"，也就是说是比较单一的，象征主义者则相反，他们面对的是"复杂的""异质性的"心理状态。文学为了回应新的使命，它必须将之前已经分化的不同的文体重新结合起来，一种打破旧文体、利用多种文体的文学就成了理想的文学。威泽瓦告诉人们："它们（史诗、戏剧、小说）没有对立：这是同一种艺术的三种相连的形式，每一种形式都回应了，也能回应某些心灵的艺术需要……它们应

① Charles Baudelaire: *Œuvres complètes, tome 1*, edited by Yves Florenne, Le Club français du livre, 1966, p. 499.

该在完整的生活中调和起来。”[①]就不同的功能而言，史诗满足了人们对叙事的需要，戏剧是场景的直接呈现，小说则诉诸概念。它们分别对应了心境的不同内容。这三种文体可以相互结合，形成超越文体的新的作品。除了这三种文体，还有诗歌，诗歌既可以给作品带来音乐性，也可以带来无意识的内容，它们用到作品中，会让文体的合作更加丰富。

在具体运用上，文学家可能先采用叙述的文体，例如散文，然后增加戏剧或者诗歌，从而从不同的角度来呈现复杂的心境。象征主义文学的一个基本特征就是跨文体、多文体作品的出现。法国学者孔布曾指出，法国文学现代性最显著的标志是“文体的解体”，文学家们突破既有诗、散文、戏剧等文体的定义，寻找文体的本质，在此过程中，把文体与它固有的内容分开，然后让它碎片化，即成为一个个散文的片段，或者诗的片段，这个过程实际上是修改了文体的含义（在后面的“综合”一节，还会继续讨论这个问题）。文体的融合并不是口号，而是文学家们真正实践过的。莫克尔在他的《对照》中，将散文与诗混合了起来，以表现他“散乱的梦”。同样，波尔-鲁，这位不太出名但极具原创性的象征主义诗人，带来了他的《在丧钟声里》这篇杰作，该作品作于 1891 年 5 月。人们很难给它分类，因为它既是散文诗，又是日记，还是自由诗。整个作品具有同样的忧郁的心境，但是在不同的部分，情感、意识和感觉的力量各有不同，在作品中诗的部分开始之前，人们读到了这样的句子：“在这种魂不守舍的状态中，我写下了这些理智的人们将会指责的错乱的诗行，这些诗行是在感受的偶然性下，可能用了我全部的身体在悬崖巨大的绿色页面上写就的。”[②]引文中“错乱”（fols）一词，与莫克尔诗中的“散乱”一词含义上的互见，正好说明了象征主义者冲破单一文体的必要性：他们复杂的心境超越了传统

---

① Téodor de Wyzewa: “Notes sur la littérature wagnérienne”, in *Revue wagnérienne*, Vol. 5, No. 2, 1886, p. 161.

② Saint-Pol-Roux: “Sous Le Glas”, *Mercvre de France*, Vol. 19, No. 3, 1891, p. 16.

的表达方式。这种趋向早在波德莱尔那里就开始了。波德莱尔采用散文与诗的混合形式写成了《巴黎的忧郁》,之后兰波借鉴了这种做法,他的《彩图集》将自由诗与散文熔为一炉。然后就是马拉美,他偏好诗与戏剧的综合。最后人们等到了迪雅尔丹的《被砍掉的月桂树》这部长篇,作品中小说、散文和诗等文体有机地合在了一起,或者说,在这部作品中,文体的边界几乎不存在了。迪雅尔丹在涉及无意识心理内容时,使用诗,在涉及现实的印象时,使用散文或小说,最终"推动文学内容越来越在理性自我与深层的无意识自我之间变换"①,呈现出复杂的心理状态。

迪雅尔丹的做法,是通过不同的文体渐渐地透露复杂的心境,这形成的暗示与马拉美的可谓异曲同工。马拉美在暗示上常常使用的一种方法是,利用一些与心境有密切联系的形象来渐渐地呈现内心状态,让这些"事物"成为象征。迪雅尔丹在同样的方法下,使一些语句构成了不同的文体。其实文体和象征都只是一个更大的暗示活动的产物。从流上看,因为所指不同,故有了文体、象征之别。从源上看,因为同属于暗示,故同为一体。借用本书"象征"一节中引用的程朱理学的话,这种关系是"体用一源,显微无间"。

① 李国辉:《交响乐与象征主义文学结构模式的嬗变》,《国际比较文学(中英文)》2022年第1期,第121页。

| 第二章 |

感应与综合

第一节　感　应

在象征主义的诗学谱系中，象征与感应完全是两个不同的概念，但将象征与感应完全区别开，是非常困难的事情。对文学家们而言，象征有效涌现的时刻，同时也是感应的时刻。或者说，没有看到一个普遍的感应的世界，象征就没有力量，就无法真正产生。暗示也是如此，文学家们只有进入感应的世界，他们才有必要诉诸暗示，否则，平常的语言将会揽下一切工作。莫里斯曾指出："暗示是灵魂与自然的感应和相似性的语言。"①这句话如果调换一下，变成"感应是暗示和象征的语言"，似乎也无不妥。但是，作为一种复杂心境的不同观察角度，感应与象征和暗示毕竟是不同的。暗示偏重这种心境的传达，象征偏重这种心境的结晶，而感应则偏重这种心境的能力。

---

① Charles Morice：*La Littérature de tout à l'heure*，Librairies Éditeurs，1889，p. 378.

作为象征主义基本范畴的感应，它是如何进入这种思潮的？它在新的环境中又有什么变化？这是本节讨论的基本问题。

一、中西方文化中的感应

感应(La Correspondance)原义指“相似性”，即不同领域中事物存在的相似性。它的意思偏重名词，为静态，而非动词。在中文中，这个词主要是作动词用。程颐曾经解释道：“感，动也，有感必有应。凡有动皆为感，感则必有应，所应复为感，感复有应，所以不已也。”①可见中西方对感应的概念还有不同之处。

在中国，感应说源自《周易》。“咸”卦的彖辞说：“咸，感也。柔上而刚下，二气感应以相与。”这种动态的感应，与阴阳二气的运行有关。咸卦，艮下兑上，艮为阳为刚，兑为阴为柔，于是二气感应，化生万物。感应是《周易》中所说的事物在不同情势下变化的原理，这种原理并不涉及艮卦和兑卦的本质的一致性。通过卦中的三个爻可以发现，艮卦和兑卦本质上是不同的。但是它们的不同，反而是吸引它们交感的动力。咸卦中包含的艮与兑，从生物学上看，有男女的含义。二气感应，因而可以具体化为男女交感。这是同类不同性的事物的变化原理。感应还可以发生在不同类的事物之间，在程颐的思想中，君臣、父子、夫妇、亲戚、朋友以至于天地，只要处在特定的环境中，都有感应之势。这些都是实在之物，可以感知。到了朱熹那里，非实在的“气”也可以在人心中引起感应：“人之气与天地之气常相接，无间断，人自不见。人心才动，必达于气，便与这屈伸往来者相感通。如卜筮之类，皆是心自有此物，只说你心上事，才动必应也。”(《朱子语类》卷三)程颐所说的感应，没有神秘的成分，都是人事常见之理，也容易理解。朱熹的解释就有些玄妙了。例如屈伸往来者应为神

① 程颐：《周易程氏传》卷3，见《二程集》下册，中华书局2004年版，第858页。

鬼，人如何通过气与神鬼相感通，不容易让人体会。当然，如果仅限于祭祀中人与祖先的心神相通，这也不难理解。朱熹的观点保留了感应与神秘主义的联系。

朱熹的理学在感应说上是程颐理学的一个新的过渡。这种过渡是将感应从强调相异发展到强调相似。首先说明，不能说朱熹完全排斥了相异的感应说，例如他指出春夏为阳为感，秋冬为阴为应，这延续的是《周易》中刚柔感应的思维。但他在讨论祖先与子孙感应的时候，提出了相反的原则："自天地言之，只是一个气。自一身言之，我之气即祖先之气，亦只是一个气，所以才感必应。"（《朱子语类》卷三）可以将这种新原则概括为"一气感应"。一气感应不再强调相异性，而是强调相似性。天地与人存有一气，因而可以感应，这种思想就与西方文化中的感应说一致了。当然，中国哲学中也有一气感应的思想，《淮南子·览冥训》中说"阴阳同气相动"，《论衡·偶会》中说"同类通气，性相感动"，这些话是一气感应更早的源头，但是它们一直被相异的感应说遮蔽着，在朱熹那里才发出新的光彩。李巍将相似的感应解释为"类感相召"，并认为它是其他感应说的基础，[①]但在思想史中，因为政治、学术的环境不同，人们常常忘了这个基础。朱熹之所以能做到这一点，原因在于他提出了新的"理气"论。在"二程"以及之前的郭象、王弼等人的哲学中，"气"的含义较为含糊，与精神和物质都有关系。但是在朱熹那里，"气"有了稳定的指涉，开始偏重指物质的存在，并与"理"结合为二极性的范畴。日本学者土田健次郎曾分析朱熹与程颐的"理气"论的差别：

> 程颐将"性"和"气"对置，也如同他对"一阴一阳之谓道"的

① 李巍：《早期中国的感应思维——四种模式及其理性诉求》，《哲学研究》2017 年第 11 期，第 50 页。

> 解释，初看似乎具备了与朱熹的理气论相似的结构，但他的“气”概念与朱熹存在差别。与这个差别相关的是，程颐还没有朱熹那样强烈的意志，要对作为阴阳的“气”与性论中的人身上的“气”加以理论上的贯通。只有进行了这样的贯通，“气”才能成为与“理”并列的理念。[1]

当“气”成为普遍的、物质性的概念后，朱熹就可以方便地在天地与人之间建立一致性，并发展出一气感应的思想。

西方对一气感应说解释得比较清楚的，是波爱修斯，他曾指出：“相异者相抵触，相似者相亲近（Omnis diversitas discors, similitude vero appetenda est）；欲求某物的，自然显出与所欲求的事物相同的本质。”[2]这里的话似乎与《周易》中的“同声相应，同气相求”有些接近，实际上意义不同。《周易》中的话强调的是同类的、同德的事物的亲近，而波爱修斯侧重的则是一致性。万物在善上来自天主，虽然它们各自的善并非天主的善，但是在来源上具有一致性，因而具有感应的理。天主的至善，于是成为万物的善的目的。虽然万物达不到至善，但是它们倾向于那种善。这种倾向如果用目的因来解释，那么它就体现为感应。对于万物而言，这种感应表现为保持已有的善、发展未有的善，并防止这种善的败坏，后者则会带来恶。可以将这种倾向比喻为一种磁力，万物虽然无法真正抵达天主至善，但是都为这种善所吸引。一旦丧失这种磁力，万物就陷入一种失控的状态。

这种一致性在万物中是如何表现的？奥古斯丁通过对善的解释，给出了更具体的答案：“它们因为尺度（modus）、形式（species），而本身是善

---

① 土田健次郎：《道学之形成》，朱刚译，上海古籍出版社 2010 年版，第 222 页。

② Anicius Manlius Severinus Boethius: *Theological Tractates*, *Consolation of Philosophy*, Harvard University Press, 1973, p. 42.

的。它们不可能有微小的、一丁点的善，除非来自最高的善、天主。它们被安排起来，以至于弱小的服从强大的，虚弱的服从强有力的，无力的服从有力的。因而，世间之物与天上之物一致，就像是它们顺从卓越者一样。”①原来万物都具备尺度、形式（还可以补上秩序“ordo”），而这都是天主所创造的。天主当然超越了这三样，他不受任何尺度、形式和秩序的局限，他是这三样的创造者。因为万物是被天主所创造的，所以它们在来源上与天主有一致性；又因为万物都有尺度、形式和秩序，如果没有，它们就不成其为物，就不存在了，所以万物之间就具有一致性，就有感应的潜力。

在13世纪，对感应做出重要解释的是德国神学家埃哈特。之前的章节中已经介绍过他的“太一”思想。这里可以再补充一下。埃哈特认为神圣的本质是太一，这个太一就像印度宗教中的“梵”一样，又散在万物之中。因而每个人、每个物都是太一。人与人、物与物如果说有什么区别，这种区别就在太一的程度上。但是就这个太一本身而言，人与人、物与物又是相同的。太一的存在，给万物建立了一个相互联系的磁力，哪怕相隔遥远的事物，也能凭借这种磁力而联结在一起。对象征主义者，具体来说是波德莱尔，具有直接影响的是斯威登堡。后者的理论就是建立在无所不在的感应上的。埃哈特看到了这种感应，斯威登堡进一步将感应与存在、善、神圣性相结合的问题揭示了出来。在他那里，感应仍旧是静态的，是万物中存在的一致性，他提出一个主张，即“自然中的任何事物都是感应着的”，这个观点与朱熹所说的“一气感应”是相感应的。但是另一方面，因为强调与神圣性的结合，斯威登堡的理论中出现了动态的感应的种子。例如他在讨论人的理解力时曾指出，如果人掌握感应的知识，人就能与天使结合起来，天使的精神就进入他的心灵中。这明显是《周易程氏

① Sancti Aurelii Augustini: “De Natura Boni contra Manichæos”, in tomus octavus: *Sancti Aurelii Augustini*, *Opera Omnia*, Venit apud editorem in vico dicto Montrouge, 1841, p. 554.

传》中所说的“相感相应而相和”，以及“感道利于正”的思想。可见，在中西双方的思想史中，感应都是变化的，都有动静两种状态。

在斯威登堡普遍感应说的启发下，万物具有了看不见的感应。而发现这种感应的能力，则留给了神学家和宗教修习者。艺术家们尾随着前面两种人，也会加入进来，虽然他们的目标是不太一样的。不过，这里还要介绍一个术语“感应之网”（web of correspondences），它是英国学者麦金托什提出来的。他认为神秘主义者可以看到这个“感应之网”，并相应地采取行动。象征主义者并不是神秘主义者，他们不需要获得预言的神力，也对各种江湖巫术不感兴趣。可是他们像神秘主义者一样，要面对这个“感应之网”，借用爱默生的一个术语，象征主义者是一个“看者”（seer），他们需要看到感应的网络，然后才能带来象征。

二、象征主义感应的新变

认识到世界存在着无所不在的感应，就会认可一致性，这样就带来了一个唯一的本源，这个本源在神秘主义者看来是天主，虽然亚洲和欧洲的宗教不同，但是如果突破具体的宗教，不考虑名称，那么感应最终的所指就是相同的。象征主义者往往具有异教的倾向，这里所说的异教，不是站在欧洲的天主教的立场上，而是站在普遍的宗教情怀的立场上。进一步说，象征主义者肯定世界存在着感应，肯定存在着超越性的存在，但是他们有意无意地接受了一个矛盾的观点，即将这种感应的世界与一个最终的本源切割开，让这个感应的世界尽可能地与多个最终的本源建立起联系。换句话说，感应论原本是指向天主的，但象征主义者似乎是摩尼教徒，他们相信存在着多个神圣存在，他们根据自己的喜好，往往选择那阴暗面的神圣存在。奥古斯丁在反驳摩尼教徒的信仰时，曾经对后者的主张有过清楚的解剖：

> 如果摩尼教徒不想邪恶地热衷于维护他们的错误，畏惧天主，如果他们想思考，他们就不会罪大恶极地亵渎天主，引入两种本性，一种是善的，他们称为天主，另一种是恶的，不是天主所造的。如果他们如此错误深远、如此发狂、如此愚蠢，以至于他们看不到在他们称为最高的恶的本性中，他们放进了这么多的善的本性：生命、潜力、安全、记忆、理智、温和、美德、富足、感受、光、甜美、维度、数、和平、尺度、形式、秩序；在这种他们称为最高的善的本性中，放进了这么多的恶的本性：死亡、疾病、遗忘、愚蠢、紊乱、虚弱、贫乏、迟钝、盲目、痛苦、不公、耻辱、战争、放纵无度、畸形、变态。①

这里，在属于善的神圣存在之外，摩尼教徒还找到了恶，它们具体表现为死亡、疾病、遗忘、愚蠢、紊乱、虚弱等。而象征主义最初的源头，就是颓废文学，颓废文学大体表现的就是这些恶的本性。《恶之花》当中最典型的就是疾病、死亡的形象，马拉美和于斯曼给人的是虚弱、无力、病态的文学。颓废文学家们放弃的正是奥古斯丁所说的善的东西，这些是光明，是美德，是健康，是理智。不能说这些善的东西在 19 世纪末期被完全抛弃了，它们仍旧是资产阶级的理想，是商业时代广告宣传的借口。象征主义者往往将这些善的东西和为它们辩护的商业社会，抛弃在他们的梦幻之外。布尔德在他引发颓废派论战的文章中对这种态度做了概括："发臭的文明的一切娴熟的堕落，这一切对于颓废派来说，都自然而然地具有罕见事物的魅力。"②

---

① Sancti Aurelii Augustini: "De Natura Boni contra Manichæos", in tomus octavus: *Sancti Aurelii Augustini*, *Opera Omnia*, Venit apud editorem in vico dicto Montrouge, 1841, pp. 563-564.

② Paul Bourde, "Les Poètes décadents", *Le Temps*, No. 8863, 1886, p. 3.

波德莱尔这位“恶魔诗人”，就是第一位向黑暗的神灵献祭的人。他并非完全厌恶正统的宗教，可是他对放纵生活的渴望，让他有鲜明的异教的冲动。他在日记中表示自己始终有两种并存的需要，一种是面向天主，另一种是面向撒旦。他还提出了一种很大胆的观点：异教与基督教相互证明。在这种摩尼教徒式的宗教观下，波德莱尔很难真正建立斯威登堡那样的感应的森林。他的感应一定是不完整的、局部的。这里没有必要解释波德莱尔缺失的是什么，完成的又是什么。这个工作并不轻松。拉弗格信仰的宗教是什么，同样很难说清，他曾经一度走向了佛教，而佛教的五蕴皆空，似乎让空性代替了有实体的一致性，而空性不能在万法之间建立神秘主义者所理解的那种感应。拉弗格一度像佛陀那样修苦行，放弃了尘世的生活乐趣。至少有证据表明马拉美也对佛教感兴趣。在象征主义杂志《文学与政治谈话》中，人们还能读到有关佛教的访谈，这肯定是象征主义者非常想知道的东西。当时的批评家勒迈特曾指出，象征主义的时代是一个天主教式微的时代。在这个式微的时代里，一神论的感应对象征主义者的影响力是有限的。

另一个需要注意的现象是，即使感应还有限地存在于 19 世纪末的文学那里，但真正被注意的不是这种感应所涉及的神圣存在，而是对这种感应的感受。文学家们不太想追问存在以及其本源的问题，他们关注的焦点在于体验。他们的任务要简单一些：进入感应的世界，获得神秘的体验，找到暗示和象征。象征主义者不是靠信仰，而是靠感官接近感应的世界。“看者”这个词强调的不仅是所看的东西，还包含观看的媒介。他们与神秘主义者不同的地方，就在于他们更仰赖这个媒介，他们不会试图控制那个世界的力量。

神秘主义强调的感应，往往是一些抽象的事物，例如善、完美、理念，把握这些感应也可能要利用感官，但神秘主义者们更强调精神的锤炼。在这个过程中，苦行的生活或者特殊的冥想、观照状态是最基本的修道方式。象征主义者依靠感官就是依靠直觉,象征主义者要在较为具体的事物间建立不容易发现的联系。诗人可能要尽量抛开时间和空间的意识,从日常生活的精神状态中走出来。感应的世界一旦出现,那么象征主义者就进入了一个新的自我中。但是这个新的自我并不是一个纯粹精神的自我,一个摆脱了肉体的人。肉体的感觉仍然存在着,甚至可能更为敏锐。但是现在这种感觉与平常感觉对象的关系改变了。视觉想进入对象的内在生命中,听觉似乎也不再单单面向声音,它和视觉结合起来,和心灵的洞见结合起来。

因为偏重直觉活动,所以象征主义的感应与移情比较接近。文学家把个人的精神投到面前单个事物上,或者投到几个事物上,让自己和某个事物,或者在多个事物之间建立心境的一致性,这并不少见。在自我与对象之间建立心境的相似性,这实际上是自我的复制活动,它是将自我复制到外在的世界。不管这种自我与日常生活中的自我有多大差别,它仍旧是离心的运动,即从一个内核向外发散。神秘主义者的感应与此相反,它不是离心的,而是水平的,像一条没有端点的直线,它让自我与外物齐平,甚至让外物的精神进入人的精神中。从这个区别可以更清楚地把握象征主义心境的内省性。象征主义者们基本上不会丢下自我,与物同体,他们要么把自己奇特的心境渗透到外物上,要么在近乎物我融合的境界中,仍然保留着观望的眼睛和聆听的耳朵。象征主义的感应应该界定为美学的感应,在感觉燃烧的火堆上,现出伪神秘主义的神像。美国学者巴拉基安在《象征主义运动》一文中讨论波德莱尔的感应,认为这位诗人强调诗心对外在现实的影响,该影响不同于斯威登堡的感应说。这个观点可以再扩大一下,成为象征主义感应的普遍特征。

除了现象与感觉、心境的联系外,人们的感觉本身也可以互相建立新的关系。前者是内外的感应,后者是内内的感应。例如将视觉和听觉打乱,让它们相互结合。鉴于本章的第二节将专门讨论通感,这里就不再赘言。但可以补充一点,神秘主义者的感应往往是纵向的,是事物与在它之上的神圣存在的一致性。象征主义者的感应大多是横向的,即自我与事物的契合、感觉与感觉的融通。横向的感应虽然并未忽略感应的本源,但它对这种本源的关注度是较低的,它好像迷失在半路的旅行者。这种现象表明,在很多象征主义者那里,感应的主要价值在于工具,而非目的。这种横向的感应,是佩尔在他的《什么是象征主义?》一书中提出来的,他还介绍了另一个术语:"不同艺术间的感应"(correspondence of the arts)。这样看来,横向的感应就与瓦格纳的综合说关系密切了。这位德国的音乐家曾经强调:"艺术真正的职责是拥抱一切艺术:每一个受到真正的艺术天分的启发,想把他特有的能力发展到极致的人,不是为了这些特定的能力的荣耀,而是为了艺术中普遍成功的荣耀。"[①]瓦格纳的美学和感应一样,都是为了扩大人的意识和感觉,而不是为了减弱它们。如果回到19世纪中后期的历史背景中,就会发现,纵向的感应主要来自神秘主义宗教,而横向的感应则来自瓦格纳之类的艺术家。

三、象征主义者的实践

波德莱尔是神秘主义的纵向感应向象征主义的横向感应过渡的关键人物。他相信斯威登堡的神学,相信现象界背后存在着深层结构。他在给诗下的一个定义中,就表明了他神秘主义学徒的身份:诗是拥有另一个更真实世界的事物。这个定义将那些现实主义的文学,比如说一些自然主义的描写从文学中清除出去。他一直在寻找各种方式,想看到那些"更真实"的东西,他凭借想象力,甚至借助麻醉品。他实现过他的目标,超自然世界的信仰是他最基本的信仰。这其实也给了他诗歌的自信。如果诗

① Richard Wagner: *Richard Wagner's Prose Works*, *Vol. 1*, translated by William Ashton Ellis, 1895, p. 184.

歌的价值就在更高的真实性上，那么他的体验和创作就是对其理论的最好辩护。在他的散文诗集《巴黎的忧郁》中，有一些篇什是他这种体验的如实记录，比如《双重的房间》：

> 我这样被神秘、寂静、平静和芳香包裹着？哦，极乐！我们一般所称的这种生活，即使在它洋溢着最大幸福的时刻，与这种最高的生活没有任何共同点。我现在已经了解了它，我一秒秒、一分分地享受它。①

波德莱尔是资产阶级道德和信仰的亵渎者，他还是神秘主义的朝圣者。在他那里，自然世界褪去它作为现象界的属性，显露出和谐、纯粹的光彩。如果说他的创作是对这种神秘主义的寻求，那么对这种创作更好的比喻是古希腊雕塑：波德莱尔想从粗糙的石头中凿出不属于这个世界的女神像。

但是波德莱尔毕竟是诗人，他无法长久留在他的女神像旁边。一旦回到现实中，他就不禁为巴黎的声色生活所陶醉。他在《异教派》一文中曾指出："抛弃先前社会在基督教和哲学上的努力，这就是自杀，这是对完美的力量和方法的拒绝。周围完全被形体艺术的诱惑所包围，这就是创造堕落的良机。"②诗人表达了对哲学的热忱，以及对"形体"之美的警醒，可是这只是他的理想，在实际生活中，他往往被"诱惑所包围"，不能自已。但即使在最迷醉的生活中，波德莱尔似乎仍然仰着头，遥望那不可即的另一个世界。他在两个世界之间摇摆，他离不开让娜或者女演员萨巴提埃

① Charles Baudelaire: *Œuvres Complètes*, *tome 3*, edited by Yves Florenne, Le Club français du livre, 1966, p. 16.

② Charles Baudelaire: *Œuvres Complètes*, *tome 1*, edited by Yves Florenne, Le Club français du livre, 1966, pp. 522-523.

的世界,那个具有“身体的宝藏”的世界。眼前世界的光影就像是一个窗户,通过它可以瞥见那个女神的世界,但这种过程并不带来纵向的感应,因为纵向的感应是一种向上摆脱的运动,波德莱尔摆脱不了,他就在这个世界里,他仰视着,他的目光从来没有真正从让娜“胸脯的芳香”中离开。于是,一个横向的感应渐渐代替了他的女神像,同样遥远的赤道的海岸呈现出来,让娜的香气混入“绿色罗望子的芬芳”,横向的感应最终完成。

马拉美没有波德莱尔的颓废,但他延续了后者的神秘主义。就像已经说过的那样,马拉美同样是异教徒,怀着对佛教虚无精神的向往,虽然他可能误解了空性。他惊叹他曾沉浸在虚无的世界中,就好像沉浸在泉水中。但是这种虚无与佛教徒理解的并不一样。象征主义期刊刊登的佛教教义相关文章里面有这样的更正:“涅槃这个词用虚无或者空虚这些词没有翻译好。空虚,对于佛陀的弟子来说,是远离所有这些将我们缚系在形式固有束缚上的事物,虚无是明确、绝对地从与这些束缚相关的事物上解脱。”①也就是说,虚无实际上是摆脱系缚,了无挂碍,因而是真正的自由。马拉美将虚无理解成精神与质料的分离,而在天主教神学中,人是一种复合的存在物,是精神(形式)与质料的结合。马拉美感应的理想,是去掉一切质料的要素,让精神纯粹显现出来。他在给友人的信中提出过“物质的空虚的形式”这个概念,用来指人或者自我,物质是人的基础,而马拉美渴望冲破人的物质形式。他还指出,他不了解佛教就进入这种空虚之中。他确实不了解佛教,但他通过空虚来建立万物的一致性,倒是与“色即是空”的思想有点接近。

马拉美像波德莱尔一样,无法深入那个空性的世界。在他可能丧失自我意识的时刻,虽然他隐约直觉到万法皆空,但是记忆的和目前的影像

① Emile Cère:“Le Bréviaire du Bouddhiste”, *Entretiens politiques & littéraires*, Vol. 50, No. 7, 1893, p. 225.

还是进入他的观察中。这些影像与他体会到的一致性融合，形成了横向的感应。他这样记载他身上的实际感受："轻盈的感觉渐渐完美地在我身上融化了。所有我精神的存在——感应的深邃的宝藏、色彩的内在的和谐、过去的节奏的回忆、词语神秘的知识——都已实现。"①虽然波德莱尔梦想的"和谐"已经出场，但是这种感应的世界混合着记忆和理性的内容，其实是在诗人不同的意识层面建立了感应。马拉美是一个内心淡泊的人，但这并不意味着他没有他的女神。与波德莱尔相比，马拉美和谐、纯粹的女神穿着素纱在他卧室的镜子里舞动。

与马拉美相比，魏尔伦是不是更虔诚的教徒？这位一手创造"被诅咒的诗人们"的颓废者，在他的回忆录《我的入狱》中留下了一些材料，通过这些材料来判断，他似乎在认真聆听善的教诲，他在比利时监狱戏剧性地皈依，像赎罪的罪犯一样决定痛改前非，说明了这一点。但是通过他后来愈来愈深的沉沦，尤其是通过他在他母亲去世后的作为可以判断，这种皈依只是装模作样。魏尔伦可能是象征主义大师中最缺少宗教情怀的，他不会在静室中守候虚无的精神，小酒馆和洗衣女工总是能让他找到"宝藏"。但在一种纵欲的迷狂中，在对理性生活的鄙视中，他未尝没有窥视到本能的世界。这是一种更低级的一致性，是人和万物的本能（或者用叔本华的意志）的感应。他在诗中指出"一切女人，这就是你"，这是剥离女性直至性本能的心理，含有某种感应的元素。与他相比，兰波真是富有感应能力的人，他的通灵人诗学本身就含有感应说。埃哈特的这句话，至少在理上是他的先驱："在我们所有人内部，是其他的人、内在的人，《圣经》称为新人、天上的人、年轻人、友人、贵族。"②引文中已经含有通灵人的"我是另一个"的思想，似乎在埃哈特之后，兰波不需要再补充什么了，他

① Stéphane Mallarmé: *Œuvres complètes*, Gallimard, 1945, p. 262.

② Meister Eckhart: *Eeister Eckhart: A Modern Translation*, translated by Raymond Bernard Blakney, Harper Torchbooks, 1941, p. 74.

所做的只是练习。但是兰波借助宗教上的通灵,造就了美学上的奇迹。如果他真正成为一个埃哈特式的修道者、哲学家,那么他就绝不会成为一个诗人。成为一个诗人意味着像波德莱尔一样减轻纵向感应的分量,在横向的世界中找到万物共同的语言。通灵学或者神智学实际上给他带来了一个借口,他可以按照自己的方式利用这个借口,并虚构出他所谓的客观的诗。他所梦想的,不再是马拉美、波德莱尔的女神像,他看到的是破坏力惊人的大神普罗米修斯,一位重造秩序者。

拉弗格是另一个马拉美,他同样喜爱佛教。在给友人的信中,拉弗格曾自述他是佛学的爱好者,他也像佛陀一样认真修过苦行。当然,拉弗格和马拉美一样有着复杂的思想来源,例如他们同样喜爱瓦格纳、叔本华的思想。但是我们可以通过虚无主义来看这些思想的重叠之处,并对拉弗格的性情做一个整体的评判。他像马拉美一样渴望从物质世界退到纯粹精神的世界。他说:"我没有物质的关切。我没有任何事情要做。我呼吸的空气并不在国民中间循环。我没有任何欲望,任何欲望。"①这是诗人的自我粉饰之辞,还是实话?这封信写于 1882 年 4 月,收信人是夏尔·亨利,这与拉弗格 1886 年 9 月的订婚相距 4 年有余。很难想象没有任何欲望的人会与一位英国女孩结婚。拉弗格所说的"没有任何欲望"当属夸大之辞,但是在订婚之前的数年间,当他孤独地生活在德国时,这种无欲无求的状态倒是有他生活的一些根据。另外,亨利是与他关系紧密的朋友,他们经常写信聊人生和文学。拉弗格一度陷入较深的虚无感中,想放弃自己的意志。在次月给亨利的信中,拉弗格还曾修正自己的观点,认为自己有欲望,但它是不真实的欲望,即与现实无关的欲望。这种欲望附着在文学、艺术上,并向一个感应的世界发散。

---

① Jules Laforgue: *Oeuvres Complètes de Jules Laforgue*, *tome 4*, Mercvre de France, 1925, p. 145.

因为向往虚无的、无意志的世界，所以拉弗格对诗的定义也打上了这种色彩。诗不是关乎情感或者欲求的，诗是反欲求的。如果诗与感应的世界相关，那么诗就是梦幻。他指出："一首诗不应是精确的描述，而应浸泡在梦幻中。"①如果沉浸在梦幻中就是他进入感应世界的理想，就是他救赎的方式，那么，拉弗格对诗的定义真正值得注意的地方在于，他把他摆脱意志的理想当作诗了。在他那里，诗与感应都是对现实世界的逃离，是一种人生的挣扎。但是它们又有不同的条件，感应以修苦行为基础，以"平静的沉思"为工具，诗则以感应为基础。这倒不是说诗要比感应更高级一些，而是说有了感应，同时可以有诗。

拉弗格所逃往的感应的世界，是否真的达到了叔本华所期望的高度？叔本华给厌倦人生者指出了一个方向："生存意志的否定，绝非暗含一个实体的毁灭；它仅仅意味着非意愿的行为：先前运用意志者，不再运用意志了。"②可以看到，拉弗格就是沿着这条路前进的。但是他能否"不再运用意志"，并像佛陀那样"所作已办，不受后有"？拉弗格办不到。苦行和沉思都只是让他稍为熟悉虚无的感应，他真正进入的其实是他的无意识世界。这种无意识世界并非没有理性的力量，理性还在，甚至有干预的力量。这种无意识世界夹杂着记忆、印象、感受，它没有取消眼前的世界，但将眼前的世界与更大的无意识世界融合了。拉弗格让不同的意识层面发生了新的感应，这就是他的无意识诗歌的秘密。他给天才下过这样一个定义：天才是在无意识的领域中工作的人，是"无意识的直接的教士"。这个定义实际上是献给他自己的，他明白自己在实验什么。在他《最后的诗》中，人们看到他是如何利用记忆、印象和感受的感应带来一种新的诗歌世界的。诗中的淹没一切的"雨"、不停吹响的"法国号"和"垂死的太

① Jules Laforgue: *Oeuvres Complètes de Jules Laforgue*, *tome 4*, Mercvre de France, 1925, p. 21.

② Arthur Schopenhauer: *On the Suffering of the World*, Penguin Books, 1970, p. 30.

阳”，交织出一种死气沉沉的、绝望的氛围。这种氛围就是他带来的横向的感应。

第二节　通　感

在感应的内容之后，再讨论通感，这是非常危险的事情，因为不少人认为通感就是感应的一种特殊形式。本章第一节已经说明佩尔提出过纵向的感应和横向的感应的分类，而通感一般归在横向的感应中。郑克鲁1996年的《法国诗歌史》中直接用通感一语来译“感应”，并且将通感视为各种事物之间的类比关系（即一致性），甚至将通感与通灵等同起来，这种做法要比佩尔的观点更进一步，当然也造成了术语上的混淆。因而，在真正论述象征主义通感之前，有必要先分析这两个纠缠不清的术语。

一、通感与感应的区别

通感和感应确实存在密切关联。首先，从定义上看，感应是物与物或者万物与超越性存在的一致性，通感则指人类不同感觉经验的互通性。举例来说，听到某种声音，有可能引发相伴随的气味的感觉，尽管这种感觉在一般条件下是不能被感知的，这就是通感的情况。通感的互通性也含有一致性的意义，因为唤起气味的听觉，和嗅觉具有了相同的功能，也获得了近似的感受信息。心理学家马克斯曾对通感的机制进行过思考：“通感相似性是从哪里来的？我自己的理论立场是，一些相似性是大脑和神经系统的非衍生特征，它们内在于感官的感觉，是‘感觉统一性’的一部分。”①照这种看法，外在的感官是分化的，但是它们在神经系统那里具有某种统一性，因而，通感是因感官同源现象而产生的，虽然不是每个个体都可以拥有这种能力。

虽然如此，但本书暂时不支持郑克鲁将通感与感应合在一起的观点。原因在于，这两个词还具有相当重要的差别。首先，感应是神学、哲学中使用的一个概念，而通感是美学、心理学中的概念。因为使用领域的不同，所以感应和通感着眼于文学不同的层面，也具有不同的解释任务。感应主要探讨象征主义文学的某些本源问题，这些问题如果不上升到神学或者哲学层面就无法说清。通感不涉及这些本源问题，它主要处理的是感受、艺术技巧部分的现象。其次，感应可以作为一种抽象的哲学来把握，但通感完全属于具体的感受。马克斯在分析通感的独特性时，曾认为通感来自不同感受模式中的两种或多种经验的规则关系。这种话理解起来还有些费力，换成更简明的语言的话，马克斯是想说：通感有两个条件，一是感受是切实的，二是这种感受可多次重复。通感与语言上的修辞不同，语言中有许多带有隐喻性的词，与通感的思维方式有一定关系，例如人们往往将人的地位与空间上的高低结合起来，或者将美德与香气（或具有香气的植物）结合起来。屈原的香草美人就是众所周知的例子。这些具有通感思维方式的词，并没有切实的感受，它们不能从身体上亲证。君子所说的话并非每次都伴有兰花的馨香。但是在极少数人那里，通感确实伴随着感官上的刺激。例如听到拖拉机的马达声，鼻子就有刺激性的感觉。需要说明，这种伴随的感觉并不是一种想象，一种习惯性的错觉，相反，它是真实存在的。唯美主义诗人戈蒂耶曾经借用麻醉品获得过通感的体验，这里可以将他的记录拿来参考：“音符如此有力地漾动着，它们

① Lawrence E. Marks: “Synaestheisa: Perception and Metaphor”, in *Aesthetic Illusion: Theoretical and Historical Approaches*, edited by Frederick Burwick and Walter Pape, Walter de Gruyter, 1990, p. 35.

像发光的箭一样射入我胸中；不久，我觉得演奏的乐曲从我身体里冒出来；我的手指在一个看不见的键盘上舞动着。”①引文中的“像发光的箭”并不是比喻，而是实写，它想说的是像箭一样的东西射进戈蒂耶的胸中，这里听觉和触觉真实地交织起来。虽然象征主义者的感应往往伴有心境的体验，那里感官仍然在发挥作用，但是这不意味着哲学家的感应也是这样。哲学家的感应可以完全抛弃感官的作用。例如在斯宾诺莎的哲学中，心灵具有理解宇宙的实体的能力，和它相比，感受是低级的，甚至是受客体所阻碍的，因而看不到实体。换成这里讨论的问题，斯宾诺莎否定感受可以接触到感应的世界，认为感受的作用是阻碍人们去接触它。

因为这两个区别，所以本节主要从美学、心理学层面讨论通感在象征主义中运用的情况。为了避免通感与横向的感应的混淆，本节不讨论横向的感应的问题。

二、波德莱尔的通感

波德莱尔和戈蒂耶一样，曾经利用非常手段获得过通感的体验。这些体验很多并没有进入他的诗歌作品中，而是成为他散文的内容。不考虑文体的主次之分，散文中的内容也能在通感的记录上具有一定的地位。这里先看一段他自己的描述：“最奇特的含糊的思想，最无法解释的错乱的思想出现了。声音具有了色彩，色彩具有了音乐。乐音是数不胜数的，随着音乐在你耳朵中浮动，你速度极快地解决了数学上奇妙的运算。”②从纯粹感觉的角度看，波德莱尔获得了视听联觉，这是通感中最常见的一种形式，它不是戈蒂耶所说的视觉与触觉的通感，而是发生在视觉和听觉

① Théophile Gautier：“Le Club des hachichins”, *La Revue des deux mondes*, No. 13, 1846, p. 530.

② Charles Baudelaire：*Œuvres complètes*, *tome 1*, edited by Yves Florenne, Le Club français du livre, 1966, p. 499.

之间。视觉与触觉的通感是非常罕见的。视听联觉相较而言在自然状态下较多见,有一部分正常人具有视听联觉的特殊能力。

在《人格解体与象征主义的神秘主义美学》一文中,笔者曾提出过“人格解体”的现象,认为象征主义者通过三种方式可以达到人格解体。人格解体与通感不同,它不一定会带来通感,但作为一种催化剂,它往往有助于通感的发生。波德莱尔在 1856 年 1 月给图斯内尔的信中曾表明,借助想象力可以理解感应,想象力是他非常重视的力量,也是人格解体的三种方式之一。现在出现了一个问题:波德莱尔会不会借助想象力来获得通感?如果答案是肯定的,那么这种通感将是语言修辞上的,与本书关注感觉的通感就未殊途同归了。

在《恶之花》中,有一些诗初步判断的话,可能属于语言修辞上的通感,不一定具有感觉的依据。例如在《给读者》这首诗中,出现了“臭熏熏的黑暗”一语,这里嗅觉与视觉的结合,属于语言的修辞,也是经常可以看到的诗歌表达技巧。在他的名诗《感应》中,他肯定“香味、色彩和声音互相应和”,这并不是从感觉体验得来的知识,而是从宗教和神学的感应推出来的,也与想象力有些联系。这首诗中有的地方也使用了通感,例如诗人在形容某些香味的柔和时,出现了“双簧管”一语,这里就是将嗅觉与听觉融合了起来,但它不一定就是真实体验。在《忧郁》一诗中,出现了“阴森的寒冷”一语,这是视觉与触觉的结合,与上文的“臭熏熏的黑暗”情况相同,也只涉及语言的修辞。

但是在一些异常的状态下,波德莱尔可以获得有实际感受的通感。笔者曾在论文中说:“在《深渊》一诗中,波德莱尔体验到一种真正的病态感受,他感到四周‘一切都是深渊’,这种深渊不是物理上的,它存在于欲望中,存在于梦想和语言中。这里不是通过语言来激发感觉,而是从感觉中产生了语言。所谓的‘深渊’就是对内在感受的形容。在这首诗中,诗人还感觉在皮肤的寒毛上有‘恐惧的风在打转’,自己的精神‘一直有撇之不去的眩晕’。”[①]这里之所以说诗人有切实的感觉，是因为他在 1862 年的日记中记载了这种经历，这应该是他半身不遂以及心脏病发作的症状。这些病最终在 1867 年夺走了诗人的生命。

波德莱尔并不以通感见长，他的诗作中通感出现的频率不高。但他的意义在于给后来的年轻象征主义诗人们树立了一个范例，让他们看到诗人们在感受的探索上还有广阔的空间。兰波是最重要的后继者，也是通感诗学新的代表人物，他将采用各种方式重现波德莱尔的经验。

三、兰波的通感

波德莱尔和兰波是两个具有一定互补性的诗人，波德莱尔重感应、轻通感，兰波正好相反，他重通感、轻感应。在他的《地狱一季》中，他表达了波德莱尔式的对神秘世界的向往，诗人想撤除一切“神秘的面纱”，这些面纱被揭开后，显露的当然有感应的光彩。但是，兰波所理解的神秘性，更多地不属于超越性世界，而是在感官世界里。这可以结合他的“通灵人”诗学来解释。他所说的“通灵人”，是不是真正作为灵媒，像道教中降神的法师一样，这还有疑问。虽然在之前的内容中，已经提到过埃哈特与兰波在通灵上的某些渊源，但是这种渊源不是宗派上的，而是义理上的。兰波可能只是借用宗教上的灵媒的概念。他在给老师伊藏巴尔的信中有一句关键的话：“感官的错乱抵达未知。”这里面并不涉及巫术或者符咒之类的东西。在《语言炼金术》这篇散文诗中，诗人说：“我自信能创造一种诗歌的语言，它总有一天会通向所有的感觉。”[②]引文强调的是“感觉”，而非超越性的存在。兰波选择通感，而非感应，也有他自身条件的原因，他对神秘主义思想虽然有所涉猎，但是所知不深。通过他的传记和书信来判断，

---

① 参考拙文《人格解体与象征主义的神秘主义美学》，载《外国文学研究》2019 年第 3 期。

② Arthur Rimbaud：*Œuvres Complètes*，Gallimard，1972，p. 106.

他没有碰过灵智学的修习,他的生活圈中多为颓废文学家,不像叶芝可以得到布拉瓦斯基夫人的亲授。

兰波还在《语言炼金术》中自豪地宣称:“我创造了元音的色彩!”他在十四行诗《元音》中将字母与色彩对应起来的做法,是众所周知的。诗人实现通灵人的方法,不是向外寻求灵智学的帮助,他向内找,希望靠重组感觉的关系获得“错乱”。笔者曾在《19 世纪西方文学思潮研究 · 第五卷 · 象征主义》一书中概括道:“兰波使用的方法是破坏感官的自主性,从而让感觉获得一种病态的关系。”①这里可以再引申一下,兰波的通灵,通的根本不是“灵”,而是病态的感觉。从法语原词来看,通灵人(voyant)来自动词“看”(voir),指的是“看者”,这与美国思想家爱默生所用的术语相通。比较厉害的看者就是“先知”。“通灵人”这个词在中文中或许有些歧义,但它的法语原词本身没有问题。兰波想成为一个奇特的观看者,他观看的对象是他自己。这样,观看本身就没有神秘主义的特征,它是一种针对自我意识的自虐。

观看的活动,就含有通灵人的全部意义。因为观看本身将自己既视作一个主体,又视为一个客体。奥古斯丁在讨论内在感觉和理性时,曾指出理性不但能观察内在感觉,而且可以观看它自己。也就是说理性同时是观看的主体和客体。但是兰波的观看并不是借助理性,他的观看是自我分裂的。它将自我客体化,这意味着摆脱平常的意识,进入新的错乱的经验中。而新的主体的获得,则意味着通灵能力的获得,或者意味着让观看最终成为可能。观看在主体那里是一种视觉活动,听觉和嗅觉当然也可以加入进来,它在客体那里是人生的冒险,是情感的挣扎,这涉及内在的心理体验,是利用自我摆脱自我,是利用感觉打乱感觉。观看一个闻着

① 李国辉:《19 世纪西方文学思潮研究 · 第五卷 · 象征主义》,北京大学出版社 2022 年版,第 243 页。

自己流血的伤口的人，观看一个绝望地呼喊的人，这分别在主体那里将视觉与触觉结合起来，将视觉与听觉结合起来。因此，观看就是通感，就是“我是另一个”的直接注解。自我意识的分裂，本身就带来通感的结果。

兰波还提到“自虐”一词，这有他本人言论的根据。在给伊藏巴尔的书信中，诗人强调要承受“不可言喻的折磨”，最后“神魂颠倒”，成为“严重的病人”以及“重犯”。在这个过程中，兰波成为针对自己的施暴者，目的是打破平常意识的习惯，建立感觉未知的联系。这个过程也发生在语言那里，因为语言就是一种重要的意识，人们用它传达感受和思想。打破平常的意识，最终会对语言发生作用。兰波使用的“语言炼金术”一语，就体现出这种倾向。这个术语的来源，现在还不太清楚，但在波德莱尔的日记中，出现过类似的用法。在《裸露的心》中，在讨论“普遍的宗教”那一部分时，《巴黎的忧郁》的作者指出：“有一种为思想的炼金术士（Alchimistes de la Pensée）造就的普遍宗教，一种脱离了世人的宗教，它被视作神圣的纪念经。”①虽然严格来看，两人所用的术语不完全相同，但是他们都扭曲了“炼金术”这个词的本义，让它具有在思想中建立新的奇异性的意思。兰波的“语言炼金术”就是唤起语言的陌生感，打乱语言中能指与所指的固定联系，最终让语言成为通感的合适载体。

布尔德在1886年的《颓废诗人》一文中，曾对这种语言的运用举过实例：

> 啊！绿色，绿色，多绿啊，
> 那天，你是我的心！②

---

① Charles Baudelaire: *Œuvres Complètes*, *tome 3*, edited by Yves Florenne, Le Club français du livre, 1966, p. 1346.

② 布尔德的这篇文章可参考《19世纪西方文学思潮研究·第五卷·象征主义》一书的附录。

这里是让颜色与某种心情建立联系。布尔德还告诉人们，这在颓废派中被称作“移位”(la transposition)。“移位”这个词可以更清楚地说明“语言炼金术”中发生的是什么：这是破坏原有结构、秩序以便使语言获得新生的过程。在西方的神秘主义传统中，炼金术往往含有灵魂的新生的意思。移位着重强调了第一个过程，即语言指涉关系的破坏。而在移位之后，一个陌生的、困难的能指出现了，它与所指可能属于不同的感觉内容，但是移位强制性地让两者建立了新的结合，这正好适应了通感的需要。当然，兰波的通感要比颓废诗人的更加复杂、晦涩一些，在《地狱一季》中，人们可以找到许多的通感，哪怕感觉或者语言上的迹象非常少，也可以通过通感来理解。比如这一句诗：

> 我招来灾祸，为了用沙子和鲜血使自己窒息。厄运曾是我的上帝。我横在烂泥中。我在罪恶的气氛中把自己烘干。

诗中，“窒息”的内在感受与视觉上真正的伤害(以及伴随它的肉体的感觉)，发生了不易察觉的结合。通感可以有更清晰的形式，例如这些来源不同的诗句：

> 春天给我送来白痴的恶笑。
>
> 恶魔这样呼喊，他奖给我这么可爱的罂粟。
>
> 这些绿色的嘴唇、玻璃、黑色的旗帜和蓝色的光线，还有极地太阳紫色的芬芳……

第一个句子，“恶笑”有视觉和听觉的因素，也属心理感觉，与它发生通感的是春天的花朵，所谓“白痴的恶笑”，从语境上看，理解为白色花更为妥当。这样，白色花的视觉，就与听觉和心理感觉有了应和。第二个句子,“罂粟”若为实指,则具有视觉和嗅觉的内容,它又与迷狂的心理效果有关,因而这是感官感觉与心境的交感,当然,这一个句子中,通感要比第三句弱一些。在第三个句子中,“绿色的嘴唇”原义可能是“绿色的花朵”,嘴唇与花朵出现了“移位”,它带来了声音和情感,让绿花纯粹颜色的形象变得立体起来。当然,原诗非常晦涩,缺乏足够的信息明确“嘴唇”的实指。从语境上看,似乎也可以指“雪花”。这样,“绿色的雪花”就带来了非常诡异的色调。这一句最后的部分,出现了“紫色的芬芳”,它是标准的通感,在色彩和气味中间建立了让人印象深刻的联系。

兰波诗中的通感虽然继承了波德莱尔的一些东西,但是已经出现了新的变化。在波德莱尔那里,通感主要发生在内在的心理感受(例如恐惧、忧郁)与感官感觉(视觉、听觉等)的对应上,兰波的诗中虽然也有这些——例如上文的“白痴的恶笑”——但是因为观看者这一身份的存在,视觉作为通感的基本成分是非常显著的,他的诗中只要通感一出现,似乎视觉就已经存在,并等待着新的感觉与它融合。另外,因为感觉的错乱,兰波诗中发生通感的两种或多种感觉具有更遥远的距离,能带来更具陌生化的效果。因为这两点重要性的不同,可以将波德莱尔视为象征主义通感的先驱,而兰波是象征主义通感的君王。

四、吉尔的通感

兰波这个君王的身边没有聚集起多少跟随者,因为 1886 年之后的 10 年间,诗人们要么成为瓦格纳主义者,要么回到遥远的古希腊传统中。波德莱尔、兰波的通感,面临后继乏人的困境。有批评家认为象征主义者都重视通感,例如塞加朗在 1902 年的《通感和象征主义流派》中就持这种观点。从严格意义上的通感来看,这并不符合实情。因为颓废文学和象征主义文学在布朗热运动后不再适应新的政治、文化环境,文学家们更多地开始干预现实,具有了更多的社会关怀。不过,兰波之后仍旧有个别重要的成员，吉尔就是通感忠诚的拥护者。

虽然象征主义的文学史中仍旧会提到吉尔的名字，但是对于他的作为，一般的读者，甚至象征主义的研究者也不一定熟悉。他曾一度被认为是新思潮的领袖，在 1886 年前后，曾得到过“最有天赋、最原创的诗人”的赞誉。而且围绕着他，还聚集起了一批有影响力的象征主义者，俨然建立了真正的流派，这些人中有比利时的知名诗人莫克尔和德拉洛什。实际上，吉尔只是兰波诗学的模仿者，由于缺乏真正的创造力，他的理论后来被人们抛弃，他自己也成为另类的象征主义者。

早在 1885 年，吉尔就在比利时出版的著作《我的图章》(*Sous mon Cachet*)中对视听联觉进行了探索。他的探索不仅是理论性的，而且是实践性的、欣赏性的。他从波德莱尔、魏尔伦、马拉美等人的诗作中读到了各自不同的乐器的音色，又从这种音色中找到了个性的色彩。例如，波德莱尔的诗作具有“高昂而悲伤的音符”，它属于孤独的“小提琴”，带来的颜色则是“黑色”和“橙色”。当然，除了小提琴外，诗人还读到了“令人心碎的管风琴”。魏尔伦的琴弦是看不见的，那是“庄严的竖琴”，那里出现的色彩是“浅蓝色”，似乎让人想到了“晚上有梦幻的云”。马拉美吹奏的是“时响时断的”笛子，他甚至用人们不常用的乐器来表演，吉尔想到的是“海蓝色和玫瑰色”，似乎诗人置身于一个“洁白的泉水中”。① 这些颜色和色彩的关系，明显是吉尔想象出的，其各自的对应会因人而异。有批评家也曾指出吉尔的理论像“古怪的机械”，并不具有心理、情感上的合理性。但需要注意一点，虽然吉尔的理论比较古怪，这种理论并非语言修辞上的通感，它可能缺乏感觉的根据，但它绝对有别于修辞的思维方式。修辞的思维方式可以在读者中建立共识，而且这种思维方式也是全社会共同使用的——例如将幸福与甜蜜的味道结合起来。吉尔的对应，是个性

---

① René Ghil, *Traité du verbe*, Éditions A.-G. Nizet, 1978, p. 54.

的，是反共识的。马拉美的诗为什么不是浅蓝色的，而是海蓝色的？或者为什么不是黑色的？这里面没有道理。吉尔似乎武断地确定了颜色与乐器的指涉关系，就像语言中能指与所指的关系一样。但是在吉尔那里，这并不是一种武断的指定，而是来自他内心的体会。进一步说，吉尔的视听联觉，既不同于兰波通灵人的通感，又不同于语言的修辞。它没有感受上普遍的依据，但又有些心理的体验；它反对修辞上的共识，具有个性，但这种个性又不拒绝读者的共鸣。吉尔的通感处在一个中间位置。

这种理论是如何建立起来的？与兰波这位君王有何真正的关系？吉尔正是在兰波的启发下朝这种视听联觉方向摸索的。他在书稿中明确表示要向兰波致敬，而且他还修改了兰波的《元音》一诗，给元音与色彩重新配对："A 黑色，E 白色，I 蓝色，O 红色，U 黄色，在五种从未采摘的花朵的极其美丽的朴素中，五种色彩在阳光照耀的田野中茁壮成长。"把兰波的版本也补充进来，就可以比较两者的差异。兰波写的是：A 黑，E 白，I 红，U 绿，O 蓝。除了黑色和白色的配对关系维持原状外，蓝色、红色和黄色在两人的谱系中是完全不同的。这倒不是说两人的感觉有个性上的不同，而是说他们有不同的心理体验。这对他们很重要，可是读者却弄不清他们有不同解释的原因。雷泰曾注意到兰波与吉尔在这一点上的区别，他的态度可能代表了不少人的观点："吉尔先生很早就更正了兰波；这位天才王子一本正经地表示元音 U 是绿色的；吉尔先生则是黄色的。有什么根据呢？我并不想知道。"①

但是吉尔没有被这些质疑所吓住，他仍然在进行更复杂的综合。早在 1885 年的《乐器》一文中，他就把辅音与元音等量齐观，强调辅音同样是乐器，也能唤起色彩。于是齿音 H 与竖琴等同起来了，而一般的擦音与小提琴对应，具有颤音的辅音 R 与铜管乐器建立了联系，而发音较弱

① Adolphe Retté："Chroniques：les poésies"，*L'Ermitage*，No. 5，1892，p. 405.

的V发出了笛子的声音。在1888年修订的《语言论》中，吉尔强调人说话的声音就是乐器，这样，人的一张嘴，就成为一个复杂的交响乐队，因为有多少种辅音和元音，人的嘴就具有多少种乐器的演奏潜质。到了这一步，吉尔实现了他的语言与乐器的通感说。兰波强调通感，这种通感在视觉和听觉等感觉领域之内，语言只是记载它，语言虽然也会发生变化，具有新的指示关系，但它本身不能代替视觉和听觉。但是吉尔做了激进的改革，他让语言本身成为通感的王国，语言代替了之前的视觉、听觉的通感，它不再是通感的记录者，而成为通感的生发器。

这里可以停下来，深入思考吉尔理论的特色。兰波是一个观看者，他观看的是一种感觉错乱后的通感世界，为了具有观看的能力，兰波变得"穷凶极恶"，成为古尔蒙眼中"古怪的、荒唐的"诗人。吉尔则不同，他想成为聆听者。在他面前，没有错乱的、新生的世界，他所听到的是人人每天都接触的元音和辅音。但在他那里，这些元音和辅音变成惊人的交响乐队，每一样都发出不同乐器的声音。随着这些乐音的演进，敏感的诗人可以看到各种各样的颜色围绕着这个乐队，印度古籍中记载的乾闼婆们现身了。运用这些通感的神技，并不需要太多的技巧，只要把吉尔已经分好类的表格拿到手就可以了。诗人们不需要像兰波那样"神魂颠倒"，他们坐在家中的书桌前，喝着咖啡，然后就能创造极为复杂的通感效果。这些表格规定好了字母与乐器、颜色的秘密，例如，P和R是低音组萨克斯，它们唤起的颜色是红色，F和S是长笛，它们是黑色和红色，L和Z是法国号和双簧管，与它们有关的色彩是浅红色和亮金色，当然，这里面也有多元的对应，像S和Z还可以代表低音古提琴、低音维奥尔琴，涉及粉红色和浅金色。除了色彩，这些辅音也具有不同的情感，例如F和S是单调的、怀疑的，P和R含有某种荣耀感，R和S则代表着喧闹和欢呼，与蓝金色有关的D、Q和X等辅音，带来的是平静和放弃的感情，适于代表服丧的心情。佩罗曾经在1887年的《象征主义者和颓废者》一文中嘲笑吉尔的理论是印象主义画家的调色板，似乎诗人们心血来潮，随意用一些混乱的颜色，就带来了光怪陆离的效果。吉尔的语言乐器理论确实是够混乱的。

但吉尔并没有认为他自己是混乱的，相反，他自认为非常清醒。他给自己的理论定的名字是：科学诗。批评家戈鲁布在讨论吉尔的这种理论时，曾认为这是“从象征主义到实证主义的明确过渡”①。吉尔确实参考了科学方法，然后才提出他的理论。黑尔姆霍尔茨经过科学分析曾肯定人的声音与乐器的乐音之间的相似性，吉尔正是在这种相似性的前提下建构了他庞大、精细的理论。他通过人的声音，试图唤起人心中积淀的种种乐音、颜色、情感的元素，用他自己的话来说：“所有的思想（源自感觉的和反思的感受）通过结合的简单机制，可以唤起一些元素——它们与在我们模糊的自我上存在、发展但不被我们了解的秩序是相同的——更能让我们恢复这种自我。”②引文中对“唤起”不为人知的感觉经验的强调，意味着吉尔的理论要利用人的无意识领域，即可能存在着意识无法把握的通感的经验，借助语音的刺激，如果人们能够激活无意识世界积淀下来的信息，那么意识和无意识的心理内容就会结合起来，通感就会发生。这里还有瓦格纳综合说的成分，通过综合不同意识领域，让人恢复完整的人的状态，让生活恢复完整的生活的状态。

尽管吉尔的理论是有科学依据的，但是他明显扩大了黑尔姆霍尔茨学说的运用范围，而使所谓的科学方法，最终沦为对语音的迷信。人声与乐音的一致性，如果存在，也是一种有限的、模糊的存在，而且有因人而异的情况。这种一致性是局部的特征。吉尔将这种局部的、有限的特征更改为必然的、普遍的特征，并建立了过于精巧的配对关系。其结果完全与

① 参见1978年吉尔《语言论》中的序言部分。

② René Ghil: *De la poésie scientifique*, Createspace, 2015, p. 28.

德国科学家的理论相背。另外,由于缺乏感觉的根据,他的通感理论不啻一种游戏,而非能感染读者的艺术。佩罗批评他的理论是随意的调色板,这没有冤枉他。象征主义者雷泰在 1892 年的文章中也曾指责吉尔“愚蠢”,他还给吉尔的做法打了一个形象的比喻:大象耐心地想用掰不开坚果的爪子弄破坚果。

不过,也要看到吉尔尝试的积极面。虽然这种理论过于狭隘,没有实用性,但它标志着象征主义通感的一个新的倾向:从感觉的通感向科学方法的通感的转变。波德莱尔将神秘主义的通感发展到感觉的通感,兰波则将感觉的通感扩大,而通感在吉尔那里则摆脱了身体的根据,变成科学规律的总结。虽然吉尔的理论缺乏身体的根据,但是他认为声音、色彩与情感原本具有相通性,随后积淀到了无意识中。所以这种理论也不是完全排斥感官,而是让感官经验成为一个更早的前提。因为象征主义美学处在宗教和科学实证主义的两极,偏向任何一极,都会带来象征主义美学的枯竭,吉尔的科学诗的理论,更多地具有认识的价值,缺少真正实践上的功用。就通感来说,斯威登堡和埃哈特的神秘主义通感过于玄妙,让人难以把握。吉尔的实证主义通感说则过于明确,同样超出了人们感知能力的范围。而兰波因为处于两人的中间位置,将神秘性、可感性做了最为恰当的调和,所以具有了更加长久的、普遍的魅力。

第三节 综 合

虽然之前的章节中,多次提到过综合(La Synthèse),但是对于这种诗学的历史,我们还谈得很少。1889 年,象征主义理论家莫里斯在《近来的文学》中系统地总结了这种诗学,而它的源头可以上溯到 1885 年象征主义杂志《瓦格纳评论》上发表的一篇文章,其指出:“综合(它必定会发生)的时代到来了,完整的艺术作品在这个时候一定会建立起来。"①在象征主义语境中,综合主要指的是多种不同艺术的结合,这种理念的直接源头其实是德国音乐家瓦格纳。瓦格纳在19世纪中期就要求艺术"应该与邻近的艺术握手"。从某种意义上看,瓦格纳和波德莱尔一样,是象征主义的先驱,前者给象征主义带来了综合,而后者则贡献了颓废。

感应和通感似乎都含有综合的内容。感应就是主观世界与自然世界的综合,而通感则是不同感觉领域的综合。这样理解,虽然并未有违于象征主义的实际,但是泛化了综合,让综合成为一种抽象的原则,就像和谐、对立可以用在一切思想领域中一样。但是在象征主义时期,综合是一个特殊的诗学概念,它有相对固定的范围(指涉对象),也有非常明确的意图。因而,本节必须将综合与感应、通感区别开,并给综合勾画一个清晰的图谱。

一、什么是综合?

文艺的综合貌似简明,实际上拥有复杂的含义。在瓦格纳那里,综合的必要性从戏剧与小说的对立可以看出来。戏剧和小说的对立,既是文体上的,又是时代上的。文体上的对立容易理解,时代上的对立指的是近代文学与古希腊文学的对立。因为古希腊戏剧本身就是综合艺术(它综合了舞蹈、音乐和文学),所以综合诗学包含着与文艺复兴相同的复古冲动,以及对当前文艺的怀疑。当然,瓦格纳的关注点并不只是这些宏观的层面,他发现戏剧和小说在情感和表现力上迥然不同:"在戏剧中,一位强健的、完全自我发展的个体丰富了环境,在小说中,环境养成饥饿的、空虚的个体。因而戏剧给我们袒露有机的人类,因为它展示作为种族的本质的个体,而小说则展示了机械的历史,根据这种历史,种族变成个体的要

① Anonyme, "Richard Wagner et Victor Hugo", *Revue wagnérienne*, No. 5, 1885, p. 130.

素。因而,戏剧的艺术手法是有机的,小说的艺术手法是机械的。"[①]如果文艺作品要表达强健有力的人物,那么戏剧自然是不二之选。瓦格纳似乎在强调文艺作品的人物形象,但是这只是表面现象。吸引德国音乐家的是古希腊戏剧洋溢的情感力量,综合诗学的第一个含义就在这里。不论从情节的冲突,还是合唱队的旋律来看,古希腊戏剧似乎总能表现深沉的、真实的人性,而近代小说、中世纪的基督教音乐却无法做到这一点。综合诗学表面上是一种艺术手法,实际上涉及的是艺术精神。尼采在《悲剧的诞生》中提出的"酒神"精神,大体可以概括它。综合诗学要求在新的艺术精神下,恢复"纯粹人性内容"(Puly-human Content)的力量,而它暗含的先锋性就在这里,因为人性的力量要求有新的适应它的文艺。如果诗、音乐、舞蹈之类的艺术,都在表现人性的力量上获得成功,那么它们的结合将会产生更大的力量。这是综合诗学的第二个含义。综合并不是近代以来的文艺的综合,它们已经丧失了人性的力量。综合的第一步是复古,然后才是重新结合。

瓦格纳的理论在象征主义者中得到了响应,其中的一个重要人物是象征主义理论家威泽瓦。威泽瓦不太关心戏剧和小说的对立,他注意到瓦格纳偏好用音乐来传达有力的情感,而他更热衷于德国音乐家综合各门艺术的学说。威泽瓦表示:"它(瓦格纳的作品)意味着三种艺术形式自然的、必然的联合:造型艺术、文学艺术和音乐艺术,这三种艺术形式共有一个相同的、独特的目的,即创造生活,激发心灵创造生活。"[②]威泽瓦好像不像瓦格纳那样强调人性的力量,他的综合诗学承认现实的生活,像小说这种被瓦格纳放逐的文体在他的理论中也有一定地位。但是这可能有

---

① Richard Wagner's Prose Works, volume 2, *Trans. William Ashton Ellis*, Kegan Paul, Trench, Trübner, 1900, p. 172.

② Téodor de Wyzewa: "Peinture Wagnérienne", *Revue wagnérienne*, Vol. 5, No. 1, 1885, p. 154.

不得已而为之的原因，因为文学本身与音乐以及带有合唱队的古希腊戏剧不同。文学中多种文体的综合，需要考虑语言艺术的特殊情况。当时机成熟时，威泽瓦同样会显露他瓦格纳主义者的姿态，例如他将诗定义为“情感性的音乐”，他赞美马拉美“寻求一种纯粹情感性的诗的理想形式”。尽管可以利用瓦格纳批评的文艺，但威泽瓦理想的艺术仍旧是体现“纯粹人性”的。

莫里斯的综合诗学与威泽瓦的非常接近。他在大的方向上要求综合，“通过所有的艺术启发所有的人”。既然要利用“所有的艺术”，那么与音乐、诗距离较远的自然主义小说，就是他综合王国的一分子。但是在字里行间，莫里斯常常流露对“纯粹人性”的侧重。他认为音乐比绘画更优越，因为音乐与情感的本源“更为接近”。在对综合进行形而上学的总结时，莫里斯表明了他与瓦格纳最终的一致，这时他相信“这种向纯粹性的回归，属于所有的艺术”。拉弗格是英年早逝的瓦格纳主义者，他像前面两位一样，保留了综合诗学的基本内容，但并不过于强调古今文艺的对立，他看到了当时的颓废文学的重要性。他借用瓦格纳的“交响乐”的概念，陈述自己对文艺综合的理解：“不再有孤立的旋律，一切都是一种交响乐，这种交响乐是生动的、变化的生活，就像瓦格纳理论的‘森林的声音’为了森林中洪大的声音在竞争。”

象征主义者想实现的艺术综合，就技法来看，只是把原本就已经存在的艺术组合了起来。这似乎是一种折中的做法，没有什么先锋可言。拿瓦格纳的歌剧来说，它综合的要素，例如舞蹈、歌唱和交响乐，都是已经成熟的艺术，瓦格纳没有带来新的技法。拿交响乐来说，贝多芬已经做了许多开拓的工作，不用等瓦格纳来革新它。这种思考似是而非。艺术综合并不仅仅是艺术的综合，必须看到综合诗学带来的新的写作。瓦格纳提出的“纯粹人性内容”，要求对艺术本源进行重构，即恢复人的无意识冲动。象征主义者受到启发，他们的综合诗学主要诉诸无意识写作。威泽瓦推崇“语言音乐”(une musique verbale),在具体的语境中,“语言音乐”容易被理解为形式的音乐性。“语言音乐”本身是反对任何形式的,或者可以说它是一种无形式,它的本源就是无意识的冲动。威泽瓦进而要求把无意识的情感流动引入诗中,让诗的语言和形式都随之而改变。就语言来说,它的语音的部分居于核心地位。这种改变的结果,就是纯诗,它的目的是用语言的语音部分来取代语义的部分,抵制语言的表义功能。在具体的诗作中,是不可能有完全的纯诗的,这不是理念的问题,而是现实条件不允许。因而纯诗的内容就与其余的内容构成了综合,这就是威泽瓦更改瓦格纳的地方。威泽瓦在《瓦格纳文学评论》中提倡将诗的形式与叙述(小说)的形式“融合起来”,诗的形式是主体,叙述的形式是它的辅助、补充。就形式来说,语音原本的秩序将会占据诗律固定的秩序,这就产生了自由诗。而自由诗则和格律诗的残留部分构成了综合的诗体。如果撇开表面的差异,直取本质,则自由诗、纯诗和综合诗学互为表里,构成了统一的诗学体系。

拉弗格不像威泽瓦那样是个理论家,但他是无意识写作的杰出实践家。综合诗学在诗歌中的成绩,以他为代表。拉弗格这样总结他的创作:“艺术并不是初学者的修辞作业,它是完整的生活,就像爱情是所有的爱情,它必须还原为无意识,而无意识的发展要离开、蔑视我们的分类法的樊篱。”①引文中的“完整的生活”,就是综合诗学的另一种表述方式,实现它需要无意识的心理力量。拉弗格做到了威泽瓦倡导的纯诗与非纯诗内容的组合,他还在纯诗的部分有更多的探索。无意识的含义在他那里扩大了,可以指本能的冲动,也可以指回忆、即时的感受、印象。这些不同的心理内容交织在一起,给人印象主义绘画、交响乐、回忆录、诗、散文综合

① Jules Laforgue: “Notes d'esthétique”, *La Revue blanche*, Vol. 84, No. 2, 1896, p. 488.

在一起的繁复体验。

在小说中实践威泽瓦理想的是迪雅尔丹。迪雅尔丹和威泽瓦都是《瓦格纳评论》的撰稿人，他们在角色上有分工，前者是刊物的负责人，也是活动家，后者则是理论家。迪雅尔丹的综合诗学很多是从他的同行那里借来的。迪雅尔丹明白诗的真正内容应该在“无意识的最深处”。这一部分内容就是诗的内容，但是它还需要非诗内容的辅助，迪雅尔丹用一种独特的名称称呼它：“内心独白”（le monologue intérieur）。它其实就是威泽瓦所说的诗的形式和叙述的形式的综合。

不同的文体涉及不同的内容，有些与情感有关，有些则不是这样。它们为什么可以综合呢？综合的结合点在什么地方呢？这里可以尝试用迪雅尔丹提出的“喷涌”（le jaillissement）的概念来解释。喷涌不仅是无意识的心理活动，还是文学创造的一个原则，即非理性的结构方式。作为一种结构方式，喷涌可以打破理性的框架。叙述的、解释的内容，尽管与情感没有关系，但只要进入人的意识，并被编入非理性的思绪中，就成了喷涌的含义。象征主义者与瓦格纳理论不同的地方，在于象征主义者不但在一定程度上允许叙述的、解释的内容的存在，而且给其内容找到了一种非理性的结构。换句话说，就是要把无意识内心冲动与无意识思维方式区别开。前者是瓦格纳所说的纯粹人性内容，这种内容不涉及艺术创作。但当文艺家进入艺术创作阶段后，他就利用非理性思维方式来处理更多的内容，这些内容以纯粹人性内容为主体，也含有叙述的、解释的东西。各门艺术、各种文体变成了这种喷涌的最后的管道。但是在此之前，喷涌的活动早已发生，文艺家的任务并不是对它进行抽象，或者用隔热的材料重新组织它，这是理性的做法。文艺家只需要让这种喷涌的活动进入与它相适的各种管道中，就使它具有了各种自然的形式。因为不需要人通过逻辑分析来预先寻找什么管道，所以喷涌的最后结果，往往是出人意料的，可以跨越不同的艺术门类或者文体。这些艺术门类或者文体类似于意义模糊的词语,当某种感触无法形容时,人们找不到固定的词语,当某些感触自然而然地流动时,人们也找不到固定的艺术门类或者文体。这带来了艺术门类或者文体的居间状态,综合诗学所指涉的,正是这种居间状态。可以给综合做一个评判了,综合指的是伴随着艺术本源标准的断裂而产生的艺术门类或者文体的居间状态。

二、艺术本源

既然综合含有对艺术本源标准重构的含义,那么就需要对这种重构进行反思,从而明确综合不是一场闹剧,而是真正严肃的艺术活动。按照象征主义者的理解,这种本源就是真实的情感,一种无意识冲动,它容忍在理性程度上较低的叙述的、解释的内容,但它在原则上把理性的、国家的、历史的观念当作它的对立面。这种理论对情感存在重大误解。首先,它过度缩小了情感的定义。无意识冲动确实影响情感,但它只是情感的一种构成力量,情感的真正形成还依靠人与现实的接触。也就是说,情感是现实中的情感,它不仅有隐藏的无意识心理,更重要的是还有意识、理性等心理力量。法国哲学家萨特强调:"情感涉及它指示的东西。它指示的东西是人的实在与世界的关系的整体性。"①这种看法有参考价值。情感是人与现实关系中的情感,脱离了现实,单纯依赖那种与生俱来的本能,就是情感的贫血症。但这种贫血症,被瓦格纳和后来的象征主义者们所渴求。瓦格纳的歌剧偏好神话的题材,例如取材于北欧神话故事的《尼伯龙根的指环》,其中的原因不难理解,神话中的冲突就是人类原欲的冲突,往往表现为乱伦、仇杀之类的。这是最纯粹的内容,它不需要现实生活的材料。象征主义者们也有这种倾向。拉弗格的代表作《最后的诗》中

① Jean-Paul Sartre: *Sketch for a Theory of the Emotions*, translated by Philip Mairet, Routledge, 2002, p. 63.

多是意识流式的诗句，迪雅尔丹的《被砍掉的月桂树》则是意识流小说的先驱。意识流小说诞生于象征主义文学不让人感到意外，这是情感简化为无意识后的自然结果。无意识的表现扩大了文学的领域，值得肯定，但认为纯粹的情感就是无意识冲动，舍此之外，就都是无益的抽象概念，这就以偏概全了。

其次，综合诗学还将情感与理性对立起来。情感与理性并非对立的两极，而是相互融合的，理性可以与情感结合，例如"科学精神"，情感也多利用理性，否则情感就容易陷入迷狂。从原理上看，只要感触面向现实，它就会与时间、空间、因果律等理性原则结合起来，就是理性化的情感。这种情感就不是纯粹的无意识冲动，而是社会性的情感。瓦格纳对一切社会的情感怀有敌意，认为它们破坏了"纯粹人性内容"，在讨论声音激发的情感时，他要求"摆脱历史—社会和政府—宗教关系、条件的重负"。拉弗格的无意识的对立面可以扩大为整个文明，诗人们如果想赢得无意识的力量，就要与整个文明为敌："文明破坏我们，让我们不再有平衡状态，违反天性。这与我们无关。无意识在它想要的地方自由地吹拂着。"①这种思想自浪漫主义出现以来在非理性主义思潮中是屡见不鲜的，象征主义者多信仰非理性主义。威泽瓦就是如此，这位理论家相信人们不是通过理性，而是借助直觉来认识世界的，他曾回顾道："从第一天开始，我就厌恶科学，与其说是因为它虚假，不如说是因为它所谓的知识的无用，它借此困扰了我们的精神。"②

情感与理性对立的变体，是古代社会与现代社会的对立。19 世纪中叶，非理性主义夸大了时代的危机，认为情感被资本主义工业文化和政治话语所窒息，人们正在丧失自我，成为理性的奴隶。第二帝国和第三共和

① Jules Laforgue: "Notes d'esthétique", *La Revue blanche*, Vol. 84, No. 2, 1896, p. 484.

② Téodor de Wyzewa: *Nos maîtres*, Perrin et Cie, 1895, p. iii.

国确实处在一个新的环境中，工业革命遇到了好时机，同时工人运动和无政府主义运动也呈星火燎原之势。但是这并非意味着一个理性压制情感的悲剧绝对出现了。列文在讨论共和派的艺术时，发现第三共和国的官方艺术将情感与理性、经验活动结合在一起，人们在工业艺术品中看到的是这种情感：它是舒适的、秩序井然的，来自人与自然、人与社会的安全关系。再来看政治话语，盛行于19世纪90年代的民族主义，渴望恢复君主政体，废除国民议会，它似乎与人们内心的情感冲动无关，属于具有高度理性的东西。但事实上，民族主义的倡导者正是出于民族情感建立他们的纲领的。巴雷斯就是一大代表，他将民族性放在血统上，放在对土地和历史的感情上。民族主义要诉诸理性，但它更重要的是面向一种集体的、原始的感情。这种感情不一定是后天教育形成的，只要人生活在法国，他的父辈们就在他身上生活，“我是他们”。

除了艺术本源的标准外，综合诗学本身也存有误解。综合诗学假定存在文艺门类或者文体的居间状态，它具有丰富的可能性：一旦与声音结合，就具体化为旋律，音乐于是产生；一旦与形象结合，就具体化为图像，绘画于是出现；一旦与语音结合，随之产生文学。将不同的艺术类型结合起来，就能还原最初的心灵状态。但是这错解了文体，它把文体视为被动的、完全可塑的材料了，没有看到文体本身具有独立的地位和规范性。就像在情感与理性的对立中，理性被异化为一种异己的事物一样，在综合诗学中文体被异化，它和无意识冲动形成灵魂与肉体、质料与形式的关系。质料与形式是古希腊和中世纪时期一直活跃的思维方式。神学家托马斯·阿奎那曾提出“第一质料”(materia prima)的概念，认为第一质料并不是现实的存在，无法成为事物的本质，它只是潜能的存在。说质料是“潜能的存在”，是因为它自身无法存在，需要借助本原性的力量。被动的质料遇上本原性的力量，具有形体的事物就产生了。综合诗学将这种中世纪神学思想继承了过来：无意识冲动就是最高贵的本原，各种文艺好像是潜在的、处于中间状态的质料，在无意识冲动的决定作用下，凭借不同的媒介，最终形成有相互关联性的文艺作品。象征主义者没有看到各种文艺具有各自独立的规则。它们并不是“潜能的存在”，而是事实的存在。这种事实性，体现在规则上，不是体现在具体的形式上。虽然音乐、文学、绘画的规则不同，但是它们都需要有呼应和对照的组织，有一种发展这种组织的理性框架。在音乐中人们可以看到音乐动机的发展，在文学中存在着各种逻辑关系。不同的文艺还有篇幅、长短的要求，传统于是加入规则的建造中。这些规则并不会轻易随着某位艺术家的内心冲动而改变，它们大体上是固定不变的。文艺创作的过程是情感、思想与文艺体式相互调节的过程。在这个过程中，没有一个力量是主宰性的，不同的力量需要相互协调。最终产生的作品，因为经过了多次调整，所以就是多种意图、思想、情感的混合物了。

综合诗学一方面用文艺体式的居间状态替换了文体本身，另一方面用它的纯粹人性内容替换了现实的情感。情感与其说变得狭隘了，还不如说变得空洞了。综合诗学抽去了情感原有的此时、此地的属性，让它变成了一个符号、一个代数。这就像通过分析的手段，将水等同于氢原子和氧原子的化学公式，在这个超越性的公式中，人们难以感受到水的温度和甜度。瓦格纳和象征主义者一再指责政治和宗教破坏了情感冲动，实际上他们才是情感的破坏者，他们用纯粹人性内容建造了真正的牢狱。这样做的原因，在于 19 世纪中后期出现了新的文化现象：颓废。很多艺术家出于逃避现实，或者畏惧现实，逃遁到艺术中。瓦格纳生活的时代，普鲁士的三月革命受到镇压，国内政治迫害屡见不鲜。而巴黎的象征主义者与巴黎公社的社员们关系紧密，他们对大屠杀记忆犹新。美国历史学家宋在其著作《无政府主义与世纪末法国的文化政治》中说，大多数象征主义诗人出生于 19 世纪 60 年代的巴黎，对巴黎公社的大屠杀记忆犹新。在现实生活中绝望后，就要在艺术中寻找寄托。为了保证这种寄托的有效性，象征主义者像他们的先驱波德莱尔一样，必须开始一种造园运动，即虚构一种纯粹的、理想的乐园。青年学者郭淳在调查瓦格纳美学的社会功能时认为："他们(瓦格纳与德国浪漫派)都是对社会的现代性进程、宗教权威的瓦解等因素带来的社会整体性丧失的对抗，现实的失落使他们转而在艺术中重现人的完整性。"①这种心理补偿的解释，对象征主义者同样适用。不过，这里"人的完整性"的提法可能仍旧是一种"幌子"。它和纯粹人性内容一样，都是文艺家们建造乌托邦的工具。在实际生活中越是受到压抑，对乐园的纯粹性就越是重视。出于不得已的偏激心理，政治、宗教就成为这个乐园的对立面，甚至成为对它的威胁。因为政治、宗教在象征主义者眼中是个体梦幻的敌人。出于这种乐园的建设需要，综合诗学精心设计了一场情感危机论的审判。这种审判一旦完成，所谓的理想世界就有望虚构成功。

综合所要求的艺术本源标准的断裂，并不是自然的、客观的断裂，而是人为发生的。综合所依赖的这个客观条件，实际上是主观设置的，而且是通过主观想象来满足的。象征主义者是这一切的主导者。因而这种断裂说和情感危机论一样都是虚构的。事物总要分两方面来看，虽然象征主义者编造了这个"谎言"，但还要看到这种"谎言"的内在真实性：它满足了象征主义者对理想世界的虚构需要，解决了因为革命遇挫或者工业进步而撕裂的社会中某些阶层的心理寄托问题。于是艺术本源标准的断裂发生了，尽管发生地不是在实际的社会，而是在一些文艺家的主观思想中。从某种内在的视角来看，综合诗学有一定必然性，它成立的条件部分具备了。但是，现在出现了新的问题。如果综合诗学是为了满足对理想世界的虚构需要，那么艺术的综合是如何实现这一目标的？

---

① 郭淳：《瓦格纳"整体艺术品"的社会隐喻与美学内涵》，《中央音乐学院学报》2023 年第 1 期，第 123 页。

三、艺术综合的功用

综合诗学的提倡者有相同的思维方式：首先建立情感危机论，然后通过艺术的综合来补救，而最终的结果，则是在艺术中建立了纯粹人性的世界，一个与政治、宗教隔绝的世界，因而也就是建立了一个逃避现实的乌托邦。不少象征主义诗人虚构过精神的乌托邦。波德莱尔在他的散文诗《出游的邀约》中描述了一个未知的国度，它的周围笼罩着“北方的浓雾”，诗人梦想着和一位女友在那里“放飞这么多热切、放任的幻想”。雷泰想象自己和爱人在一个小岛上，身边是美丽的宫殿和花海，它的位置是“只有我们知道的北方大海的尽头”。在作品中想象一个异域的空间比较常见，象征主义者们完全可以利用这种方式达到自己的目的，一般而言，文体主要是承载内容的框架，不涉及具体的内容，与乌托邦没有直接关系。那么，对于象征主义文学家来说，文体的综合凭什么成为建造乌托邦的必要条件？

如果艺术家已经拥有了他所虚构的乌托邦，也就是说，他已经找到了纯粹人性的心理内容，下一步就要喷涌，即具体化，形成文学作品。在这个过程中，情感，不管它多么纯粹，都不免要形成某种态度，产生某种意义。之所以会出现这种情况，是因为纯粹人性完全是抽离现实处境之后的感触，这种感触只要具体化，就要借助于理性的符号。借助线条和色彩则形成绘画，借助语音和形象则形成文学，借助乐音则形成音乐。可是，这些符号是中性的，象征主义者寻求的文体的居间状态，其实是符号化的心理内容。它既可以与纯粹人性相感应（这主要靠语音以及语言本身唤起的形象），又可以在实际的使用中表达政治的、历史的意义。也就是说中性符号既可以是理性的，又可以是与内在心境联系密切的象征符号。

除了中性的文字外，让原始的感触变成具体作品的，还有反思的、解释的内容。正是这些内容带来了意义。而从情感、感触向意义的转变，就是理性的真正介入，就是纯粹人性的弱化甚至消失。在最终的作品中，纯粹人性可能仍旧存在，但它只是隐藏在里面，就像盐分隐藏在冰里面一样。现在要用理性来处理这些冰块，先让它们形成理性可以处理的结构。纯粹人性最害怕的事情发生了，它第一步不得不把自己交给语言、符号，第二步又不得不把自己交给反思的、解释性的内容。而现实的一切理性的观念，都会通过这些内容与纯粹人性接触。纯粹人性像不得不展露自己的海贝，现实的内容就像海中的生物一样，通过打开的贝壳伤害它、破坏它。如果现实的内容仍旧能保留一些纯粹人性的话，那么这可能会带来现实主义、自然主义的文艺作品。拿左拉的《小酒馆》来说，在绮尔维丝的不堪生活中，难道没有那种排遣不去的恐惧的本能？这种恐惧的本能即使不与现实联系起来，也可以在抽象的人性中被把握。现实主义、自然主义的作品对待纯粹人性还有较多的宽容，如果把纯粹人性内容放到商业的理性内容中，这可能生成经济学著作，同理，人们可以得到政治学作品、数学作品。这才是纯粹人性最大的噩梦。

颓废者们一定要保护他们的纯粹人性，这样理想的、纯粹的世界才不会受到现实的干扰。可是，中间层的语言和符号，最后层的理性的结构是他们必须利用的。如果颓废者们拒绝了它们，那么文艺作品就不复存在，艺术家可以安稳地在他的阁楼沉醉于梦幻之中，只要他愿意，没有现实的力量能够扰乱他的清梦。可是他如果想创作文学作品，他就不能不利用那些让他不安的东西。那么，能否出现这种可能呢？即让作品只表示纯粹感触性的内容，尽量减少解释性的成分。这就像用一种颜色来画画一样。虽然任何一种颜色都可以在绘画中具有重要地位，但是没有人会用一种颜色（没有区别的一种颜色）来画画。读者也不会接受这种绘画。绘画如果要想有意义，就必须在象征画家主观情感的颜色之外，用其他的颜色以及线条来给它解释。拿梵高的《星空》来说，尽管那黄色的星光，那梦幻的、遥远的情感是画家真正醉心的，但是他必须使用深绿色（植物）、黑色(山岳)、灰色(房屋)来解释那种无限的情感,来给它打上某种人间的、现实的色彩。

如果把感触与现实性的内容进行结合,并生成具体的作品的过程,称为“纵向实现”(这是从内心向现实的纵向发展),那么纯粹人性似乎无法避免这种纵向实现。只要纯粹人性渴望从内心走出来,面向观众,它就必须完成这种纵向实现。但有没有一种方法能尽量减少这种纵向实现,让纯粹人性向其他方向发展呢?也就是说仍旧利用语言、符号,但尽可能减少现实语境的成分。如果艺术家不能用一种颜色表达自己的情感,那么他能否使用多种颜色,而且还不让它含有过多现实的气息呢?这就是装饰性的艺术。美国学者辛普森指出:“装饰的综合,是象征主义美学理论的深层问题。”[①]这个观点很有启发性。我们可以借助它做更进一步的判断。象征主义者使用装饰艺术的形式,来避免纵向实现。这可以通过塞尚的画作《加尔达纳》来说明。画作仍旧有现实的因素,但是已减至最少,画面上真正占统治地位的,是绿色(植物)、浅黄色(院墙)和淡红色(屋顶)。它们代表了内心温馨、宁静、喜悦的感触。这种通过不同的中间层媒介来建立一种文本结构,减弱最终层的解释的语境的做法,可以称为“横向实现”,它是通过内心的不同状态与中间层媒介的契合来创作作品的。

纯粹人性的横向实现,其特点在于在保留一定的解释的语境的同时,最大限度地利用中性的中间层,一方面具有文艺作品的本体地位,另一方面保留了象征主义者寻求的封闭世界。纯粹人性看到了一些异质性的东西,不过这些东西像镜子一样,映照的是它自己的光影,纯粹人性所在的内在世界扩大了,有了现实的边界,但同时这种边界更有力地守住了那原

① Juliet Simpson: “Symbolist Aesthetics and the Decorative Image/Text”, *French Forum*, Vol. 25, No. 2, 2000, p. 193.

本脆弱的内在世界。

现在回到艺术综合上，所谓艺术的综合，并不是完全体的多种艺术的综合，其中的艺术往往是半成品。威泽瓦最早提出将不同的文体在作品中综合起来，例如小说与诗，但真正发生综合的，并不是小说与诗，而是还未固定为特定文体的内容。但是这些内容有容易成为小说或诗的倾向。进一步说，综合的并不是最终的文体，而是类似文体的内容。可以临时将类似小说的内容，称为“类小说”，类似诗的内容，称为“类诗”。综合就是类小说、类诗之类的内容的组合，这样得到的作品，可能以小说为主，或者以诗为主，为了言说的方便，可以直接称它们为诗，或者小说。但是它们与通常意义的诗和小说不同，具有跨文体（文体不明确）的特征。迪雅尔丹的《颂扬安东尼娅》就是一次可贵的尝试。作品的框架是小说，但是中心内容则是诗的内容，是意识的流动。不论是内心独白（类诗）的部分，还是类小说的部分，现实的内容都被小心地提防着。作品看上去是完整的，但就像塞尚的画作一样，具有相对独立的世界。这里可以引用一段原文，它用的是诗的文体：

> 我们的手合在一起；我们相互感觉到对方的膝盖；我再看了她最后的目光；周围是美好的平静；半明半暗；音乐重新在远处响起；阴影在爬动着；空气温和；她把头转向我；她的眼睛看着我；她对着我笑；苍白、纯真，特别温存，她对着我笑……①

从这一段可以看出，为了让语言一直与感受结合，避免前者将解释的语境带到作品中，并取代感受，作品使用了大量的碎片式的句子，而与之对应的则是碎片式的感受。虽然碎片化往往被解释为象征主义带来的现

① Édouard Dujardin："A La Gloire d'Antonia"，*La Vogue*，Vol. 2，No. 2，1886，p. 96.

代性的重要特征,而且这也与自由诗的使用有关系,自由诗就是碎片化的传统诗律,但是碎片化的美学实际上折射出象征主义对思想与意义的恐惧。只有在碎片化的语言中,象征主义才能信任语言与感受的亲密关系。

如果用符号来化约,可以把传统的语言及意义生成的关系用下列公式表示:

$$a\ a\ a\ \cdots \rightarrow b1\ b2\ b3\ \cdots \rightarrow C1\ C2\ C3\ \cdots \rightarrow T1$$

小写字母“a”代表内心的感触,小写字母“b”则为感触与语言、符号结合后形成的中间状态(类似文体的内容),而最终产生的则是理性的意义结构“C”,它可以是有现实针对性的内容,也可以是议论性的或者抒情性的内容。原本连续的、几乎没有区别的心理流动“a”,经过语言的转化,而具有了分别,产生不同的独立成分“b”。这种独立成分再经过理性解释,产生同样具有独立性的逻辑结构“C”。通过不同的“C”的组合,最终获得的是作品“T1”。构成“T1”的主要是逻辑结构,它已经与最初的感触“a”没有了关系。现在,象征主义者想通过艺术的综合带来下面的公式:

$$a\ a\ a\ \cdots \rightarrow b1\ b2\ b3\ \cdots \rightarrow T2$$

通过比较,可以发现,这种艺术生成过程,主要是省略了中间的逻辑结构,想让中间层直接产生作品 T2。如果用 g 来代表文体,那么象征主义者是想让中间层与文体建立对等关系:

$$b1 = g1$$

$$b2 = g2$$

$$b3 = g3$$

所谓艺术的综合，实际上并不是真正完成体的作品的综合，而是半完成体的中间层的组合。象征主义者通过将半完成体的语言、符号组织与文体进行类比，建立一种感受的结构。这种结构无法充分被逻辑结构所改变，虽然在具体的作品中，逻辑结构是多少会存在的。中间层的感受结构，就能给象征主义者提供一个把作品与现实和理性隔开的半独立空间。

如果说波德莱尔、雷泰等人想象的梦幻的北方，是内容上的乌托邦，那么综合诗学则是那种乌托邦在文体上的缩影。象征主义者利用装饰的模式，将不同的类似文体（多为诗与小说，或者散文与诗）组合起来，形成有一定封闭性的文本结构。因为这种文本结构很大程度上拒绝意义，它在情感上具有同质性，所以这种文本结构也可理解为向情感开放的、透明的内在空间。他们设想这种空间是纯粹的艺术，是不朽的杰作，这个空间之外的现实，则是短暂的、嘈杂的、令人不安的。这个内在空间是可塑的，与艺术家、文学家的情感是相感应的，而那个外在的、坚实的现实空间，则是陌生的、异质性的。

象征主义的艺术综合除了带来作品新状态外，并没有真正产生所谓不朽的作品。迪雅尔丹的《被砍掉的月桂树》和《颂扬安东尼娅》都是平庸之作，威泽瓦带来了综合的理论，却并没有付诸实践，吉尔的语言配器法最后成为笑柄。这其中的原因，也不难理解，因为排斥理性和意义，艺术的综合只能带来装饰性的艺术，而无法让思想的火焰真正点燃作品，并在读者的心中燃烧。

| 第三章 |

巴黎的风景

第一节 城 市

19 世纪,是城市文学的世纪。从某种意义上说,自古希腊以来,文学的发展并不是文体的发展,而是文学形态的发展。加拿大文学理论家弗莱在《批评的解剖》中通过文学原型而找到的文学分类,例如神话、史诗、戏剧、抒情诗等等,就是落脚在文体上的。这种分类现在来看,已经越来越没有效力了。文学形态指的是乡村文学、战争文学等。需要注意,文学形态并非仅仅限于文学的题材。人类历史不断变化,每过长度不等的几个时期,新的生活形态就会出现,因而带来文学形态的根本变化。在欧洲的中世纪,这是宗教文学时代。文艺复兴之后,一直到 19 世纪早期,这是乡村文学时代。而从 19 世纪中期开始则进入城市文学的时代。象征主义文学是城市文学的最初阶段,但并不是原始阶段。在波德莱尔、古多、多奈等人的努力下,象征主义让城市文学达到高峰。

一、城市文学的起源

城市并不是近现代才出现的，早在中古时期，东西方就已经出现了规模可观的城市。雅典、罗马、君士坦丁堡、长安、洛阳、开封在当时都聚集了大量的商人和文人，这段时期可看作城市文学的萌芽阶段。在贺拉斯的《诗艺》中，可以看到对城市生活的简单描写：

> 当征服者开始开疆拓土
> 宽宽的城墙也开始围绕着城市，
> 过节时白日饮酒，以取悦保护神，没有拘束，
> 于是笛子曲的数量和曲调有了更大的自由。①

这里不仅写了罗马帝国时期的城市建设(在《诗艺》中，还写到了城市的引水工程)，还写了城市的娱乐生活。当然，这种生活与19世纪发达资本主义时代的城市还有所不同。

宋代的孟元老在《东京梦华录》中记录了开封的生活，这是一个街巷密布、各种职业的人来往其中的喧闹之地，似乎每一天都是全新的，都有不一样的事情发生。书中记录了正月十六日的盛况：

> 诸幕次中家妓，竞奏新声，与山棚露台上下，乐声鼎沸。……于是华灯宝炬，月色花光，菲雾融融，动烛远近。至三鼓，楼上以小红纱灯球，缘索而至半空，都人皆知车驾还内矣。须臾闻楼外击鞭之声，则山楼上下灯烛数十万盏，一时灭矣。于

---

① Horace: *Satires, Epistles and Ars Poetica*, Harvard University Press, 1929, p. 466. 译文直接译自拉丁语诗。

是贵家车马,自内前鳞切,悉南去游相国寺。①

这里同样描写了热闹的城市风景。孟元老是这个风景的见证者,他之所以念念不忘,把它记在书中,除了物是人非之外,还有其他原因。就这个风景而言,他并不是间接听闻,而是生活在这个风景之中。他给人们展示的东京的浮华生活,是他自己生活的世界。这个风景主要的特征是事件。在时间中呈现的大事件,其中皇室的活动无疑处于核心地位。孟元老是观看者,他在一个完整的风景中占据着一个极其边缘的位置。他的风景不属于他,他的观看是一种仰望的行为。这种风景并不是为他而存在的,他倒是为这个风景而存在的。

在孟元老的时代,虽然欧洲还未在时间和空间上与宋朝发生多少联系,但是欧洲的风景同样是一种仰望的行为。这个风景主要由王室和教会的生活所构成。王室成员的婚丧、出游,举例来说,他们临幸歌剧院,同样给平常的观看者创造了一种观看的等级秩序。教会拥有的教堂在很大程度上让观看变得更加平等了。但是,在那拱廊和石柱之上,发生了距离更大的观看活动。人们从壁画和彩绘玻璃上看到了另一个世界的光影。感官保证了观看的行为,但是看到的风景却否定了感官。因而那个世界是感官所无法理解和体会的。教会有意展示的景象,既依赖观看,又与它对立。观看者并没有真正的独立性,如果要观看那些景象,观看者需要放弃自己的主体性。这一点说明了中世纪神秘世界的观看者,看到的并不是风景,而是幻象。

风景的真正诞生,需要一个具有独立精神的主体。在中国,道家以及宋明的一些理学家提供了这个条件。宋代邵雍在《观物篇》中说:“夫所以谓之观物者,非以目观之也。非观之以目,而观之以心也。非观之以心,

① 孟元老:《东京梦华录》,见《全宋笔记·第38册》,大象出版社2020年版,第47页。

而观之以理也。圣人之所以能一万物之情者，谓其能反观也。所以谓之反观者，不以我观物也。不以我观物者，以物观物之谓也。既能以物观物，又安有我于其间哉！”这里提出的“以物观物”，把“我”搁置起来，虽然仍有道学家的目的，但观看主体有了更大的独立性，它与佛教和道教中的观物比较起来，是有了很大的变化的。例如唐代窥基撰写的《大乘法苑义林章》中有“唯识所观境”“根本智观”的概念，这里的“观”是能看出遍计所执性和依他起性皆为空无的观，所观之物并没有真实性。唯识学将其概括为“唯有一心，无心外境”。

文艺复兴时期，在绘画中出现了西方的新的观看活动。而绘画中的观看，就是用理性来摆脱神性，也是“观之以理”。辞典学家雷伊曾指出：“在欧洲绘画史中，将风景视为基本的绘画主题，这是文艺复兴的产物。”①文艺复兴时期画家发现了风景，一个不同于圣徒神迹的新空间。在这个空间中，情感、心灵还没有真正获得完全的力量，还在沉睡，但是自然在感官世界中具有了生命。人们不再仰望风景，风景成为人们观察的对象。

就像自然在邵雍的哲学中不是为“观之以目”这一行为而存在一样，在中世纪以及随后的几个世纪中，自然也并非完全为了观看而存在。自然还没有成为一个完全的客体，它只具有部分客体的性质，因为自然往往与一个神性的力量联系着。进一步说，自然往往是一个看不见的完美实体的显现。自然不会因为某个超越性的世界而变得毫无价值，它是有价值的，但是它的价值要依赖超越性的力量。在17世纪哲学家斯宾诺莎的理论中，实体(substantia)先于本质，而本质先于存在。自然作为存在的东西，它本身并没有真正的自足性，实体才是自足的。实体从拉丁语的构

① Alain Rey: *Dictionnaire historique de la langue française*, *tome 2*, Le Robert, 2006, p. 2623.

词法上看,就是自立自足的某个东西的意思。成为客体的自然,仍旧树大根深,不肯向主体屈服。而主体则对这个自然充满敬畏之情。这种感情的存在,仍然无法让风景成为完全意义上的风景。风景仍然带有中世纪神秘景象的色调。

现代哲学让风景从属于观看者,要走到这一步,就必须让自然与它一直负载着的形而上学分离。这种工作在启蒙运动时期开始了,在 19 世纪的哲学家那里(例如费希特、费尔巴哈、尼采、叔本华)有了决定性的成功。尼采用身体来对抗西方旧思想中的形而上学,认为身体背后才是一个自我,所谓的实体,不过是人自己创造出来的。它为什么被创造出来,这要追问人们的"激情、错误和自我欺骗"。① 尼采、费尔巴哈等人是神秘主义哲学的解构者。自然在他们眼中再也不是值得敬畏的对象,他们成为自然的破坏者。法国批评家蒂博代(Albert Thibaudet)指出:"仇恨自然形成了破坏自然的对应物,是它的镜子,而破坏自然则是大都市的物质存在、理性和道德的生活。"②这种看法把破坏自然与现代城市的出现联系起来。现代城市与其说是诞生于工业革命,还不如说是源自一个神性自然的破坏。城市用它一切人工的材料,造就了一个人性的巨大空间。在城市中,人们被楼房和街道这些空间包裹,也被意识、梦想、欲望所包裹。欲望与城市的结合,产生了现代意义上真正的城市风景。这种风景不同于文艺复兴时期对自然的崇拜和美化,它是人自身的心理图景,观看者在城市的风景中看到的一切,都是他内心原本就有的形象。刘波教授在对巴黎城市的思考中发现城市已经具有了生命:"石头的城市和人的城市交相应和,使城市变成一种既是物质又是精神的存在。这也就意味着最初还只是各种人类活动场所的城市本身逐渐变成了充盈着精神的神秘生命

---

① Friedrich Nietzsche: *Human, All Too Human*, translated by R. J. Hollingdale, Cambridge University Press, 1996, p. 15.

② Albert Thibaudet: *Intérieurs*, Librairie Plon, 1924, p. 14.

体。对城市的描写也开始有了诗意的特性。”①活起来的城市，既是一个集体意识的编织，也是观看者个人意识的放大。

新的城市，一个摆脱了等级秩序和超越性观看的城市，具体说就是巴黎，已经在等待新的城市文学。在19世纪，巴尔扎克是城市文学的奠基者。他以银行家纽沁根、泰伊番和内阁大臣拉斯蒂涅等人组织生活场景，已经探索了如何让欲望成为城市的表情。马车、歌剧院和贵族晚会承载着所有人的虚荣和快活，它们就是这座城市表情的三种相搭配的颜色。人们置身于这个风景中，人人都构成这个风景，都推动它，人们观望的是自己欲望关切的东西，它们要么是新的目标，要么是过去的梦魇。巴尔扎克在《驴皮记》中用驴皮把生命和欲望做了一个反向的对比：人们火热的欲望燃烧的其实是自己的生命。风景在每个人眼中呈现的，就是他用生命换来的喜悦。拉斯蒂涅，一个已经失去往日纯真的堕落者，说过这样的话：“再也找不到比把生命消耗在快活上更好的办法了。一头扎进深深的荒淫生活之中吧，你的激情或者你本人都会窒息而死。亲爱的朋友，放纵是所有死法中的女王。”②进一步说，巴尔扎克发现，巴黎的风景其实就是每个人用生命来上演的，每个人都是主角。

巴尔扎克对这种欲望的喜剧有些担忧。他不是拉斯蒂涅，也不想用拉斯蒂涅的眼光来看风景。作为保王党人，拉斯蒂涅描述的风景往往是批判性的，是经过道德审判后的场景。这种场景对巴尔扎克以及他所设定的读者而言，并没有吸引力。因为有着鲜明的道德意识，巴尔扎克虽然是城市风景的奠基者，却不是真正的观望者、陶醉者。他的道德意识往往将不少城市生活的趣味排斥了、忽略了。真正的观望者、陶醉者是19世纪中期的一位颓废作家，即后来被追认为象征主义先驱的波德莱尔。

---

① 刘波：《波德莱尔：从城市经验到诗歌经验》，北京大学出版社2016年版，第240页。

② Honoré de Balzac: *La Peau de chagrin*, Charpentier, Libraire-Éditeur, 1845, p. 199.

二、波德莱尔的城市

巴尔扎克在《驴皮记》中虚构了一个古董商，这个古董商远离巴黎的欲望，用邵雍式的“以物观物”之眼来获得真知，这似乎是位真正的观望者，是波德莱尔的化身。古董商就是那魔幻的驴皮的收藏者，他对顾客说：

> 我看过一切，但是内心平静，没有疲劳；我从来不渴求什么，我期待一切。我在世界中散步，就好像在自家花园中一样。人们所说的忧伤、爱情、野心、梦想、悲惨，在我看来，都是转变成幻想的念头；我不感受它们，而是表现它们，转化它们；我不让它们吞噬我的生活，而是令它们戏剧化，发展它们，我玩味它们，就像用心灵的眼睛来读小说一样。①

这写出了波德莱尔在巴黎人群中的感受。但巴尔扎克本身对做到这种观察持否定态度，这个古董商后来同样行为放纵，说明了这种教义的破产。波德莱尔重新尝试了这种观察的可能性。他不仅要做一个拉斯蒂涅式的放纵者，还要将各种生活“转变成幻想”。这是一个真正熟悉巴黎全部风景的观察者。

波德莱尔所生活的时代，是第二共和国和第二帝国时期。这一时期爆发了资产阶级革命，无政府主义运动也兴起了。法国自大革命后迎来了一波新的革命浪潮。但是这种革命也让一部分文人、艺术家感到厌恶甚至恐惧。因为对现实的流血冲突感到害怕，他们就尝试虚构精神的乐园。在波德莱尔这里，所有的风景都具有内在的、梦幻的价值。这与巴尔

---

① Honoré de Balzac: *La Peau de chagrin*, Charpentier, Libraire-Éditeur, 1845, p. 44.

扎克的风景有很大不同。蒂博代在讨论巴黎的城市和人群时，认为它们“成为诗人梦幻中的环境、支撑和风景”①，这个观点非常重要，波德莱尔重新定义了风景，风景不仅是理性内容的表象，不仅是欲望的图景，还是观察者主观梦幻与客观城市的交融。这是一种诗性化的观察过程，风景的每一次出现，都意味着艺术过程的完成。城市就像未定型的诗一样，在诗人的目光下，重新组合，每个形象似乎都成为一个词语，最终出现了一首新诗。刘波将城市与诗歌的这种关系形容为“阐释性的关系”，诗就是对城市的一次新的阐释，而这个阐释过程是永远不会结束的。

波德莱尔笔下的巴黎是丰富的，在《小老太婆》中人们听到“公共马车的轰隆声”，在《虚假的爱》中“煤气灯光”映照的是一位美丽女性的额头。波德莱尔偏好的是一般的风景，让风景去掉它特别的地方：标志性建筑物、具体的名字。这样做是为了抹去城市本身的社会和政治的元素，让它更容易与情感结合，成为精神可以出入的场所。《巴黎的忧郁》的跋诗提供了更多的卷轴画式的风景：

> 内心喜气洋洋，我爬到山顶上
> 那里人们可以观望广阔的城市
> 医院、妓院、炼狱、地狱、劳改场

这里采用的是一种俯视的姿态，完全不同于中世纪教堂中的仰视。俯视包含的是另外一种眼光：理解、熟悉。诗人看到的并不是一座陌生的城市，而是他早就熟悉的区域。之前诗人行走在街道和建筑物中，这处于城市的内部。这里诗人站在高处，表面上只是从外部的一个高点来重新审视自己的活动空间，实际上含有丰富的心理内容。俯视本身并不完全

① Albert Thibaudet: *Intérieurs*, Librairie Plon, 1924, p. 20.

是空间性的，它把时间也引入进来。俯视意味着对过去生活的回顾，从这种意义上看，俯视就是回忆。俯视既可以观察过去的空间，又可以回顾过去的时间。与之相对，仰视则是未来式的，它把未来的、不属于自己的时间引入观察活动中。因为将过去的经验引入俯视中，所以诗人可以在俯视中进入他自己的心理世界。

在这首诗后，人们读到了这样的自白："我爱你，下流的都市！"巴黎是罪恶之城，每天都上演着各种恶行，甚至巴黎的黄昏在他的诗中成为"罪犯的朋友"。黄昏一到，每个人都脱去自己原本的躯壳，好像都成为魔鬼。就像在宗教或者恐怖题材的文艺作品中，午夜是恶魔的召唤者一样，波德莱尔让黄昏成为恶行的共谋。黄昏是野性的时间，它甚至已经有了生命，不再是抽象的。它"迈着野狼的步态"，急切地赶往杀戮的地点。而魔化的人则是这场杀戮的主角，他们更为凶残，是"长着褐毛的野兽"。在波德莱尔之前，没有人这样描写城市夜晚的放纵生活，而且写得如此污秽。巴尔扎克眼中的巴黎同样是污秽的，但这无关乎人性，而关乎文明。波德莱尔是从人的本性冲动中来看巴黎的，巴黎似乎成为人性的剧场。

"恶"只是巴黎的一面，另一面是"花"。"花"代表着放纵和愉悦。波德莱尔没有因为巴黎是污秽的，就获得道德的优越性，并像巴尔扎克一样摆出说教的面孔。诗人同样是一头急切地在路上奔跑的"野兽"，并不掩饰自己是罪恶的共犯。放弃道德身份在当时是非同寻常的事情。道德身份本身意味着优越感，一种上流社会或者统治者的姿态。在第二共和国和第二帝国时期，这种姿态属于大资产阶级和王室成员。他们眼中的高雅艺术，实际上是过时的古典主义的装饰品。这种艺术与新的资产阶级道德结合起来，并形成具体的原则，也就是进步、优美。一旦成为主流的道德原则，它就含有几乎一切统治阶级所强调的东西：服从。服从一个社会的秩序，服从社会分工的需要。像波德莱尔这样的颓废者，他们既拒绝主流的进步、优美的原则，又拒绝社会分工。而颓废一词含有从社会分工的结构中解体出来的意思。因而,“花”这一关键词暗示了对既定社会秩序的远离、厌恶的态度。波德莱尔的放纵,既是对资产阶级道德的厌恶,又是对它有意的反抗。

当然,放纵的生活本身对波德莱尔也有吸引力。在日记《裸露的心》中,诗人写道:“我感觉到我的心灵中有两个矛盾的情感:对生活的恐惧和对生活的迷醉。”[①]巴黎城市展示的是一个奇妙的风景,每一种声音和色彩都是真实的,都刺激着他的神经。他并不故作清高,他懂得巴黎的所有愉悦。但是波德莱尔更热衷的是观察,观察这个元素渗入他的一切城市风景中。本雅明在他的拱廊研究中称波德莱尔为“闲逛者”,他受到商品拜物教的感染,在街道中游荡,琳琅满目的商品为他呈现了一个幻境,而他最终的落脚地就是百货商店。本雅明夸大了商品对波德莱尔的吸引力。诗人并不是物质的迷醉者,而是精神上的幻想者,他通过观察巴黎每一天的躁动,每个流动的人群,而做着灵魂附体的游戏。他常常跟随人群,找到他的目标后,他就想象自己成为人群中的某个人,过着不同的生活,或者是悲哀的,或者是放纵的。人群和其周围的城市,就是一个活的风景,诗人一旦将他的心灵置入其中,这个风景就活了起来,让诗人同时过着许多人的生活。在《现代生活的画家》中,波德莱尔这样评价闲逛者:

> 对于这个完美的闲逛者来说,对于这个热情的观察者来说,居住在人海之中,居住在波动之中、居住在运动之中,居住在瞬息和永恒之中,这是巨大的愉悦。出门在外,却感觉处处都在家中;观察世界,处于世界的中心,却藏而不露,这就是他独立、热情、中正的精神的简单的快乐,而语言是无法形容的。

---

① Charles Baudelaire: *Œuvres complètes*, *tome 3*, Le Club français du livre, 1966, p. 1261.

与其说这段话是献给画家居伊先生的，还不如说它是作者的自画像。《巴黎的忧郁》中的《人群》一诗与引文的互文关系就证明了这点。风景不再是一个观察的客体或结果，风景有生命，就像脚下的巴黎一样，诗人随时可以进入其中，过他想要的生活。

在《小老太婆》一诗中，诗人窥视一群老太婆，环境是“在古老都市曲曲折折的皱褶里”。“皱褶”虽然只是一个隐喻，但暗含让人愉悦的、不为人知的秘密。这里漫长延伸的街道，就像一位异性的衣服一样，诱惑着闲逛者。这些老人现在迈入人生的寒冬，身体虚弱，她们本身不容易成为值得观察的风景，但是她们给了诗人体会自己处境的机会。老人们呈现的是自己可能的生活，为此，波德莱尔感到了“秘密的快乐”。这种置身于人群中，或者跟随某个特定的人，观察他、想象他的做法，在《恶之花》中是经常可以见到的。《拾垃圾者的酒》中同样出现了一个被生活折磨的小人物，他“摇晃着脑袋”，因为喝多了酒，走起路来“踉踉跄跄”。这是一个波希米亚人，怀着重造社会秩序的雄心，“要把坏人们打倒，要把受害者救出”。虽然这距巴黎公社的成立还有很多年，但是如果不考虑时间，这个“拾垃圾者”，倒非常像一个公社成员。拾垃圾者给波德莱尔呈现了有力的、理想的精神，尽管波德莱尔对政治不关心，但是他在美学上同样在反抗资产阶级的标准。诗人看到的风景，实际上有他自身的影子。有一首叫作《老卖艺者》的散文诗，写出了诗人附体到被观察者身上的这一现象。这是一个已经感到绝望的老人，命运同样把他压垮了。但和拾垃圾者还在酒的作用下露出他的牙齿不同，卖艺者已经完全绝望了，“他放弃了，他认输了。他的命运早就注定了”。这种观察并不是客观的，而是出于移情作用。观察者把自己的心境，或者自己设想的心境，投到对象身上，其实这个时候已经没有清楚的主观和客观的界限了，观察和被观察者融为了一体，风景向诗人走来，并让后者进入一种新的现实中。

三、象征主义者的城市

兰波不像波德莱尔,他不是城市的诗人,他永远在流浪。如果《恶之花》深爱着巴黎,那么《彩图集》就深爱着船——向未知之地驶去的船。但这没有妨碍兰波描写城市,城市仍然是风景,虽然兰波往往背对着它。兰波生活在外省的小城,他更适应乡村,而非像巴黎、伦敦这样的都市。他并不熟悉都市,也不懂得它的愉悦。因为生活经验很早就塑造了他对空间的感知,所以即使后来和魏尔伦一起在多个城市流浪,他的习性也没有改变。在《童年》中有这样一个诗段:

> 在我地下客厅上方极远的地方,房屋在生长,烟雾在汇聚。泥浆要么是红的,要么是黑的。怪物一样的城市,永不结束的夜!

这里描写的城市,是"怪物",但不是给人诱惑的怪物,而是吓人的、让人难以接近的事物。兰波笔下的城市,很少出现真正的名字。当然,也有例外,《生命》一诗写道:"在巴黎的古老拱廊里,人们教给我古代的科学。"在他的多数作品中,城市都是一个总称,这个城市在海峡的哪个方向并不重要。城市给他提供了一个出发点,这是一片风景,但不是人要进入的,而是人要远离的。在《离开》一诗中,诗人把"离开"的情绪与城市结合了起来,并用了这样的字眼:"受够了。城市的嘈杂,夜晚也罢,阳光下也罢,一模一样。"在《工人们》一诗中,城市已经被抛在身后:"城市,带着它的烟雾和它职业的噪音,在小路上远远跟着我们。"

因为城市只是一个出发点,所以城市在兰波的诗作中,永远都不可能成为独立的风景。它太令人厌恶了,诗人的眼睛不愿意停留在它上面。但是,一旦城市与离开的工具、地方结合起来,它就马上具有了风景的地位。这些离开的工具、地方中,最常见的是桥。桥是将远方与城市连接起来的东西。通过桥,诗人才可以前往未知,城市也就具有了新的意味,在桥和城市之间,是两种不同的心情,这两种心情构成巨大的张力,足以让城市进入风景中。也就是说,城市其实只是兰波更大风景中的一个构图元素。

在《城市》中,人们看到视野是不断变化的。兰波首先展现了海滩的场景,然后就是城市,伴随着"凶险的黑烟",桥出现了:"抬起头:树林的桥,弓着身子。"这些桥位于城市的外围,因而带来了不同于城市的情感色调。另一首诗《桥》,在兰波的诗作中一直是默默无闻的,它既不像《海景》和《运动》一样为自由诗的研究者津津乐道,也不像《黎明》那样进入各国文学系学生的教科书。但《桥》最清楚地呈现了兰波眼中的风景。诗中的桥天然地构成了风景画:"一幅古怪的桥的素描,这一座是直的,那一座是拱的,其他的或者下垂,或者与前者形成斜角,这些形状在河道其他发亮的网圈中重构了,但是都这么长,这么轻盈,以至于镶着屋顶的河岸变低了,变小了。"如果联系在 17 世纪的法国,风景最初指的就是风景画的意思,那么兰波这里的诗句就变得更为重要了。风景就是桥,桥就是风景。桥的外形就像素描的线条一样,组成了有意味的图案。但要注意,这些桥并不在乡村,只有都市才会有这么多的桥汇合在一起。因此,桥本身还包括了城市。只不过在雾霭中,城市是模糊的、半隐半现的。桥暗示着城市的存在,就好像波德莱尔的象征暗示着梦幻的存在一样。在这首诗中,城市的迹象也有具体的交代,例如桥上出现过房屋,这当然不是房屋建在桥上,而是雾带来的效果。另外,人们还可以读到"旗杆、信号灯和纤细的栏杆"。城市不仅仅在一面巨大的面纱下露出它的面孔,它还带来了特有的声音,即人群聚会的声音。在诗篇的结尾,诗人对城市的声音做了猜测:"这是通俗的曲调、贵族音乐会的终曲,还是国歌的结尾?"《桥》是兰波描绘的风景的范例,它优美,令人遐想,但它的魅力的来源,则在于桥与城市的复杂关系。

古多是年轻象征主义者中的波德莱尔，城市的魅力在他那里复活了。古多同样热爱人群，尤其是小酒馆中的人群。他先后组织了厌水者、多毛人俱乐部，也是黑猫小酒馆的支柱之一。古多的文学生涯，就是从一个人群、一个社团，进入另一个人群、另一个社团的历史。在他的回忆录中，人们读到了这样的话："在像巴黎这样的大城市中，必须进入人群，混入路人之中。"①古多比波德莱尔更合群，而且天生具有领导气质。他的同事特雷泽尼克曾评价他富有同情心，容易让人跟随他。现在的问题是，古多是否意识到城市是一个梦幻的风景？《巴黎梦想》一诗提供了答案：

在夜晚的巴黎，头脑，你尽情玩耍！
玩弄"如何"以及诸如此类的想法。
没有局限、没有神圣的字眼挡住你
头脑中迅疾的疯狂念想在张牙舞爪……
在深深的孤独中，头脑，你尽情玩耍！

关心现实这有什么重要？
你将在云层之上抚慰你的梦幻。
忘记昨天和明天，忘记没了自尊的
忧郁的搁浅，忘记可怜的船儿。
关心现实这有什么重要？②

像波德莱尔一样，古多在夜晚的巴黎，尝试观看梦幻的风景。在夜巴

① Émile Goudeau：*Dix Ans de bohème*，Librairie Henry du Parc，1888，p. 9.

② Émile Goudeau：*Chansons de Paris et d'ailleurs*，Bibliothèque-Charpentier，1896，p. 7.

黎，古多看到所有的人都生活在幻想之中，一些人期望“让人意外的爱情”，另一些人在街头“抱着巴洛克式的竖琴”正在过着幻想的生活。像波德莱尔附体到诗中的老卖艺者一样，古多进入了他观察对象的精神世界，并似乎具有了新的自我。

如果不考虑文学与绘画的区别，象征主义时期最主要的城市描绘者，应该是里维埃。里维埃为黑猫小酒馆工作，擅长摹写梦幻。他 1900 年的作品集《巴黎风景》中含有 8 张木版画，另外一个作品《埃菲尔铁塔 36 景》呈现的也是巴黎的风景。他的绘画和木版画，呈现的景色是多样的，巴黎的桥、漂着船的塞纳河、与霞光融为一体的高大建筑、路灯旁边的房屋、巴黎圣母院，这些都是他的关注点。但是里维埃并不是现实主义者，他不是将原本的图景转移到画纸上，相反，他往往将感情与观察到的场景结合起来。就像波德莱尔与人群附体一样，里维埃会把他的情感附体在视象上。为了更好地重现他的情感，里维埃放弃了西方油画的表现手法，试验了日本浮世绘的技巧。浮世绘有夸张的、纯粹的颜色，有浓重的线条，往往还留白，给人联想的空间。这种手法其实在印象派艺术中已经有过尝试。作为浮世绘的收藏家，里维埃对日本浮世绘大师的造诣是比较熟悉的。当时的一位美学家费内翁曾注意到里维埃的实践：“亨利·里维埃先生最新的画册——对于他直觉的才学以及他兼收并蓄的能力，这是有趣的证据：日本众神的插图，某些姿势是尾形光琳的风格，帷幕和海浪是葛饰北斋 1825—1830 年间的笔法。”①

因为大胆利用有力量的线条，以及大块的色块，有时甚至利用装饰艺术的技巧，摆脱了西方的透视法，里维埃利用图画创造了几乎完美的风景。这种风景朝向人的理想，它是美的。当时任何一个观看里维埃画作

---

① Mariel Oberthür：*Ombre et lumière au théâtre de séraphin au Chat Noir*，Slatkine，2020，pp. 63-64.

的人，都对熟悉的巴黎场景变得如此唯美感到惊讶。他的画作中忧郁而神秘的蓝色，温暖而值得依赖的浅棕色，是两个基本色调。它们代表着未来，而画作中黑色的不规则线条，则似乎让人想到记忆中的过去，以及现在的印象。因而风景画是多种时间的结合、多种意识的综合。里维埃的风景画再造了象征主义诗人的梦幻风景，它像他文学上的同路人一样，重新定义了风景：一个精神流动的空间。

第二节 异 域

如果风景是一个精神流动的空间，那么，风景远远不限于巴黎，很多象征主义者向往遥远的异域，例如南亚、东亚，这种现象很容易解释，如果眼前的风景具有某种梦幻，这种风景就会朝向一个非现实的地方。异域想象往往能满足这个要求。这里的异域第一层是一个地理概念，它指小亚细亚及其以东的地方，地理的东方涉及不同气候下的植物、动物、山岳、河流等。在地理的东方之上，接着而来的第二层是文化的东方，它包括东方的器物、语言、风俗、建筑等。最后一层则是梦想的东方，这是对东方的理想化，虽然有东方的名称，实际上与东方没有关系。这种情况并非只出现在最后一层，因为观看东方的视野一开始就带有某种想象，所以，从第一层开始，东方的异域风景就已经具有梦想的元素了。

一、法国文学中的异域

公元 13 世纪，著名的《马可波罗行纪》对横跨亚洲的商贸线路及其城市有过记载，例如波斯的山中老人的故事、中国的南方和北方的城市。作品中出现了有关杭州的这样一个见闻："城中有一大湖，周围广有三十哩，沿湖有极美之宫殿，同壮丽之邸舍，并为城中贵人所有。亦有偶像教徒之庙宇甚多。湖之中央有二岛，各岛上有一壮丽宫室，形类帝宫，城中居民遇有大庆之事，则在此宫举行。中有银制器皿、乐器……国王贮此以供人民之用。凡欲在此宫举行大庆者，皆任其为之。”①这里描写的是富有、君民同乐的杭州，完全看不到战争的阴影。《马可波罗行纪》中客观的描述更多一些，例如石头铺的道路、市集的场景。这些写实的和理想化的内容，都给欧洲人带来了一个奇妙而特别的风景。

马可·波罗之后，罗马天主教方济各会会士鄂多立克也经过中亚、南亚来到中国，他同样访问过杭州、南京一带，在元大都还得到过元泰定帝的接待。他的游记理想的色彩要比《马可波罗行纪》更胜一筹。例如他这样描写南京：“从该城出发旅行六天后，我抵达另一座叫作金陵府(Chilenfu)的大城，其城墙四围为四十英里。城中有三百六十座石桥，比全世界上的都要好。蛮子国王最初驻跸在此城，他常住在那里。它的人口稠密，有大量使人叹为观止的船只。城市坐落在交通方便之处，有大量各种好东西。”②鄂多立克忍不住要拿欧洲的城市与中国的相比，自然后者更为杰出。鄂多立克强化了西方人对富饶、文明的中国的想象。

16 世纪，葡萄牙人由于贸易的原因，有一些人踏上了中国的土地，并留下了记录。葡萄牙人伯来拉著的《中国报道》一书，记录的中国是法治良善、信仰自由的，其中涉及济贫院的部分有这种话：“我们从来没有看见有人行乞，因此我们问他们原因何在，回答说每个城里都有一片大地区，其中有很多房屋供穷人、盲人、瘸子、老人及上年纪不能行走和无力谋生的人居住。这些人住在所说的房屋里，活着就一直有充分的大米供应，但没有旁的东西。”③这种情况肯定有一些根据，但记录者也夸大了一些事

① 《马可波罗行纪》，沙海昂注，冯承钧译，中华书局 2004 年版，第 571 页。

② 鄂多立克等：《海屯行纪　鄂多立克东游录　沙哈鲁遣使中国记》，何高济译，中华书局 2019 年版，第 67 页。

③ C. R. 博克舍：《十六世纪中国南部行纪》，何高济译，中华书局 2019 年版，第 73 页。

实。这种好印象没有持续多久，克路士的《中国志》中就出现了大量“愚昧”“肮脏”的风俗。

启蒙运动时期，法国人为了改良风俗、改革政治，往往借助异域形象实现其目的。孟德斯鸠的《波斯人信札》就是这样的作品。孟德斯鸠虚构了两个来自波斯的人物：贵族郁斯贝克和仆人黎加。通过他们的眼，看巴黎不少怪现状，就有更大的讽刺力量。作为对照的波斯，大多时候是野蛮的，例如它的妻妾制度、阉奴文化、专制制度。但是波斯也有不少时候是作为拥有优良风俗的国家，被用来批判法国。例如法国富裕而贪财的教士、动辄决斗的恶俗。以决斗为例，作品指出：“一个人即使与另一个人几乎不相识，一旦卷入争端，也可能付出生命的代价，就像他自己动了怒一样。他总是为自己被选为决斗对手，受到如此的抬举和优待而感到光彩。有这种人，也不肯掏四个子儿去搭救一个被判处绞刑的人及其全家，却会毫不犹豫地为他去冒九死一生的危险。”[①]波斯人虔诚的信仰、向善的民风，在一些特殊的时刻，被孟德斯鸠理想化，就像中国的道德哲学往往被理想化一样。

在 19 世纪后期，中国外交使节开始前往欧洲，时过境迁，晚清早已没有了“中央”之国的地位，鸦片战争的失败，以及南方的内乱，暴露了中华文明的巨大危机。此时，仍旧有不少外交人员为中国的风俗辩护。陈季同就是其中的一位。陈季同在巴黎用法文写了《中国人自画像》《巴黎印象记》等作品，他在思考西方现代性冲击下中国习俗的价值。在他的笔下，中国以家庭为基础的婚姻制度、中国的选士制度和道德哲学，都有优于西方的地方。例如他曾这样谈清朝的制度：“因此，声称我们的制度更自由、更公正和更有益并非一句空话：因为最有学问者也是最有智慧者，扰乱公众安宁的是野心家之流。录用占据国家要职的人员时，要从声誉

① 孟德斯鸠：《波斯人信札》，罗国林译，译林出版社 2000 年版，第 111—112 页。

卓著者中遴选，如同选拔将帅，应征者必须勇武过人、珍惜荣誉而且兵法娴熟，尔后方能扫除由阴谋和特权在政府部门中造成的明争暗斗。此乃我中华长治久安之秘诀所在。”①这种自信来自对中国文化深层的爱，并非狡辩、粉饰。像这类作品在当时的法国、英国非常受欢迎，自然能减少西方人对中国的丑化、误解。中国作为异域的风景，仍旧有迷人之处。

二、波德莱尔的异域

波德莱尔曾前往东非，对赤道附近的风土人情非常痴迷。虽然波德莱尔最终没有前往印度，也没有来到中国，但他对作为异域的中国还是非常向往的。在《出游的邀约》一诗中，诗人幻想了一个“绝妙的国度”，一个乐园，这是“欧洲的中国”。这里现实与理想出现了一个巨大的距离，而理想的那一边就是中国。中国明显是作为美妙的异域进入波德莱尔的诗中的。某种场景，如果想成为风景，就必须有一定的物质性，也就是说它可以看，可以听。刘波曾说明：“诗人在写巴黎时，似乎在有意识地回避对过于具体的巴黎场景的描写，似乎只有通过如此少的物质材料而又让读者在诗歌中感受到城市的无处不在，见识到城市生活的真相。”②就像对巴黎的城市风景的描写一样，异域风景同样也缺少物质性。异域风景给感官带来的刺激有一定的感觉依据。《异域的芬芳》中的小岛和树木，就有诗人在毛里求斯岛上的生活经验。而《恶之花》中的《旅行》一诗，出现的幻想的旅行，也有他出海游历的背景。在异域风景中，一些以往的记忆被激活，并进入新的风景中。而能激活的原因，在于以往的记忆中的元素与“此时此地”的生活场景存在距离。这种距离正好可以给理想性带来机会。

---

① 陈季同：《中国人自画像》，段映虹译，广西师范大学出版社 2006 年版，第 56 页。

② 刘波：《波德莱尔：从城市经验到诗歌经验》，北京大学出版社 2016 年版，第 237 页。

但是在《出游的邀约》中，所谓“西方的中国”出现的事物，例如配有锁和暗簧的家具，高大、精致的窗户，发亮的壁板，这些更多地出现在西方的建筑物中。它们不是真正的中国的风景。因而，如果波德莱尔真要营造中国的气氛，他就要完全依靠想象。巴黎古董店中的中国器物、画报中的中国图像，也给这种想象带来了一定的参考，可是风景本身仍然是想象出来的。这与马可·波罗、鄂多立克等人描绘的风景是不同的。但现在出现了这样一个问题：假如像波德莱尔这样的诗人，对东亚毫无所知，那么他如何借助东亚的场景来营造理想化的异域？这种风景营造的模式，明显与传教士、旅行人员不同。传教士、旅行人员眼中的中国，基本上都有事实的根据，记录者只是夸大中国美好的一面，波德莱尔的异域风景超越了这一模式，它跟中国现实无关，是诗人的主观虚构。在谈到风景画家时，诗人指出：“至于幻想的风景，它是代替自然的人类的自我主义、人类的梦幻的表达，这种风景很少得到发展。”①作为唯美主义文艺家，波德莱尔相信在自然之外，拥有更真实的美，而美才是文艺的目的，文艺没有其他的目的。为了接近纯粹的美，波德莱尔幻想各种异域的风景。这些风景与东非或者东方有何关系，并不是他主要思考的问题。唯美主义是这种异域风景的真正落脚点。与城市风景相比，异域风景更虚幻，有更多的主观性。但两者也有相似之处，它们都提供了一个诗人精神可以进入其中的空间。

因为具有过多的理想性，所以异域风景类似于一种造园运动。英国学者齐格蒙特·鲍曼在《现代性与矛盾性》中讨论了造园，这是一种利用理性去掉所有矛盾性的做法，其结果是产生了纯粹的理性的社会。波德莱尔的造园利用的不是理性，而是想象力，其结果也是纯粹的社会。这个

① Charles Baudelaire: *Œuvres complètes*, *tome 1*, Le Club français du livre, 1966, p. 343.

社会的基本特点是一切无奈的、阴暗的现实都作为矛盾性被清除了。还以《出游的邀约》为例，诗人写道："那里一切都是美丽的、富足的、安定的、真实的；那里幻想建造、装饰一种西方的中国，那里生命有轻柔的呼吸，那里幸福伴随着宁静。必须去那里生活，必须在那里死去！"①引文中描写的异域，具有的全是善的性质，没有不善的性质。这样来看，异域具有一定的宗教性。中世纪的神学家在思考天主及其属性时，也曾用过这种思维，即天主是一切善的创造者和拥有者。异域风景就是波德莱尔给自己建造的伊甸园，"必须去那里生活"。当异域风景在心中隐约升起的时候，它就向诗人张开手臂。而诗人仰起的眼睛看到的则是自己的精神。

造园的结果是精神的乐园。对于精神乐园，人们容易将它与空想社会一同对待，这样可能把问题简单化了。空想社会的出现有社会的原因，每当生逢乱世，就会有作家虚构一个美好的世界。中国的"桃花源"并不是偶然的特例，莫尔的《乌托邦》中虚构的海岛就是空想社会。从某种角度看，美洲大陆的发现，移民潮的兴起，给欧洲人带来的正是一个可以踏足的美好世界。在美洲被发现之前，欧洲人在奥斯曼帝国的威胁下、在宗教冲突的压力下，惶惶不可终日。新大陆的发现，告诉欧洲人，一个新的、自由的世界是存在的。空想社会的核心问题是劳动及劳动成果的分配问题，也可以称之为如何处理私有制的问题。为了否定私有制，空想社会总要建立新的社会关系和权力秩序。但是，波德莱尔的乐园既不涉及私有制，又与社会关系无关。波德莱尔想象的并不是让一群人感到愉悦的乐园，这是他自己的乐园。这个乐园也不是一个可以全身心生活的地方，而是纯粹精神的空间。

空想社会有鲜明的现实针对性，波德莱尔的乐园则不是这样。这说明用逃避现实、厌恶现实这一理由来解释精神乐园，是将精神乐园误当作

---

① Charles Baudelaire: *Œuvres complètes*, *tome 3*, Le Club français du livre, 1966, p. 45.

空想社会处理了。空想社会具有特定时代的特征，不同的时代可能会出现不同的空想社会，精神乐园就不同了，它可以超越时代，甚至超越地域。在对波德莱尔的思想进行解释时，尽管有必要结合工人运动初期知识分子的焦虑、徘徊心态，但是也要结合人类处境的普遍性来思考。人性本身就有摆脱时间和空间的渴望，屈原《天问》对宇宙人生的追问，哈姆莱特对生存与毁灭的思考，都有超越特定历史处境的特征。波德莱尔的精神乐园同样有诗人对自身有限性的反思，在他的日记中有这样的记载：

为什么我们在这儿？
我们来自哪个地方？
什么是自由？
自由能遵守偶然的法则吗？
灵魂的数量是有限的还是无限的？
可以居住的地球的数量呢？①

这就是波德莱尔的《天问》。这种追问自然包含对远方、对异域的亲近、向往。因而，在诗人的异域风景中，含有对永恒自由的追求。

正是对永恒自由的渴望，再加上第二帝国时期现实生活的不适，才让精神乐园的营造有了深邃的根源，有了更有力的冲动。这转化到异域风景上，也就可以在想象的场景上承载充盈的理想。结合《巴黎的忧郁》中的开卷之作《异国人》，可以更好地说明这一点。异国人离开他的本国，任何其他国家的人都是他看到的异域的构成部分。波德莱尔的异国人，并不是真正来自哪个邻国，他是直接从他的精神乐园中走出来的，他的背后

① Charles Baudelaire: *Œuvres complètes*, *tome 3*, Le Club français du livre, 1966, p. 1259.

就是波德莱尔想要营造的风景。这个人没有亲人，不知道朋友的含义，不理解国家存在于哪个维度，他爱的只是云。而云并不是空间能够限定的东西，结合诗人的思想，云也不是时间能够限定的东西。飘过的云，本身就是个人梦幻的象征。在《世界之外的任何地方》一诗中，人生被形容为一家医院，而人在其中，不过是换一换病床。在诗人虚构的对话中，灵魂表明它的归宿就是世界之外的任何地方。这是对《异国人》标题中"异国"最好的解释，也是对波德莱尔异域风景的最好解释。尽管在诗人的诗作中，异域往往有热带的植物和海岛，有欧洲原有的建筑和家具，有诗人在服用麻醉品之后在房间中看到的种种幻象，但是他的异域风景却是在"世界之外"。异域风景是诗人无法接近的，它不是文艺复兴时期的田园山水，也不是诗人可以置身其中的巴黎街道，它成为诗人梦幻的同义词。每一次观看异域风景，就意味着诗人新的白日梦。当然，这也给异域风景带来了解体的危险，因为异域风景根本无法"观看"，诗人眼前根本没有任何风景。如果这种风景是"飘过的云"，观看它的则还是那朵云：一个内省的观察者。

三、象征主义戏剧中的异域

在象征主义时期，还有其他的作家尝试书写异域，他们的作品和波德莱尔的作品之间存在着隐性的联系。多奈的《别的地方》就是其中的代表。作品的第三场，泰尔米努斯和伏尔泰两人进入莱茵河通向的神秘地下世界，他们来到的是康斯坦丁海湾。这个海湾非常像波德莱尔在《异域的芬芳》中所幻想的海岛：

> 这里有巨人般的士兵、
> 斯芬克司、龇牙咧嘴
> 的怪兽，和扭动肢体

全身裸露的女人，
有额头长角的山羊
以及凝思的圣母像。①

诗中的男人和女人具有异域的色彩，如果他们有他们的文化，这个文化就是异教的文化，与多奈所处的欧洲主流文化传统并不相同。这个海湾的自然风景也有异域的特点。例如第三场一开始，泰尔米努斯发现所到的地方充满诗情画意，蓝色的天空有着"奇特的光线"。他不禁开始作起诗来。

勒迈特在评价《黑猫》剧场演出的作品时，曾认为它们"是神秘的，具有非凡的风景"，而且"是一个朝向看不见的世界的小圆窗"。② 这种评价是准确的，而且揭示出像多奈的《别的地方》这类戏在异域风景上的成就。从这个剧本中的两位主人公跳入午夜的塞纳河开始，他们就进入了异域的空间。随着作品中的第三个人物阿道夫的出场，作品的异域风景的特征减弱了，风俗讽刺的地位提高了，但是，哪怕是在讽刺阿道夫所处的政治、教育环境时，作品仍然留有异域的气息，尤其是古希腊文化的气息。例如在第十二场，写"疲倦的爱神"爱洛斯。剧本一开始提供的场景就是古希腊式的："一座异教徒的神庙：在珠白色、淡紫色、昏暗的天空下，有一片柏树林。神庙里出来一位驼背的年轻人：哀伤的翅膀连着他的肩膀。这是爱洛斯。"这是一个苍白的、颓废的爱神，他已丧失了爱的能力，他是病态的。爱洛斯的病态元素，当然与19世纪末期的风俗有关。多奈写作的用意也正是嘲弄它。这里异域的元素主要是用来对照，产生讽刺效果，它与波德莱尔的理想的异域并不完全一致。多奈的异域具有理想的一

① Maurice Donnay, *Autour du Chat Noir*, Bernard Grasset, 1926, p. 145.

② Jules Lemaître: "Le Chat Noir", in Paul Ollendorff, ed., *Les Gaîtés du Chat Noir*, Paul Ollendorff Éditeur, 1894, p. vii.

面，但为了讽刺的需要，有时异域映衬的是现实的不堪。因而，异域其实仍旧扮演着正常、理想的状态，而现实则是病态的。在剧本中，这个萎靡不振的爱洛斯自白道：

尽管年方二十，厌倦、疲惫，
人老体衰，因为我出生
的床，铺着枯萎的玫瑰
我这个爱洛斯，筋疲力尽。①

这里的新的爱洛斯，实际上是19世纪新的爱情观的象征。他并没有给古希腊的那位美神带来伤害。

在作品的结尾，笼罩在异域上的不祥的气氛都被除去了。异域重新成为精神性的空间，成为给文学家提供心理慰藉的地方。剧本以一首诗作结，诗中写道：

就在另一个地方
我已经看到有益的彼岸，
我已预感到绝妙的时光，
不在天上，而是在人间。

这里的"彼岸"，人间的"另一个地方"，就像波德莱尔的《世界之外的任何地方》一样，肯定了异域风景的真实性。但是不同于《出游的邀约》中对另一个世界的细致想象，多奈的《别的地方》没有将主要精力放在异域风景的描绘上，人们看到的更多的是风俗讽刺。在做完讽刺的工作后，泰

① Maurice Donnay: *Autour du Chat Noir*, Bernard Grasset, 1926, p. 168.

尔米努斯就看到了“有益的彼岸”。这位原本极度无聊，乃至要跳下塞纳河的穷诗人，到底看到了什么，这个剧本可能没有真正解释清楚。与其相对，另外一个剧本《阿拉丁》则努力将东方（具体说是中国）的异域形象呈现在观众面前。

《阿拉丁》出现的时间稍晚，是1904年在一个剧场上演的。它的作曲人是维厄，剧本由梅蒂韦创作，后者是插图画家，与象征主义流派的关系并不密切，也没有加入象征主义运动，但是宽泛来看《阿拉丁》也属于象征主义时期的戏剧作品。《阿拉丁》原本是阿拉伯人的童话，故事地点主要在西亚，与中国的关系非常少，如果说有，也就是在开头，出现了一个中国的地道，一个秘密宝藏所在地。但这个新剧把故事完全搬到了中国，一个类似于北京的地方。作品中有中国的园林、建筑、桥、船，也有中国特有的灯笼、轿子等器物。作品中的主人公不是一个西亚少年，而是中国人，他拖着一根长辫子。他在神灯的帮助下，如愿地娶到了大清的公主，住在了湖边的宫殿之中。这个宫殿并不仅仅是阿拉丁大婚的场所，而是人们普遍的梦境：那里有着黄金的门、玉石的墙，屋顶错落有致，它邻湖而建，宛如仙境。这是一个与任何政治和现实空间都不接壤的地方，它就在诗人的想象中。剧本的末尾也点明诗人通过梦幻创造乐园的主题：

幻象从来不对人们说谎，
梦的国度诗人就是国王，
……
他的周围长出一座美妙的花园，
爱情的银百合和荣耀的金百合，
理想的矢车菊，胜利的桂花环；
在他陶醉的眼前

立起梦幻的宫殿。①

日本学者广田大地认为，波德莱尔利用窗框制造风景，“透过窗框中的缝隙，看到向看不见的领域延伸的空间的一部分”②。这种判断不适合《阿拉丁》这种戏。因为利用剪影、布景之类的表演形式，《阿拉丁》不再是“看不见的领域”，它让象征主义文艺家的乐园固定下来了。它不再是模糊的想象，而是有着色彩、形象的支撑，乐园就在戏剧中。光亮的戏台带来了时间的错觉。梦幻乐园本身是摆脱时间和空间的，它存在于想象中。但是戏台一旦映出它的光影，主观的情感就与客观的形象结合了起来，梦幻的乐园就有了质料和形式，像是实际存在的客体。乐园似乎可以让人们居住了，观众的精神在“梦幻的宫殿”中徜徉。虽然个人的感受可能有别，但是观众的精神好像处在同样的空间中，梦幻和梦幻重叠了，一致了。

在剧本开头的旁白中，还出现了一节诗：

中国满是西班牙的城堡！
神秘的国度，为了虚构的梦想
我们将给您唱阿拉丁的歌谣，
只要伴奏的音乐轻轻飘扬。③

这里明确说明作品出于“虚构”。但为什么用中国来获得这种异域感呢？作者认为中国既富有，又是“神秘的国度”，可以满足人们理想化的

① Lucien Métivet：*Aladin：Ombres chinoises en quinze tableaux*，Ernest Flammarion，1904，pp. 44-47.

② 廣田大地：「ボードレール散文詩における他者という風景」，收入坂巻康司『象徴主義と〈風景〉』，水声社 2018 年版，第 29 页。

③ Jane Vieu，Lucien Métivet：*Aladin：ombres chinoises en quinze tableaux*，Enoch，1904，p. 5.

要求。

异域风景如果将视觉艺术也纳入进来，那么，在19世纪末期，巴黎还有一些艺术家同样营造了异域风景。里维埃不但是《巴黎风景》画的制作者，而且是东方艺术的发现者。他收藏了大量的日本浮世绘，还有中国的水墨画。东方的绘画本身就是东方美学理想的缩影，里维埃将东方绘画的视觉元素糅合到他的作品中，这就把那种美学理想以新的形式呈现了。里维埃给《圣安托万受诱惑》配过插图，这本书中有一部分内容是"日本神"，里维埃配的图具有浓郁的日本气息。插图使用的是鲜艳的、夸张的颜色，有正红、深黑、浅蓝色，还有酒红、赭黄等颜色。这些颜色与自然中事物的颜色不同，它们被画家大胆地用到画面上。画中的人物都是用粗线条描绘的，放弃了西方油画传统的光、影效果。画面中间的主人物有些像中国的"洛神"，她偏着头，直立在那里，一身红衣服舒展下来。她对面是一只黑色的鸟首形船，上面站着两个人。红衣的那位与她姿态相近。在画面的左侧，则是手拿刀枪的兵卒。画的高处则是类似富士山的高山，呈三角形。山顶有酒红色的云彩飘过。这种图景表现的是西方人难以理解的东方神话。总的来看，"日本神"用笔细腻、风格神秘。

除了这幅插图，其实里维埃的不少巴黎城市风景画，也都多少有些异域色彩。因为它们使用的是浮世绘、中国水墨画的技法，营造的是不同的意境。另外一个画家奥里奥尔，是《黑猫》期刊的秘书，也是著名的插图画家。他给《黑猫》剧场画过节目单，封面上是硕大的蓬虆(或类似花种)，花叶很大，花瓣是白色的。花朵纯粹是白描，不用色。花叶则是青灰色的，上面描有线条。整幅画给人很清新的感受，明显取材于东方的装饰图案。

第三节　身　体

象征主义注重幻想的风景，但是与一切风景、一切梦幻最直接相接触的是身体。象征主义美学的特殊性，也典型地表现在身体上。身体是感受，是情感，是闲逛者观察的工具，是颓废者放纵的目标。美国批评家威尔逊指出："象征主义美学的前提是：我们具有的每个情感、感受，每个时刻的意识都相互不同。"①这其实也是在说，象征主义美学的不同，可以通过象征主义者的身体观来解释。具体到风景上，身体既是观察者美感的来源，又是他观察的对象。从波德莱尔到后来的象征主义者，身体都是风景的中心，是那声色巴黎最迷人的曲线。身体联结着欲望与理想、现实与未来，它远远超越了一个画框的作用：它既是一个画框，又是毋庸置疑的焦点。

一、从心灵到身体

从浪漫主义时期开始，身体就已经有重要地位了。浪漫主义强调个性，而个性需要身体来赋予。英国浪漫主义诗人柯勒律治认为"敏锐的感受是诗歌才分的躯体"，②这里重要的不是最后一个词，而是"感受"。在法国，卢梭这位浪漫主义的先驱也重视身体，他强调人最初的理性就是感觉的理性，"人们真正的理性不但不是独立于身体而造就的，相反，正是优秀的体格让人们轻松、可靠地思考"③。这些观点，都与斯宾诺莎的哲学，或者与迪卡尔的哲学有着极大不同，而斯宾诺莎和迪卡尔为了维护超越

① Edmund Wilson: *Axel's Castle*, Farrar, Straus and Giroux, 2004, p. 18.

② Samuel Taylor Coleridge: *Biographia literaria*, J. M. Dent & Sons, 1906, p. 167.

③ Jean-Jacques Rousseau: *Émile ou De l'éducation*, Gallimard, 1960, p. 206.

性的实体，都忽略偶然的身体在认识实体上的价值。

虽然浪漫主义者重视身体，但要看到，身体还未真正获得独立性。进一步说，浪漫主义者眼中的身体，往往是理性的工具。拿卢梭来说，身体的重要性在于它是理性的工具，它有助于理性的发展。如果取消身体的这种工具性，为身体而身体，那么这是没有意义的，甚至是有破坏性的。他认为身体可以唤醒想象力，而过度的想象力会破坏个体和种族。虽然卢梭猛烈地削弱了知识、社会观念对人性的影响力，但是他的理论仍旧是以理性为中心的。从某种意义上看，卢梭还不能被看作现代自我观的缔造者。他的思维方式与中世纪神学家的思维方式没有本质上的区别，他只是用感官和理性代替了信仰和理性，虽然两边的理性概念并不完全相同。

身体如果想获得真正的地位，它需要非理性哲学的帮助。在这方面，19 世纪中后期的哲学有了用武之地。尼采是重要的身体哲学家，他给了理性、形而上学以沉重的打击。他的《查拉图斯特拉如是说》的意义在于身体成了中心，而人除了他的身体，已经没有了依靠。信仰和理性，知识和科学，它们都丧失了声誉，都成了人自我之外的存在物。这个自我完全是由身体所包裹的一个内在空间，除此之外，它没有任何社会性的、历史性的元素。用尼采的原话来说："在你的思考和感觉之后，我的兄弟，站着一个强大的司令官，一个未知的智者——他叫作自我。他住在你的身体里面，他就是你的身体。"①

象征主义时期，柏格森的直觉哲学让先锋文学与哲学建立了很好的联系。在柏格森看来，存在两种不同的认识事物的方法，一种是分析，它将事物的整体化约成一系列符号，这样事物在分析中就只剩下被分析的功能，丧失了其他的功能。与其相对的，则是直觉的方法。这种方法的使

① Nietzsche: *Thus Spoke Zarathustra*, Cambridge University Press, 2006, p. 23.

用者把自己放到事物之中,能够把握事物的独特性。直觉的方法很像是美学家所说的“移情”。其实之所以给人这种印象,是因为柏格森往往强调直觉的对象是我们自身。具体来看,是感受、记忆等心理活动。柏格森改造了形而上学。形而上学在斯宾诺莎等人的理论中,面对的是实体,而柏格森让人内在的生命成为新的形而上学。他的理论对艺术家和诗人有很大的吸引力,原因就在这里。因为强调直觉,强调人内在的生命,所以柏格森所说的认识往往是神秘的。这种认识还是无法理解的,因为理解涉及分析。从某个角度来看,柏格森给在他之前就已经兴起的象征主义文艺提供了哲学的依据。在《形而上学导论》中,柏格森就将直觉称为“心智的感应”(la sympathie intellectuelle),这个词肯定会让波德莱尔爱上它的。柏格森还提出了意识的流动(绵延)的看法,它的原文为“原本的感受”(le sentiment original),这个概念也与瓦格纳主义者提出的“喷涌”的诗学接近,它的立脚点就在身体上。直觉也好,原本的感受也罢,它们都来自身体,而非来自观念。柏格森哲学的基础就是身体。

因为尼采、柏格森等人的倡导,身体有了独立的价值,而且代替了浪漫主义或者更早时期的心灵、灵魂等概念。对象征主义诗人来说,身体成为真正风景的障碍,已经不复存在。身体已经是一个新的世界,等待着新的目光。

二、忧郁的头

波德莱尔发现了新的身体美学,这就是女人的头部。一旦头部的表情再也不用追溯到一颗超越时间的心和意志,一旦头部的表情存在于此时和此地,真正的美感就出现了。这是一种短暂的、即时性的表情,它可能表露着片刻间的快乐或者痛苦,它是真实的,完全可以让人感受到。它是可以被理解的,因为一切即时性的表情背后,再也没有历史的隐喻存在着。表情不需要被解释,它就活在此刻的感受中。表情不是象征,不需要像实证科学一样利用分析的工具加以破解。波德莱尔发现女人的头部的过程,实际上就是发现直觉的过程。他在柏格森之前,就已经开始运用直觉,并带来了现代主义的美感。对波德莱尔来说,女人的头部被聚焦,实际上是一种新的直觉美学的诞生。

波德莱尔将他的发现记在日记《火箭》中,这里值得引用一下:

> 我发现了美的定义——发现了我们的美的定义。这是某种热情而忧郁的东西,某种有些模糊,将过去留给人猜测的东西。我想把我的思想用到一个有感觉的东西上,比如说运用到社会中最引人注目的东西上,即女人的面容。一个美丽迷人的头,一个女人的头,我想说,这是一个让人同时想到快感和悲伤的头(不过,采用的是一种混合的方式);它含有忧郁、厌倦、腻烦的观念——既是一种矛盾的观念,它有一种热情、一种生存的欲望,又混合着一种相反的辛酸,好像来自贫穷或者绝望。神秘、遗憾也是美的特征。①

引文中,波德莱尔没有放弃猜测美丽的头的“过去”。他在现时的直觉上,加上了过去的判断。但是这种判断并不是分析,不是一个犯罪学家那样的目光。对过去的判断,只是现时直觉的延伸。吸引诗人的是刹那间流露出的某种忧郁、厌倦的感觉。引文中所说的“生存的欲望”,当是诗人的主观想象。就像看到异域风景,把一种绝美的、理想的精神投到它上面一样,波德莱尔看到美丽的头后,就开始把自己摆在那个人物的世界中来体会对象的生活。这就是波德莱尔“心智的感应”。

---

① Charles Baudelaire: *Œuvres complètes*, *tome 3*, edited by Yves Florenne, Le Club français du livre, 1966, p. 1219.

其实对女人头部的关注与对巴黎城市风景的关注，背后是相同的观察的眼睛，因为观察对象是随时变换的，而且带着某种欲望的表情。城市灯光的变化，人群的流动、消失，难道不是美人脸上那光彩的漾动？反过来看，马车装饰的变化、街头煤气灯灯具的更换，这难道不像是女士们换了一下发髻，或者调整了一下帽后绸带的样式？虽然如此，头仍旧与城市不一样。尽管在诗人波德莱尔那里，巴黎的城市变成了一个有生命的欲望组织，但是这种组织存在于想象中，它无法给人即刻的回应。而人的头却可以做到这一点。在美人的表情上，实际上存在着另一种直觉，一种意识到观察者在场，并表示或喜或怒的情绪。英国学者罗杰·斯克鲁顿在分析欲望时，曾指出："因欲望而产生的凝视好像使一个人的存在投射到了另一个人的意识中。这凝视具有妥协性：因为它希望获得另一个自由生物的反应，而这个自由生物可能会愤怒地不做回应，也可能以凝视回应自己的凝视。这种回应的凝视就是默许。"①因而，在观察身体风景时，观察过程本身是双向的，是朴素的凝视行为。其中包含着有意的默许，或者无意的拒绝。这一点给身体风景带来了很大的障碍，但同时也带来了更大的乐趣。

在《恶之花·对虚幻之爱》中，人们读到了波德莱尔偏好的诗。这首诗照钱春绮的解释，是献给玛丽·迪布朗的。这首诗表现了一种冷淡的关系，诗中的第二节写道：

当我望着煤气灯光的映照之下，
你的苍白的额头添上病态的风韵，
又被夜晚的火炬染上了一抹朝霞，

① 罗杰·斯克鲁顿：《性欲：哲学研究》，朱云译，南京大学出版社 2016 年版，第 74 页。

望着你那像画像中的迷人的眼睛。①

这里明显把焦点放在了头部:“她”的额头是“苍白的”,而且有“病态的风韵”。诗中女人的面容位于煤气灯光的照耀下,灯光像水流一样,是持续的,它给面容带来即时感。而第三行出现的“夜晚的火炬”,也是短暂的、时间中的事物。在随后一节,诗人将女人比作“美味的秋天的果品”,这将气味限定在特定季节中,同样带来时间中的感觉。但总的来看,诗人的凝视并没有得到回应,对方一直是冰冷的,她的眼睛没有向诗人投来,而是“空虚、深沉的”。但是,这并没有影响波德莱尔的观望,他已经看到了那种刹那间像火炬一样美丽的面容。这首诗还有一个特别之处,即诗人意识到看玛丽的时候,就像在看一幅画一样。“画像中的迷人的眼睛”,既可以是虚指,又可以是实指。眼睛呈现的是风景,在玛丽和诗人之间,隔着一个看不见的画框。

没有交流的凝视,似乎很吸引波德莱尔。虽然在对方的面部看不到情感的反应,但是这似乎让观望行为更加自由。在《被杀害的女人》一诗中,同样出现了一个冰冷的女人头,这是一幅画。所有不礼貌的观望都情有可原。诗人假托凶杀的画来写这首诗,可能实际上想表达的仍旧是一种冰冷的关系。诗作中流血的场景只是想凝固住时间,也就是说,使其成为便于观察的风景。波德莱尔想在片刻间想象一位不在家的女演员,想象她被固定的表情。诗中有这样一节:

就像毛莨似的搁在床头柜上面,
从她翻白的两眼之中,
露出无思无虑、苍茫灰白的眼光,

① 波德莱尔:《恶之花　巴黎的忧郁》,钱春绮译,人民文学出版社1991年版,第228页。

> 仿佛曙色一样的朦胧。①

这是一种迷惘的目光，它后面有看不透的世界。但吸引波德莱尔的，就在这里。因为诗人可以放开想象力，用自己的精神来填充这个冰冷的头颅。实际上，在随后的诗节中，诗人已经开始猜测女人“激昂的灵魂”。

真正相互凝视的诗，并没有在波德莱尔的作品中缺席。在这种诗中，观察对象的表情活起来了，凝视者也成了被凝视者。在一直变化的动态过程中，诗人往往没有时间同时观察多个部位，神秘的内容也往往是被忽略的。例如《美丽的多萝苔》，诗中写的是一位热带地区的黑女人，她在酷热的午后走在没有行人的路上，她轻盈地走着，微笑着，可以相信她知道诗人在看她，她一点也不感到害羞，反而显出慵懒的感觉。她的头不再是冰冷的，而是高傲的、性感的：

> 她近乎蓝色的浓密头发的重量，把她精致的头往后拉了拉，让她有了得意和慵懒的气氛。沉甸甸的耳坠对着她可爱的耳朵啁啾鸣叫。

如果说传统的风景靠的是光线来营造，那么在引文的描写中，可以感觉的力量似乎变得重要了。而这种感觉既需要视觉的配合，又超越了视觉的范围。这是一种对生命力的整体感觉，是感觉和情感、体验的结合。女人头部的风景与其说是被观看的，还不如说是活着的，活在另一个生命的意识中。这就是直觉的作用，直觉就是综合运作各种感觉、情感的能力。

另外一首诗《头发里的半个地球》，让头发成为唯一的风景。成为风

① 波德莱尔：《恶之花　巴黎的忧郁》，钱春绮译，人民文学出版社1991年版，第258页。

景意味着对象更高程度的主观化，即客观的对象成为主观精神进入的世界。《头发里的半个地球》给人印象深刻的地方，正在于此。这首诗中的不少形象也在《异域的芬芳》中出现过，例如这一个诗段：

> 你的头发完全蕴含一个梦，满是风帆和桅杆；它们蕴含着一个大海，季风们送我到迷人的地带，那里世界更蓝，更深远，空气有果子的香味，有叶子的香气，以及人们皮肤的香气。

诗中调动了多种感觉，除了视觉外，还有嗅觉。就像刚才说过的那样，其实这是感觉的综合。诗人并没有用理性的话来这样评判：头发中有一个让人迷醉的世界。诗人完全是用感官来说的，这正是为了强调头发作为风景的真切性。爱人的头发好像带来了一个活着的世界，当这个世界活起来的时候，幻觉也就出现了。

三、放纵的身体

学者阿兰·比于齐纳在他写的魏尔伦传记中，用的副标题是“一个身体的历史”。这个标题非常形象地概括了魏尔伦这位身体的观察者和放纵者的一生。在波德莱尔之后，象征主义者中再也没有谁像魏尔伦那样痴迷于身体了。身体是他的灵感，是他的生活，他似乎渐渐无法区别开诗与身体。比于齐纳认为魏尔伦建构了一个神话，就是把“身体变成诗性的身体”①，这句话也可以反过来说，诗人也在把诗变成身体的诗。

魏尔伦一开始并不是身体的诗人。他在1883—1886年间，主导过颓废文学运动，而颓废文学一开始具有较高的美学追求。1887年，在给朋友的信中，魏尔伦曾给颓废主义下过一个定义：“颓废主义是颓废时期显

---

① Alain Buisine: *Verlaine, Histoire d'un corps*, Tallandier, 1995, p. 411.

现出来的一种文学，不是对它的时代亦步亦趋，而是完全‘相反’，它要凭借它的精巧、高雅、精致的倾向，反抗文学以及其他艺术中的、环境中的平庸和丑陋。”①从名称上看，颓废文学与它用的两个字正好相反，它不但不是颓废的，而且应该是更高雅的。这个定义实际上借用的是巴纳斯派的美学。魏尔伦想用唯美主义的标准改造颓废这个词。

但是兰波的离开，以及魏尔伦新的伴侣吕西安 1883 年的去世，一定给魏尔伦的内心带来了不安宁的东西。尤其是 1886 年 1 月，魏尔伦最后的亲人——他的母亲——的去世，可能让魏尔伦放弃了最后一点的顾虑。他果真成了颓废的人，这里用的是这个词道德上的含义。魏尔伦出入于无赖、叫花子和其他各种名声不好的人中间，他的朋友塔亚德曾有过这样的记载：

> 这个人（魏尔伦）从早到晚，一直奔波于让人酩酊大醉的地方。一群喜欢排场和烈酒的门徒，其中有披着头发的妓女、衣衫不整的美少年、染着黑指甲的娼妓，陪着他从一家咖啡馆走进另一家，从“普罗科佩”进入新开张的“金色阳光”，有时他身边还有艺术家、好事者、附庸风雅的人……②

如果说塔亚德的记载呈现了风景，那么这显然就是身体的风景。让这群人聚集到一起的，既不是文学艺术，又不是无政府主义理想，而是那些身体上的“非同寻常”的风景。如果仔细分析上面的引文，似乎可以发现，魏尔伦身边的人几乎都是匿名的。他（她）们最突出的地方，不是其面貌，不是像波德莱尔诗中的那些女人的头，而是他（她）们身体上的某些不

---

① Paul Verlaine: *Correspondance de Paul Verlaine*, *tome 3*, Albert Messein, 1929, p. 20.

② Laurent Tailhade: *Quelques Fantômes de jadis*, Société des trente, 1913, p. 6.

起眼的地方：指甲、头发的颜色、穿的衣服。他(她)们的表情是模糊的，或者说根本不重要。魏尔伦身边的人就好像是衣服包裹起来的空气，一个空洞的东西，一个数字。因为情感与理想在这种人的身体里减少到了最低限度。

魏尔伦不是波德莱尔，他看到的风景没有他的理想。魏尔伦不会把自己移情，移到他观察的人物身上。在魏尔伦这个观察者这里，主体和客体的界限是不容混淆的。客体永远是被观察者，永远为了他的观察而存在。在《人群》一诗中，波德莱尔曾这样形容像他那样的观察者："他能随心所欲地保持他自己，也能成为其他人。就像这些想托生的游魂，需要的时候，他就进入每个人的人格中。"这种事情对魏尔伦来说太麻烦了。魏尔伦不是"托生的游魂"，他身边的人才是。那些人是谁，他根本不在乎。他们存在的价值，在于他们提供的可观察的身体，似乎都是一样的，可以相互代替。魏尔伦不会把自己的灵魂放在他们身上，因为魏尔伦根本就不是一个幻想家。在酒精的迷醉下，魏尔伦本人也在不断地化简，化简为一具放纵的肉体。灵魂从他端起第一杯苦艾酒的时候，就被他抛弃了(或者他想这样做)。现在，他过的是本能的生活。

在较早的一首诗《我熟悉的梦》中，魏尔伦就吐露了身边的人只是一个代数的情结。诗中的第一节写道：

我常常做一个梦，古怪又过目不忘
梦见陌生的女人，我爱她，她也爱我
每一次这个女人既不是一模一样
也不完全是别人，她爱我，能理解我。

诗中的"爱""理解"之类的字眼，让人首先想到的是情感，是心灵的交流。这种印象遮蔽了魏尔伦还没有说出的渴望：他希望身体的风景包裹着他，他不在乎身体附着的所有社会的内容。姓名、爱好、性格、家庭，这些都是身体之外多余的东西。在他后期的诗《另一个》中，魏尔伦将他的想法说得更清楚了：

因为一切的女性都在你身上
你繁殖的人，那就是我
我在整个女性身上爱你，你一人
集合了完整的爱情：那就是我！

诗中将某一个女人，看作女性的整体。这里个体和整体的调换说明诗人已经不在乎个体。任何一个女性的身体都等同于女性这个整体的身体。而与此相对的是，男性的身份也在改变，“我”一人就集合了所有的男性，所有的爱情。诗中女性和“我”都扩大了，成为普遍存在的身体。这首诗透露了魏尔伦最原始的冲动：让一切身体都只成为身体。在另一首诗《如果你非常想要神圣的无知》中，诗人对爱情的描写，只剩下身体。诗人的口号是：

让我们照本性生活
痛快地忘记一切羞耻之心

诗的标题非常重要，“无知”，去除理性，去除心灵，让身体成为纯粹的身体，这就是魏尔伦的身体风景。身体存在着，它就是所有欲望的形象；身体又不存在，它是空洞的，因为身体没有个性，这一个身体和“另一个”身体没有区别。诗人被身体包围，就像被自己的欲望包围。这是一个坐在水上的人，水中的一切风景都是他自己。诗人本人也是一个空空的水袋。

在诗作中，魏尔伦是如何描写身体的？或者说那是一种什么样的风景？通过对他的诗的分析，可以发现魏尔伦偏好将身体转化为春天的风景，有时甚至将身体转化为果实。在《可怕的不眠之夜》中，爱人的嘴唇被形容为“草莓”，诗人还强调它是“美妙的果子”。这里并不仅仅有颜色或者形状的相似性，魏尔伦找到的联系是欲望。即嘴唇和草莓都是“我”的嘴触及的东西，都是欲望的对象。这种比喻倒也直接。《春天》一诗写了两个女孩，一个是红棕色头发，一个是金色头发，诗中也传达了两人的情意。这首诗明显与同性恋题材有关，但是魏尔伦写这种诗的原因还不清楚。可能这首诗的题材只是一个幌子。诗中女孩的身体是用春天的场景转化的，青春被形容为“一片花圃”，而且一些性的形象渐渐显露出来：

让我的手指在苔藓上游荡，
那里玫瑰的蓓蕾闪耀光芒，

在随后的一节中，食物、水的形象也出现了。诗人想“吮饮露水的珍珠”，这当然也是女性身体的一种转化。这些形象整体来看，都非常平常，不是巧妙的、富有想象力的，而是简单的，甚至是含有低俗内容的。这正是魏尔伦身体风景的特色所在，他不需要特别精美的东西，他需要的是那些最容易激发他的欲望的形象。

四、自恋的身体

自恋的身体，从古希腊神话以来，在西方文学中一直是不缺的。《堂吉诃德》中有一个女孩玛赛拉，因为对谁也不爱，在作品中有人称她为“害人精”。也有人指出莎士比亚《哈姆雷特》中的奥菲莉娅有自恋情结，她不小心落水，在水里唱着奇怪的歌，就这样死去。兰波早期的诗作中还有一首长诗，名字就叫《奥菲莉娅》。象征主义之前文学中的自恋，往往是出于宗教或者性格的原因，主人公郁郁寡欢，沉溺在自我世界中不能自拔。象征主义带来了新的自恋，这是一种厌世的、悲观主义的自恋。自恋本身与象征主义常见的忧郁、颓废结合起来，因而象征主义文学中的自恋者，同时也是一个爱情的颓废者，他厌恶人类，厌恶人生。他的自恋往往并不主要是为了欣赏自己的美丽，而是为了将梦幻的精神与自己的身体结合起来，使身体成为主观精神的承载者，就像使城市或者异域成为这种精神的承载者一样。从某个角度来看，象征主义的自恋者是将梦幻由向外投射转到向内投射。自己的身体成为主观精神的投射屏，于是身体和精神发生了共谋，它们一同对抗现实，对抗实际生活中的爱情。

第一位值得注意的象征主义自恋者，是马拉美。文学学者奥斯丁注意到马拉美的顾影自怜，并指出："他有意放到诗中的是他禁不住逃避生活的冲动。诗歌创作对马拉美来说是一种自我发现的方式。"①诗人可能普遍存在这种情况，即将诗当作自我发现的方式。但是很少有人像马拉美那样通过神话和历史，设置一个语境，然后表达一种孤独之美。他的名诗《海洛狄亚德》就是他自恋的镜子。诗一开始设定的时间是早上，太阳刚升上来的时候，地点则比较模糊，出现了池塘，有天鹅在里面戏水，周围还有陵墓。这种场景设计有些阴郁。因为海洛狄亚德作为希律王的妻子，应该住在王宫中，而非阴冷的、寂静的地方。当然，马拉美的用意在于带来一些阴冷的情感氛围。在随后海洛狄亚德与奶娘的对话中，女主人公有不少内容属于独白，因为很多段落缺乏一个明确的受话者。海洛狄亚德就像自己在对自己说：

我无瑕的头发的金色的瀑流

---

① Anna Balakian, ed.: *The Symbolist Movement in the Literature of European Languages*, Akadémiai Kiadó, 1984, p. 47.

当它流经我孤独的身体时，可怕
的镜子，以及光线缠绕的头发
是不朽的。

这里卧室中的镜子，让身体成为观察的对象。也就是说，海洛狄亚德的身体是通过镜子成为风景的。镜子中看到的是头发，它不是静止的，而是动态的，这折射出女主人公虽然怀着虚无的精神，但是又体验到动感的幻觉。“金色的瀑流”带来的并不是现实的时间，而是幻觉的时间。进一步说，头发的幻觉打开了另一个虚无的世界。另外，诗句中对头发和光影的描写，有一种唯美主义的色调。因为镜子的存在，头发的光影摆脱开现实生存的世界，而成为风景。历史中美丽的海洛狄亚德又让诗作中的唯美主义意味变得丰富起来。这种美不是诱惑的美，不是与施洗者约翰事件有关的道德的对立面，这种美在镜子的鉴照下变得纯粹了，它有些时候已经与真实发生了交融，美就是真，真就是美，尽管一种虚无主义的气氛让这种美变得缥缈，变得模糊。

马拉美诗中的美人，实际上就是诗人自己。在19世纪60年代，马拉美生过病，体验了诗中的悲观虚无的精神。在他生病期间，他的卧室中同样有一面威尼斯的镜子，诗人曾感叹道：“给我照出存在的镜子，常常是可怕的事物。”①海洛狄亚德在镜中看到的美丽的身体，实际上来自诗人本人，或者至少是他的精神。马拉美是自我内在精神的自恋者。

除了马拉美外，于斯曼也是一个具有自恋情结的文学家，通过他的小说《逆流》人们可以看到这一点。主人公德塞森特把自己封闭在遥远的郊区，过着幻想的生活，批评家埃内坎认为他“厌恶社会接触，鄙视或者嘲笑

① Stéphane Mallarmé: *Correspondance complète: 1862-1871*, Gallimard, 1995, p. 367.

更健康、更有节制、更刚健的生活”①，这句话用在他的作者身上也是不错的。作品中德塞森特做了许多心血来潮的事情，这些事情的一个共同点是满足感受的幻觉。他用利口酒来刺激他的听觉，用不同颜色的宝石来刺激视觉、触觉以及说不上来的某些直觉。身体成为他实验各种感觉的实验室，成为充满奇迹的风景。作品中有这样一段描写：

> 他靠他自己活着，靠他自身的物质滋养，就像那样懒洋洋的冬眠动物，蜷缩在一个房间里，整整一个冬季；满脑子生出了独孤感，像是一种麻醉药。一开始把他刺激得很焦躁紧张，随后便带来了一种萦绕有朦胧梦境的扭曲；它摧毁他的意图，粉碎他的意愿，引来一系列梦幻，他只得被动地忍受，连想都没想过要摆脱它们。②

身体给德塞森特提供了生活所需的一切东西，这种身体既不是魏尔伦的欲望的符号，又不是马拉美唯美的光影，身体就是真实，就是梦幻，就是生活的理由。而《逆流》的作者走向身体，实际上就意味着他走向了象征主义的一个新世界。

在象征主义孕育期，《新左岸》杂志曾发挥过重要作用。它是颓废主义和象征主义双重的温床。《新左岸》的秘书拉尔曾经发表过一篇作品，名字就叫《自恋者》，发表在《新左岸》第 52 期上。这是自恋的身体这个话题的重要成果，但在法国的学术界还没有引起注意。《自恋者》的主人公是一位年轻的美男子，他所有的注意力都在他的身体上，作品的第二段有这样的描写：

---

① Émile Hennequin："J. K. Hÿsmans", *La Revue Inndépendante*, No. 1,1884, pp. 209-210.

② 于斯曼：《逆流》，余中先译，上海译文出版社 2016 年版，第 100 页。

> 他的带裂纹的、椭圆的眼睛，抹上一大块近蓝色的色彩，在浓浓的眉毛下，闪动着无尽的惆怅，而那些眉毛人们说是用画笔描的。他的嘴唇是血红色，半闭着，它们之间露着象牙的牙齿。匠心之作，苍白、圆润的脸蛋被卷曲的天鹅绒围绕，浓黑的头发凸显了纯粹的轮廓。细细的、棕色的胡子渐渐变细，形成胜利的小尖，它映衬了最完美的鹰嘴鼻。①

引文中的描写，非常注重色彩与线条的配合，也就是说，它用了精巧的美术的手法。这种手法的结果是，带来了独特的风景。头部各种器官得到了放大，这种图画不像马拉美通过镜子来映照的风景，而是一种特写。嘴部、脸蛋被放大了，好像是一幅大山水画中的某个部分。为了带来美丽的视觉效果，这里的描写用了不少颜色的对照，例如“血红”的嘴唇与“象牙”的牙齿，“棕色”的胡子与“苍白”的脸蛋。这种色彩的对比，远远超出了一般描写人体的程度，因而给人一种描写一个精致的彩雕，或者一个流光溢彩的乐器的感觉。与器官的特写相对应的，是静态的效果。拉尔没有像马拉美写头发那样，写出动态的幻觉，他将每个部分的画面固定了，这带来了风景画的味道。

这样一位美男子同样厌恶社会，他谁都不爱，只喜欢观察他自己。就像德塞森特一样，自己的身体就是一切。他每一分每一秒都在关心自己的容貌，他最好的朋友就是他的镜子。这里镜子同样带来了一个观察身体风景的视角，但所观察的并不是美的理想，而是理想的形体。这是一种物质的美，不涉及幻觉或者梦幻的内容。马拉美的身体风景打开了一个

① Georges Rall：“Ombres Chinoises：Narcisse”，*La Nouvelle Rive gauche*，No. 52，1883，p. 3.

超越性的世界，在这一点上，马拉美和波德莱尔是一致的。拉尔的自恋者，是只为观察身体的观察者。严格来看，拉尔笔下的美男子并不是颓废主义的闲逛者，不是波希米亚人，他是自我主义与发达资本主义文化结合产生的新人，他是自恋的时尚者。在作品的中部，还有美男人自我观察的描写：

> 他不能自已地被镜子吸引，这些镜子装饰了库房的橱窗，不关心精巧而绚丽的陈列品，他停下一根轻盈的食指，观察着，掠过上嘴唇，或者搁在眉毛上——相信在他雪白的皮肤上觉察到异常的微粒——他充满爱意地抚摸剃刀和脂粉弄青了的下巴。他用指尖托了一下帽子，他动作轻柔地擦了擦乌黑的头发，理了理它们，恢复原位，压紧一下。然后，披着这一头波浪，他瞟一眼他整个人，然后似乎不满意地移开目光，以便重新开始。

这是一位用身体代替幻觉的德塞森特。于斯曼不会对引文中的写法感到陌生。美男人是维护应有的自我的人，这个自我只要出现一点异常，就会引起他的不快和紧张。自我的不同状态，就是他的战争。最后，因为身上起了一个疹子，美男子忧惧而死。当然，这是一个讽刺性的结局。

总之，在象征主义时期，身体成为许多象征主义者的风景。身体一方面与欲望结合，另一方面通向幻境，除了拉尔作品中的例外，身体基本上是作为主观精神的空间而具有风景的价值的。就像已经说过的那样，这种主观精神的空间，是向内观察，而不是向外观察的产物。

第四节 病 态

和身体风景密切相关的是病态幻觉的风景。病态幻觉离不开身体，其实也是身体风景的一部分，只是在象征主义时期，疾病成为独特的身体风景，有单独调查的必要性，所以这里辟出新的一节。法国学者普瓦扎指出“象征主义概括了我们这精致和病态的一代”①，这里的“病态”，就涉及病态身体。可以这样判断，象征主义者眼中的身体，往往是不正常、不健康的。在对身体的观察上，象征主义者几乎和自然主义者完全一样，左拉在《戴蕾斯·拉甘》中，曾记载了人们对他小说的看法：“当我听到有人拿我的作品，比作烂泥塘、污血池、阴沟、垃圾堆，以及我不知道的其他什么脏东西时，我确实大吃一惊！”这些形容词和名词同样可以用在象征主义的疾病风景上。

一、自然主义的身体观

在颓废文学发展的同一时期，自然主义也在发展。通过对《黑猫》《新左岸》杂志的分析，可以发现，颓废主义、象征主义和自然主义实际上是在同一个母体内孕育的，它们就像有着相同根系的大树，但在地面上的部分，却长出三个有不同分枝的树干。尤其是自然主义和象征主义，不少文学史认为它们是相对立的。比较文学学者韦勒克就曾指出象征主义是对自然主义的反动。② 笔者曾在《论法国自然主义与象征主义文学的共通

---

① Alfred Poizat：*Le Symbolisme：de Baudelaire à Claudel*，La Renaisance du livre，1919，p. 5.

② René Wellek：“What Is Symbolism?”，in Anna Balakian. Ed.，*The Symbolist Movement in the Literature of European Languages*，Akadémiai Kiadó，1984，p. 23.

性》中指出，象征主义可以视为升级版的自然主义，两个流派在美学的共通、流派成员的合作上，呈现了“始料未及的热闹景象”①。具体到疾病上，象征主义和自然主义都将疾病作为重要的风景进行观察，并给予细致的描写。

《戴蕾斯·拉甘》是对疾病的一次重要探索。女主人公戴蕾斯嫁给了体弱多病的卡米耶，忍受着心理与肉体上的寂寞。但是这部作品真正要分析的疾病却不在身体上，而在心理上。戴蕾斯很快与年轻男子洛朗偷情，并决定谋杀自己的丈夫。卡米耶被丢到湖中淹死，洛朗和戴蕾斯虽然结婚了，但是因为经常疑神疑鬼、良心不安，出现了心理紊乱，甚至精神崩溃的症状。最后两人服毒而死，而毒药实际上可以看作他们内心严重疾病的象征。在作品的序言中，左拉明白地指出他要探讨的正是包括病态心理在内的身体和精神现象：“他们绝对地被自己的神经质和血质支配着，完全没有自由意志。他们生活中的每一行为，都由其肉体的宿命性所牵引。戴蕾斯和洛朗仅是人形畜生而已。我设法在这些畜生体内，步步深入地探求激情作用的奥秘、动物本能的推动力量，以及神经发作后突如其来的精神错乱和失常。”②

左拉的小说展现的是病理学的发展过程，他的小说中每个人都是可怜的病人，他们可能有过奋斗的人生，但是很快就沉沦于享乐，并开始了欲望的冒险。在陷入糟糕困境之后，他们神经质的疾病，或者家族遗传的疾病开始控制他们。每个人物似乎都能迎来他的悲剧，但是左拉的小说真正关注的好像并不是悲剧命运，而是那种病理的前因后果。左拉当然是个文学家，但他表现为医学家、精神病学家。他放弃了传统小说情节的虚构，放弃了历史或者政治主题的发展，他想做的事情就是在一个真实的

---

① 李国辉：《论法国自然主义与象征主义文学的共通性》，《台州学院学报》2021 年第 5 期，第 55—61 页。

② 埃米尔·左拉：《戴蕾斯·拉甘》，毕修勺译，上海三联书店 2014 年版，第 2 页。

环境中看他的实验对象如何活动,他分析他笔下人物的心理机制,就好像一个生物实验员观察培养液中细菌的生长机制一样。

比左拉年长的福楼拜,也是一个病理学家。在《包法利夫人》中,福楼拜已经在解剖一个外省女人的欲望,他观察她生存的动力,观察她崩溃的过程。虽然包法利先生很晚才明白爱玛的心病,但是这部作品的作者却一直进入爱玛心灵的最深处,看到各种冲动的斗争。《包法利夫人》并不符合亚里士多德《诗学》的标准,这不是情节的小说,而是病理的小说。作品展现的正是那无法逃避的心理疾病。当这种病最终爆发时,爱玛的悲剧就像一朵"恶之花"一样盛开了。福楼拜的另一部小说《圣安东尼受诱惑》,对心理疾病的探索更复杂、更丰富了。圣安东尼住在泰巴依德境内的一座山顶上,他拒绝食欲和性欲,却在梦幻的状态中看到精美的食物和向他求爱的示巴女王,随后他看到人类历史上几乎所有的圣人、宗教家,他们对圣安东尼现身说法。幻觉、梦境、现实在一种自虐的病态心理中交织在一起。

二、波德莱尔的病态幻觉风景

波德莱尔不但是身体风景的观察者,而且是疾病风景的创造者。在他那里,与在自然主义作家那里相比,疾病的作用是不同的。自然主义作家喜欢观察疾病的病理,并用它来代替情节的发展。他们观察的对象是疾病,但疾病还未成为风景。疾病如果想成为风景,就不能完全是客观的疾病,而应该与主观的精神相融合。就像城市风景一样,疾病风景需要成为一种主观精神的空间,它要能容纳观察者的情感与幻想。波德莱尔是第一位让疾病成为风景的象征主义者。

波德莱尔的疾病首先是身体上的原因。他像福楼拜、魏尔伦、莫泊桑一样,患过 19 世纪流行的同一种疾病。他在自己的日记中记载过自己服药治病的事情,有些时候,他对自己的疾病不以为然。1853 年 7 月,他在日记中写道："健康的问题——我非常清楚——服几次麻醉品或者泡几次蒸汽浴就会好转。"①但他的疾病没有轻易放过他，1867 年他就因病去世了。因为知道自己的健康出现了问题，他的《恶之花》中的有些诗涉及他的病患。在《血泉》一诗中，人们读到了这种令人不安的诗句：

> 我有时觉得我的血液在大量外流，
> 像一股泉水不停哭泣还带着节奏。
> 我清楚听到往前流时长长的低语，
> 浑身摸一摸无论如何找不到伤口。

这并不是对疾病的实写，而是写一种错觉。诗中传达的其实是对身患重病的恐惧，它也有可能来自无意识的担忧，也有可能来自噩梦。真正来自身体病患的感觉，也出现在诗集中。这就是《深渊》一诗。伴随着精神上"撇之不去的眩晕"，诗人感觉身体中出现了一个深渊，而且身体感到有"恐惧的风在打转"。在日记《裸露的心》中，诗人记载了这个事实：在身体和精神上，他一直感到有某种深渊存在着。

这些真正的疾病，只是构成波德莱尔疾病风景的最基本条件，并没有构成风景。疾病风景主要存在于他的幻觉写作中。诗人和戈蒂耶、巴尔扎克等人参加过一个名叫"印度大麻俱乐部"的活动，因为服用鸦片止痛，所以波德莱尔对麻醉品比较熟悉。他将麻醉品带来的病态体验，写到了《人工天堂》和《论酒与印度大麻》里。如果说《恶之花》第一次在法国现代诗歌中描写了城市风景，那么《人工天堂》就第一次在法国现代散文中描写了幻觉风景。波德莱尔知道印度大麻将会带来奇异的幻觉，为此他建

① Charles Baudelaire: *Œuvres Complètes*, *tome 1*, Le Club français du livre, 1966, p. 676.

议尝试它的人准备一个“好风景”。这是因为现有的风景将会诗性化。而最初的感觉是这样的：“魔力已经侵入你身体中，你所有的反抗都只会加速邪恶的扩张。”随后，人们的概念将会变得模糊，理性被破坏了。到达第二个阶段时，诗人看到了这样的风景：

> 眼睛看到了无限。耳朵在最大的喧嚣中感觉捕捉到近乎无法察觉的声音。幻觉这时开始了。外在的事物缓慢地、依次地呈现出奇异的样子；它们扭曲，变形。接着观念模糊、出现错误、颠倒。声音有了色彩，色彩包含了音乐。①

这里明显写到了“新的空间”，一种不同于正常方位的空间。事物扭曲了，不再是现实中原有的三维的形态，而是具有了“奇异的样子”。而且，物质的东西与精神的东西开始结合，它们“扭曲，变形”。同时，通感出现了。兰波大费周章得到的通感，在波德莱尔那里似乎轻易就实现了。

在这个过程中，人还能具有观察自我的能力，虽然自我已经不再是原本的自我，而变成了一个客体，就像外在的一棵树一样。诗人活在了风景中，他自身就是风景。需要注意，波德莱尔的感应的诗学，与身体的病态体验联系非常紧密。这种病态体验和想象力一起，成为波德莱尔窥视超越世界的窗口。就病态体验来看，它似乎更有效，更能带来超越世界的直观感受。因而疾病风景并不只是观察自我精神的一种风景，它还是波德莱尔进入感应世界的入口。诗人本人曾将印度大麻带来的病态感受与宗教体验结合起来：“这是一种平静的、安宁的极乐。所有的哲学难题都得到了解决。所有神学家极力解决的棘手问题，所有让理性人士绝望的棘

---

① Charles Baudelaire: *Œuvres Complètes*, *tome 3*, Le Club français du livre, 1966, p. 151.

手问题，都变得清晰、明白。所有的对立都变成统一。”①波德莱尔有可能夸大了麻醉品的幻觉效果，在这方面，批评家加朗希望将它的价值降低，因为“它带来的天堂只是一种骗人的假象”②。但就波德莱尔本人而言，他获得了一种可以直接观察的感应的体验，这为他探索现象和精神中存在的隐秘联系提供了素材。

麻醉品的病态幻觉，带来的是一种奇怪的经验，这种经验满足了波德莱尔对“幻想的风景”的想象。在讨论波德莱尔的异域风景时，我们已经看到了“幻想的风景”与梦幻的关系。但是这种关系还缺乏感受的基础。病态体验就是这种基础，它给一切幻想的风景提供幻觉的依据，充实后者，让后者变得真实。诗人对“幻想的风景”的解释，其实明显有病态幻觉的元素：“这是进入风景中的绘画的想象力：传奇的花园、广阔的地平线、比大自然中的河流更为清澈的河流，它违背地形学的法则而流淌，具有理想比例的峭壁、梦幻一样浮动的轻雾。”③这里峭壁的“比例”，“梦幻一样浮动”的雾气，都可以在《人工天堂》中找到类似的记录。

病态幻觉与自然的感觉存在巨大差异，这加重了波德莱尔对现实的厌恶。现实场景无法进入他的风景中，它们只是那个风景之外的多余物，就像风景画的画框之外多余的墙壁一样。如果说疾病风景是奇异的、可贵的，那么现实就是平庸的、丑陋的。疾病风景一旦产生，“幻想的风景”与灰暗的现实之间的二元对立关系就形成了。《双重的房间》的第一部分，记载的就是“幻想的风景”，那是麻醉品的世界，一切都是神秘的、寂静的、芳香的，诗人在他理想的形象中陶醉，时间已经不复存在。但是他的

---

① Charles Baudelaire：*Œuvres Complètes*，*tome 1*，Le Club français du livre，1966，p. 501.

② René Galand：*Baudelaire poétiques et poésie*，Éditions A. G. Nizet，1969，p. 70.

③ Charles Baudelaire：*Œuvres Complètes*，*tome 1*，Le Club français du livre，1966，p. 343.

房门响起了敲打的声音，一名执达吏或者送信员打破了一切，他又回到现实，这时的现实已经在风景的对照下显得令人不堪忍受："丑陋啊！我记起来了！我记起来了！是的，这间陋室，这烦恼无尽的住所，确实是我的。这里有愚蠢的、破烂的、积满灰尘的家具；壁炉没有火，没有火炭，满是唾沫；阴郁的窗户。"[1]在《恶之花》中，《巴黎的幻梦》一诗重复了《双重的房间》的主题，当梦幻被现实事件打破时，时间又回归了，时间似乎成为一个粗暴的、不通人性的暴君，他重新控制人的思想，用一切责任、义务来鞭打人，就像鞭打一名苦役犯一样。现在，天空是"阴暗"的，不再是"幻想的风景"中应有的清澈、光明，而身边是"阴郁而麻木的人间"，似乎让人无法找到一点安慰。

唯美主义作家戈蒂耶在给《恶之花》作的序言中，注意到了波德莱尔病态幻觉的重要性。正是他将这种幻觉称为"感应的天赋"，而且认为波德莱尔像宗教界的"通灵人"一样，看到了事物隐秘的类比。从戈蒂耶开始，波德莱尔就成为一名通灵人，一位在疾病中看到更加真实的风景的人。这让年轻的象征主义者非常兴奋，很多人也想追随波德莱尔，进入那不可思议的风景之中。兰波这位众所周知的通灵人，他一方面向先行者波德莱尔致敬，另一方面提出了自己的通灵人诗学。和第一位通灵人一样，兰波也想获得"感应的天赋"，而这需要利用疾病。兰波没有疾病，就人为地制造疾病。

三、兰波的病态幻觉风景

兰波也向往表现疾病风景，但他对疾病的态度似乎更应得到重视。他在巴黎文学圈开始生活的时候，作为一个 17 岁的少年，身体健康，并无

---

① Charles Baudelaire: *Œuvres Complètes*, *tome 3*, Le Club français du livre, 1966, p. 16.

严重疾病，但他早就在给老师的书信中表达了要成为通灵人的志向，他是如何走到这一步的？疾病对他意味着什么？

兰波有着不安分的、冲动的精神，在与魏尔伦一起流浪之前，他曾多次离家出走，他的目标是巴黎。因为逃火车票，他还被警察关进过监狱。在写于 1870 年的诗作《感受》中，诗人说过这样的话："我走得很远，很远，像一个流浪汉。"这可以看作他人生的座右铭。虽然身在故乡夏勒维尔，但是兰波早就敏锐地感受到了巴黎传来的颓废气息，他想像他曾读过的诗歌的作者波德莱尔一样，开始精神的冒险。对精神冒险的渴望，对无政府主义的热衷，让这个少年几乎无视一切权威和道德。他是法国第一位超人式的诗人。尼采的《查拉图斯特拉如是说》还没有出版，兰波就已经从行动上宣告了超人的诞生。据斯坦梅茨的《兰波传》，在 1871 年 5 月，兰波曾搭车前往巴黎保卫新生的公社，他成为公社的自由射手，并在之后的很长一段时间中，将公社的反叛精神当作信仰。

这是一位相信力量的诗人，但疾病会让人虚弱，这里存在着矛盾。兰波如何让他身上的赫拉克勒斯与波德莱尔所说的"恐惧的风"结合起来的？答案在于幻觉。在诗中，兰波认为有力量的语言，应该来自幻觉的语言，而非习惯的、平常的语言。他在《地狱一季》中尝试提出新的语言观，并且表明"我用词语的幻觉解释我具有魔力的诡辩"。在兰波那里，政治革命的力量与诗歌语言的力量是分开的。政治革命针对的是残暴的资产阶级政府，在当时是梯也尔临时组建的国防政府。强健的身体、斗争的勇气是难能可贵的。可是在诗歌中，为了带来未知的语言和感觉，就必须借助于幻觉，具体来说就是病态的幻觉。波德莱尔已经给他做好了示范。虽然他与巴纳斯派诗人，例如邦维尔，有过通信，但是巴纳斯派诗人向往的大理石女神像，并不是兰波的女神，他的女神是莫雷亚斯所说的"吗啡女神”①，他要人为地让自己陷入神经症的状态中。

兰波对波德莱尔所写的《人工天堂》应该是熟悉的，德拉艾在《亲友对兰波的回忆》一书中曾记录了一个事迹：一天，德拉艾去见兰波，发现兰波躺在软垫长椅上，后者对来访者说他服用了大麻。兰波重视这种方法，他的通灵人书信中也提到用麻醉品：“他寻找他自己，他在自己身上用掉所有的毒药，仅仅是为了留住它们的精华。无法言喻的折磨，那里他需要所有的诺言，所有超人的力量，那里，他成为人们中严重的病人、严重的罪犯——以及伟大的学问家！因为他达到了未知！”②引文中的“毒药”一语，所指的对象就包含麻醉品，当然也可以指其他的东西，例如酒。一切让人失去理性，进入异常感受的事物，对他来说似乎都是有益的。最终，诗人将会变成“严重的病人”。疾病和健康在引文中出现了新的意义。病人成为一种理想的状态，而健康则是出发点。反过来说，疾病对于获得未知的幻觉来说是“正常的”。这种对未知的寻求，实际上是自浪漫主义以来现代文学的倾向，在象征主义中尤其显著。古典主义不但不求新，反而以贵古学古为原则。求新在几千年的文学史上只是新近才出现的，资本主义商业文化应是求新立异的根源。在一个商业的时代，文学家丧失了他广大的读者群，越来越成为一个小圈子中的人物。而越是缺乏关注，文学家就越需要表明自己的独特性，从而在一个小圈子中赢得声望。早在象征主义时期，诗人阿雷纳就曾敏锐地发现：“出于对新奇的渴望，出于对平庸和习惯的反感，人们低着头急于向古怪的事物奔去。”③对兰波来说，利用疾病带来的新奇体验，是他在颓废文学圈子（当时还没有象征主义运动）获得地位的保证。

---

① Jean Moréas：“Les Décadents”，*Le XIXe Siècle*，4965（1885），p. 3. 中译本参见《19世纪西方文学思潮研究·第五卷·象征主义》一书的附录。

② Arthur Rimbaud：*Œuvres complètes*，Gallimard，1972，p. 251.

③ Paul Arène：“Les Decadents”，*Gil Blas*，No. 7，1885，p. 2.

印度大麻激发的诗，在《彩图集》中是存在的，这就是《沉醉的上午》。笔者曾在《印度大麻与象征主义的通灵人诗学》一文中，利用《马可波罗行纪》以及戈蒂耶的文章，证明这里的沉醉并不是酒醉，它与麻醉品有关。诗的倒数第二段还出现了这样的文字：

> 沉醉中短短的守夜，啊神圣！即使这只是为了你赐予我们的面具。我们肯定你，方法！我们不会忘记，昨天你让我们的每一个年代都更美。我们相信毒药。我们知道把每一天都献给我们的整个生命。①

这里所说的"我们相信毒药"，也表明了兰波在利用麻醉品带来病态幻觉体验。他认为这是重要的方法，并"肯定"了这种方法。这是一种异常的、带有自虐式的方法。像波德莱尔一样，兰波认为它可以实现"超人的诺言"，也就是扩大人的感受力，给人带来"创造的肉体和心灵"。诗中出现了这样的感叹词："暴力啊！"它将兰波病态体验的实质说了出来，这是对自己正常感受的暴力，是对正常自我的暴力。它就像尼采在《查拉图斯特拉如是说》中所说的那样，破坏一个旧的自我，产生一个新的自我。

相信自己已成为超人，拥有新奇的感受力，这决定了兰波病态幻觉风景的基本特征。波德莱尔也创造了病态幻觉风景，但是面对这个风景，他是寂静的，他的人格往往是解体的，他的风景往往是阴柔的，里面透出一位理想女性的目光。兰波的风景则是躁动不安的，他的自我进入风景后，似乎成为一个神，他的人格不但没有解体，反而往往给人更坚固的印象。而且那种风景中扭动着胳膊的，是一位破坏的大力神。在《写给一种理性》一诗中，兰波用"理性"来称呼他心中的那位创造与破坏兼具的大神，

① Arthur Rimbaud：*Œuvres Complètes*，Gallimard，1972，pp. 130-131.

“你的一步，是新人的站立，和他们的前进”。这种理性就像造人的普罗米修斯一样，创造了新的秩序。它能赋予世人新的生活，新的爱情。《神秘》一诗，呈现了破坏性的风景，“山梁上的沃土被屠杀和战争所践踏。悲惨的声音划出一道曲线”①。诗中呈现的场景不太容易理解，它可能写的是某个季节的风景，土地因为耕种或者植物的变色而有了变化。诗人想到的是一场看不见的战争。甚至破坏者就是他本人，是诗人自己面对着场景而想象出一场屠杀。在兰波的名诗《黎明》中，虽然诗中的“孩子”面对的是一位头发散乱的女神，而且似乎诗中没有多少破坏性，与《神秘》相比，算是例外，但是可以发现，宫殿、小路、杉树、大城市，并不是“孩子”走过的“地方”，它们是为这个孩子营设的，似乎是为这个孩子而存在的。如果这个宫殿里有一位帝王，那么这个帝王就是孩子，他主宰一切。《黎明》让人们看到了一位自我意识已经神化的诗人。

兰波的《海景》是一首自由诗，它在自由诗中占有重要地位，为文学史家所推崇。但这首诗可以看作兰波幻觉风景的代表作。这首诗写的是日升或者日落的场景，具体的时间从诗作中看不出来。太阳的光芒照射在有森林、海岸的地方，带来了各种各样的色彩。这是自然的场景，但经过兰波病态的视野，一个神秘的战争场面出现了：

银的战车和铜的战车
铁的船头和银的船头
摧毁着泡沫，
掀起荆棘的根茎。

① 这里采用王以培的译本，参见兰波：《兰波作品全集》，王以培译，作家出版社2011年版，第238页。

似乎看不见的各种神灵，正在进行血腥的较量。而这一切都被唯一的在场者看到了。诗人虽然是唯一的观察者，但他的作用还不止于此。诗的第六行出现了“落潮时巨大的车辙”，如果有一架巨大的车，那么谁是驾车的人？谁在控制那架看不见的神秘的战车？诗中没有说出的话，是诗人已经感到自己具有驾车人的地位，也就是具有神的地位。看不见的神灵的战争，原本就是诗人自己主导的，他带来一切，决定一切。在《海景》一诗的幻觉风景中，真正的神是诗人自己。在《彩图集》的压卷之作《神灵》中，人们读到了这样的诗句：“他的肉体！梦想的解放，恩泽的破碎，又夹有新的暴力。”这就是病态幻觉风景的主人公。兰波一旦看到了他想看的风景，他就把自己虚构进一个神话中。

四、雷泰和多奈的病态幻觉风景

虽然之前的内容多次提到过雷泰，但是这位象征主义者在国内的研究中仍旧是一个陌生人，实际上他在象征主义思潮中扮演过重要角色。[①]雷泰是象征主义主阵地《风行》杂志新系列的编辑，也是 19 世纪 90 年代象征主义的代表人物。他于 1863 年在巴黎出生，因为家庭变故，主要在比利时度过少年时光，1880 年才跟着他母亲返回巴黎。他在巴黎没待多久，就与母亲一起去了布鲁塞尔，并开始了学徒生涯。但 1881 年他在法国入伍，1886 年退役后又来到巴黎生活。这时象征主义文学运动刚刚发起，涉足文学的雷泰发现了象征主义的价值，他在一篇文章中说过这样的话：“我们永远从事心灵的文学。这种文学指的是：把自我当作一个小宇宙，它反映了构成可感世界的一切表象，与这些表象相对立，我们选择了这些在我们看来容易指示、象征我们梦幻的某一部分的表象。”[②]这种观

① 关于雷泰的思想和文学地位的更具体的材料，可以参考拙作《〈风行〉杂志与象征主义自由诗》一书。

② Adolphe Retté：“Chroniques：les poésies”，*L'Ermitage*，No. 5，1892，p. 409.

点是唯心主义的，也与马拉美的诗学接近。实际上，雷泰参加过马拉美家中的晚会，受到过后者的影响。

军队的生活把雷泰与颓废的巴黎隔开，但在巴黎定居后，雷泰很快就像波德莱尔一样，受制于“魔鬼摆弄我们的线”。他虽然年轻，但也开始像之前的“通灵人”前辈们一样，通过服用印度大麻，来获得病态幻觉体验。1890 年他在《瓦隆》杂志上发表了一系列作品，其中的《雾中的图勒》《黄昏》和《梦游者》，就是他自己的《人工天堂》。在作品的页下注释中，雷泰清楚地指出这三篇作品是“印度大麻提供的主题的变奏”①。证据非常清楚，雷泰也想借助这个臭名昭著的手段，来寻找他梦幻的象征。

雷泰像波德莱尔一样，发现印度大麻可以“放大人格”，在它的病态刺激下，诗人就好像有了一把巨大的放大镜，可以观察到自己平常看不到的景象。因为感官有了更加敏锐的感受力，因为幻觉出现，所以诗人首先发现空间出现了变形：“这是一个发光的、罪恶的王国，那里，梦幻全部的花朵都在发散它们最黑暗的气味；这是寂静的国度，这是装饰着朦胧仙境的暮色与远景的戏剧。”②这里一种不同于现实场景的风景出现了，它有了光亮，有了气味，而且一切形象都容易与主观精神建立联系。诗人似乎具有了洞察世间万物感应的能力，就词语来说，平常使用的词语，现在处于“出人意料的关系”之中，各种思想和它牵起了手，并很快形成了一个象征的体系，一种哲学体系。词语似乎具有了某种独立性，在自主地完成诗人原本认为难以完成的象征化的任务。

如果诗人正好在药效到来的时候，阅读、欣赏诗作，那么他会读出平常难以把握的思想，看到平常无法想象的风景。拿波德莱尔的《冥想》一诗为例，诗中有一行是这样的：

---

① Adolphe Retté：“Thulé-des-brumes”，*La Wallonie*，No. 8，1890，p. 262.

② Adolphe Retté：“Du Haschich”，*La Wallonie*，No. 8，1890，p. 283.

桥洞下面睡着垂死的太阳

对正常人来说，这句诗似乎平平常常，没有什么奇异的地方，它只是写出了一种忧郁、落寞的心情。一个桥洞，一个快落下的夕阳，可能读者脑海中出现了两种不同的颜色，但除此之外，很难想到什么幻景。雷泰记录了他读这首诗的感受：

在一个巨大的、黄色的沙地平原，一只巨大的孔雀展开它的尾巴——一只辽阔的、占满天空的尾巴。这只尾巴的所有眼睛都是宝石，它们射出绿的、金的、粉红的火焰，以及无数的火星子……突然，孔雀收起了它的尾巴；它落在地面上。[①]

这种感受，明显与原诗描写的场景有很大的距离，它更多来自一些无关的遐想。但是，这些遐想对雷泰来说，并不是偶然的、随意进行的，是印度大麻直接激发他看到了这些形象，它们对诗人来说是真实的、可信的。诗人描写的风景，具有力量，是动态的。夕阳和它巨大的霞光，像一只有生命的孔雀，天空中布满各种发光的宝石，这是它巨大尾巴上的眼睛。这种场景就是客观形象与幻觉结合之后出现的风景，即一个主观精神可以出入的空间。

《雾中的图勒》这首散文诗描写的是对远方的幻想。图勒就是欧洲人想象中的极北之地，在诗中具有了理想的色彩。就像《出游的邀约》一诗虚构了一个“绝妙的国度”一样，雷泰重造了波德莱尔的主题，甚至还模仿了《头发里的半个地球》的写法：“今夜很安静！我沉没在你头发带环纹的

① Adolphe Retté: “Du Haschich”, *La Wallonie*, No. 8, 1890, pp. 285-286.

叶丛中，因为你的嘴唇和倦意而微微陶醉，我听到潮湿的影子在我们身边流动，它闻起来有丁香和鸢尾花的香味。”①诗人眼前浮现的不再是波德莱尔看到的船和港口，他看到的是像心脏一样跳动的座钟、飘忽不定的火焰，这些都还是房间中原有的东西。但是，幻觉已经开始了，座钟好像器官一样活了起来。烛台的火焰变得古怪迷离，它在挂毯上，在房间中的“她”的眼睛里游来游去。幻觉终于生成了新的风景：“房间慢慢沉没了，动作轻缓；突然，一种深邃的紫色铺展开了，宝石点缀在它上面，这些宝石来自芳香的多枝烛台，它不再下降，以便照亮脆弱的钟乳石的结晶体。”②房间消失了，诗人所处的空间，好像变成了极北之地的某个珠光宝气的地方，巨大的“紫色”笼罩着这个地方。这种颜色非常奇特，马拉美在陷入精神恍惚状态时，曾看到“永恒的青天”。两种颜色，一个是暖色调，一个是冷色调。再接着，诗人发现，时间消失了，每一秒好像都是永恒。然后美丽的仙子出现，她在层层叠叠的宫殿的大门前等着诗人。最后极北之地终于确定下来，这是北方大海尽头的一座岛屿，除了诗人和“她”，没有人知道这个地方。而诗人是国王，“她”则是王后。“她”唱着歌，取悦这位国王。他们在金雀花的波浪中闲逛。

就像波德莱尔的《巴黎的幻梦》中，一切奇异的幻觉都要结束，最终迎来“阴郁而麻木的人间”一样，《雾中的图勒》中病态幻觉结束后，诗人意识到他置身其中的其实是可怕的现实：他待在他的房间里，身边是惨白的床单，以及“她”入睡的脸，对面则是挂毯，一切都似乎平平淡淡，了无生气。诗人意识到印度大麻的欺骗性，认为它是“理智的坟墓”。印度大麻给了诗人所有的承诺，并让他一度相信承诺兑现了，仙境是真实的，但是最终诗人失望地回到现实中。风景永远只是刹那间的观望，是为了精神片刻

① Adolphe Retté: “Thulé-des-brumes”, *La Wallonie*, No. 8, 1890, p. 262.

② Adolphe Retté: “Thulé-des-brumes”, *La Wallonie*, No. 8, 1890, p. 263.

的愉悦。风景永远在现实之上，并产生于诗人仰望的姿态。

病态风景，虽然在印度大麻这里非常显著，但又不限于此。19 世纪中叶以来，巴黎公社的失败，以及法兰西第三共和国的政治混乱，给人心带来了异常的影响。厌水者俱乐部曾经创作过一首歌《给格雷维的歌》，这首歌明显表明了年轻的颓废主义者、象征主义者眼中政治生活的无耻和荒唐，歌词是这样的：

法国的宝座上，多少人作威作福，
帝国的皇帝，以及元帅、国王，
所有这些人都掏空了我们的国库，
法国人，别再错下去，别再这样！
格雷维让我们的心重新看到希望；
他一门心思在台球上，球技漂亮。
治理法国，他只需要这种伎俩：
这个游戏可不会浪费几十亿法郎。

政治的腐败，再加上经济萧条、社会因为布朗热运动而产生的对立，造成了 19 世纪末道德和心理上的病态，这是更为普遍的问题。在这种背景下看多奈的《别的地方》中的病态风景，可能会对病态风景的社会根源有新的认识。

《别的地方》中的阿道夫由于教育，以及政治环境的原因，出现了严重的忧郁，这在之前的章节中有过简略介绍。阿道夫所处的时代，也是爱情观扭曲的时代。在作品的第十二场，病态的爱神爱洛斯并不是带来旺盛的生命力的神灵，而是带来不育、欺骗的神灵，结果，像阿道夫这样的人原本深情地想寻找一位女人，可是他碰到了同性恋者。随后作品展现了病态爱情的风景。第十四场描写的是双性人，双性人的打扮是这样的：“帽子小，衣领也小，领带是英国式的，衬衫是男式的，礼服是女式的，她的紧身连衣裙撑出雨伞的样子。”①双性人接连向狄安娜和埃及女王表白，但最后一头发怒的神牛出现，双性人落败而逃。这里双性人的场景其实是用来讽刺社会中扭曲的性取向的。在第十五场“黑弥撒”中，多奈呈现了乱伦、通奸等恶风俗的场景。在一个阴森的神庙下，泰尔米努斯看到一些亵渎的人，他们内心充满欲望，专吃带有肮脏的血的圣体饼。当然，这一切都是象征，多奈用它们呈现了这样的风景：“那里，蓬头散发的女人，醉醺醺的男人们躁动不安，你找我，我找你，形成了粗野的小社会：这些是恶魔信徒，有可怕的淫魔附体。”②这种风景并不是理想的、主观精神的空间，相反，它是丑陋的，是对现实的一种变形。它用的是巴尔扎克《人间喜剧》中“场景”的含义。但如果把风景的定义扩大一下，让它成为主观变形的场景的意义，那么这里所描写的，同样是风景，是诗人利用现实生活的细节，重新组织起来的欲望的风景。

除了爱情的病态外，《别的地方》还呈现了当时社会中的其他场景。例如交易所，它把阿道夫的钱都骗了去，让他投身社会实际生活的想法成为泡影。军国主义者吹起号角，打起鼓，从阿道夫的窗下走过，他们口头上宣扬“世界性的友爱”，但在巨大的战场上留下了数不尽的尸体、伤员和被开膛破肚的战马。从第十九场后，阿道夫就不再出现了，他没有找到医治病态社会的良药，也就是说他只能是忧郁的。在作品的最后一场，泰尔米努斯不再绝望，他有了信仰，而且这不再是幻想式的信仰，而是在人间的信仰，但是作品并没有交代这个信仰是什么。多奈是想在对病态风景的反思中让人们看到新社会的希望，还是想让第十九场描述的社会主义成为改造社会的工具？作品并没有给出答案。

---

① Maurice Donnay: *Autour du Chat Noir*, Bernard Grasset, 1926, p. 174.

② Maurice Donnay: *Autour du Chat Noir*, Bernard Grasset, 1926, p. 176.

总之,在19世纪末的病态时代,幻觉风景要么成为安慰文学家的麻醉品,要么成为他们讽刺的社会的象征。在这两种情况下,风景都是文学家虚构出来的,主观精神的风景寄寓着他们对现实的不满、厌恶和对无处可以找寻的理想生活的憧憬。

| 第四章 |

象征主义

象征主义，顾名思义，就是以象征为基本工具的美学。"主义"附在"象征"之后，含有创作法的意思。在象征主义时期，确实有人将象征主义看作象征的美学："象征主义是思想和语言的状态，在这种状态中，主义只通过象征来表达。"①虽然语言表达中不可能只利用象征，还要利用语言的各个要素，但这里出现了象征主义的纯度：如果一个诗人利用象征的程度高，那么他的作品就是更高级的象征主义，否则就是低级的象征主义。这种评判，从思潮史的角度看，是错误的，象征主义在不同的诗人那里，其实代表着不同的含义。在拉弗格那里，它是无意识哲学；在古尔蒙那里，它泛化为唯心主义，或者个人主义；在雷泰那里，它变形为无政府主义。这三位象征主义者的判断不同，但是他们手里都抓着象征主义的标签。因而，象征主义在历史中实际表现的是对象征的偏离。象征主义常常成为与象征无关的主义，换句话说，在文学史的一些阶段，象征主义不是象征的主义。象征主义运动好像是一场谋杀，最初进入人眼帘的主宰者象征，最终被碎骨粉尸。而谋杀者们，在毁灭旧观念的同时，又出人意料地

① Saint-Antoine："Qu'est-ce que le symbolisme?"，*L'Ermitage*，Vol. 6，No. 5，1894，p. 332.

延续了象征主义的生命。作为象征的保护者,象征主义是如何允许这场谋杀的?或者说,象征主义有何能力让人们掏空象征,而不致损害自己这个更大的建筑体的?在第四章,我们将思考这些问题。

第一节　无政府主义

无政府主义与象征似乎风马牛不相及,一个涉及政治,另一个属于文学修辞。如果将无政府主义与象征等同起来,并把视野从法国转开,那么这将带来糟糕的后果。中国作家巴金是无政府主义者,但是他与象征或者象征主义没有多大关系。随着九一八事变的爆发,中国的初期象征主义诗人们,例如穆木天、冯乃超,也纷纷加入文艺界的抗敌协会,一点也不像无政府主义者。在英国,拉弗格的传人艾略特是个象征主义者,正是他在 1917 年与庞德策划了对无政府主义的批判运动。如果人们把眼光重新投到 19 世纪后期的象征主义思潮,就会发现在这个特定的时间和地点,无政府主义又和象征主义如此难分难舍。雷泰甚至直接指出,象征主义文艺本质上就是无政府主义的。这告诉人们,从象征到无政府主义,里面存在着悖论式的联系,而这是理解象征主义必须解决的问题。

一、从象征到无政府主义

象征和无政府主义并没有直接的兼容性,但是它们之间可能存在着隐秘的管道。为了了解这一点,可以再把第一章的内容回顾一下。象征涉及忧郁、神秘的心境,这种心境适合用暗示的手法来加以传达,甚至暗示本身和象征可以是一体的,只不过观察的角度不同。显然,这些观点不可能揭示本节所要寻找的“隐秘的管道”。在之前已经讨论过的象征的概念之外,一定还存在着被忽略的某些重要特征。

象征是一种非常的言说方式,它要用形象呈现神秘世界的风景。在营造象征的诗人眼中,平常的语言已经丧失了有效性,需要革新。这种革新的主要任务有两种,第一种是重新确立所指。所指不再以现实世界为主,不再是与现实世界相关的政治、经济、道德等问题。拿巴尔扎克的《人间喜剧》来比较,可以更清楚地解释这一点。在《纽沁根银行》中,人们读到的是资本罪恶积累的历史,以及良心的沦丧。拉斯蒂涅成为富翁,但是这其实是一种交易,就好像把左手的东西换成右手的东西:他的诚实、同情心就是他发财的牺牲品。巴尔扎克在作品中描绘的是现实,以及欲望的现实。虽然巴尔扎克厌恶他所描绘的东西,但是他的小说是现实的工笔画,而且它告诉人们现实本身是喜剧性的,拥有那些最惊心动魄的斗争。巴尔扎克在写作的过程中,经常把他的判断和情感放到作品中,也让作品的部分片段有了抒情诗的影子。但是总体来看,巴尔扎克维护了一种古老的诗学:模仿说。他再次肯定了对现实的模仿是优秀作品的可贵品质这一传统理念。

巴尔扎克所要做的工作,正是象征主义者所要远离的东西。这里并非有意重弹自然主义与象征主义对立的老调。实际上,自然主义与象征主义在流派活动以及美学旨趣上存在很多相似性。这里想说明的是,即使两种思潮同样渴望揭示内在心理,但是它们对待模仿说的态度已经有了鲜明的差别。从波德莱尔开始,象征主义者就拒绝模仿说,他们选择用主观变形的方式,把文艺作品的所指确定为主观的梦幻。在这个过程中,现实并不是缺席的,但是它不再是主宰的所指了。现实只是一种激发因素,用来产生那些理想的风景。学者阿巴斯达多在《象征主义的语言》中认为,象征主义不再相信再现的艺术,而是依赖音乐,依赖词语节奏"浪潮般的效果”①。其实,音乐只是梦幻风景的外在形式。象征主义者真正渴望的,是主观的梦幻。

和所指的改变相应的,是第二种革新的任务,即厘清所指与能指的关系。从古典主义到自然主义,这些文学思潮有很多呈现了共同的倾向:因为语言的所指面向现实,与现实、历史、政治有关,所以能指与所指的关系是稳定的。在它们之间,传统已经搭建了可靠的通道,文学家们所要做的就是利用这个通道来建设他们的文学大厦。虽然作家有权力偏离这个通道,但是这往往被认为是一种辅助的手段,并没有真正给这个通道带来挑战。巴尔扎克的“驴皮”就是现实主义小说语言偏离的典型例子。另外,在福楼拜的《圣安东尼受诱惑》中,人们同样能看到一些语言上的新变。当然,完全可以把《圣安东尼受诱惑》与波德莱尔的幻觉风景等量齐观。像波德莱尔、于斯曼、兰波这些人,他们明显感觉到传统的语言已经无法满足他们的使用了。具体来看,旧有的能指和他们渴望的所指是脱节的,关系冷淡的。这就好比一个堵塞的通道。阿巴斯达多提出一种新的看法,现实主义的语言是一种二元的结构,能指与所指基本上是一对一的关系,但是象征主义质疑了这种结构,带来了一对多的关系,即一个能指对应多个所指。这里存在着《文心雕龙·隐秀》中所说的“秘响旁通”,其结果是意义模糊了、多元了,于是一种新的响应关系产生了:“符号是单义的,但是象征是多义的。心灵同时感受到指涉的不同过程——从能指到每个所指——同时,也感受到所指间的呼应。”②这里强调的是所指的多元,不过,通过解读马拉美的诗作,可以发现能指也是多元的。相同的心境,往往可以有多个不同的能指来暗示它,一点一点揭露它。

---

① Claude Abastado: “The Language of Symolsim”, in Ana Balakian, ed., *The Symbolist Movement in the Literature of European Languages*, Akadémiai Kiadó, 1984, pp. 86-88.

② Claude Abastado: “The Language of Symolsim”, in Ana Balakian, ed., *The Symbolist Movement in the Literature of European Languages*, Akadémiai Kiadó, 1984, p. 95.

从这里可以看到象征主义者利用象征的无奈，他们很难利用旧有的语言通道来传达能指与所指的多元关系。这种多元关系本身就是对语言的明确性、指涉性的否定。在极端的情况下，象征主义者不知道自己在说什么，也不在乎读者能否理解。他们的作品可以是没有主题的，可以拒绝意义。象征因而可以看作一种非理性的、反语言的做法。它放弃了传统语言的权威，尽管只要写诗就要利用语言，但是这是一种新探索的语言。语言在象征主义者那里，只要它想具有力量，只要它想完成使命，就必须否定自己。这就是兰波"炼金术"的含义。语言在象征主义者那里，成为反叛者。它们就是从旧有的语言那里来的，但是这些反叛者否定它们的出身，毁坏它们母体的基础。

这些反叛者攻击的并不是只有几年或者几十年历史的规则，而是可能经一个世纪或者多个世纪确立起来的权威标准。波德莱尔几乎是最早让道德和社会价值的所指崩塌的，他让幻觉、病态体验、迷醉的身体成为文学的主人公。同时，他开始破坏语言，"恶之花"在他的诗作中具有了说不清的、既忧郁又迷人的东西。他通过所指的革命，让很多熟悉的词语都变得耀眼起来，"港口""头发""芳香""黄昏"，这些词原本像是写在店铺门上的招牌，似乎并无独特之处，可是现在夜雨、煤气灯完全改变了它们，让它们具有了神秘的气氛。波德莱尔让词语变得光亮起来，但他并没有改变句法。在他之后，破坏的巨人兰波到来了，他毫无顾忌地打碎句法，带来了许多破碎的句子。如果把语言比作一个雕像，波德莱尔偷偷地把雕像上的某些部分换掉了，他把金属的或者玻璃的部件，安在了原来的位置上。兰波没有心疼这个雕像，把它砸碎了，然后拼成自己想要的图形。这种比喻也不是随便说的，巴纳斯派诗人孟戴斯就曾把兰波的诗作形容为"装满玻璃瓶碎片的篮子"。在兰波之后，还有胆大的破坏者到来，他就是迪雅尔丹。迪雅尔丹用威泽瓦的理论武装自己，他带来了内心独白。而内心独白的野心在于破坏语言与理性的关系，让语言像偶然喷发的火山一样，成为心灵的影子。内心独白真正颠覆了古希腊以来的文学语言模式，带来了非理性的结构模式。片段的、毫无关系的无意识心理活动，从此照耀在文学的镁光灯下。批评家雅卢曾指出，这种技巧“想利用简短的、生动的、轻盈的小句关注意志、反思和无意识的持续的作用，这种作用无休无止地编辑、拆解我们心灵深处几乎模糊不清的织布”①。

象征在言说方式上对旧有权威规则的反抗，与无政府主义对旧有政治制度的态度是类似的。无政府主义渴望取消私有制，建立平等、友爱的自治社会。它的矛头对准的是具有数千年传统的特权和剥削制度，这个制度派生的政府、警察、法院、军队等各种权力机构，都在否定之列。在这一点上，无政府主义者格拉夫有过解释：“无政府主义意味着对权威的否定。而权威想在保卫社会制度的需要上使自己的存在合法化，这些社会制度有家庭、宗教、财产等等，权威已经创造了众多的机构，以确保它的运行和认可。”②通过反权威的姿态，原本与无政府主义无关的象征，找到了它的临时伙伴。

二、从无政府主义到象征

无政府主义在 19 世纪的法国非常活跃。这种思想起源很早，柏拉图的《理想国》、莫尔的《乌托邦》都可以看作它早期的思想萌芽。随着启蒙运动的兴起，尤其是卢梭《社会契约论》的出版，一个新的时代出现在一些思想家面前：人类似乎可以利用理性来改造野蛮的社会，建立有良好秩序的国家。其实，对理性的崇拜，早在中世纪就开始了。托马斯·阿奎那的神学就程度相当大地让信仰与理性进行折中，并尽量使信仰不脱离理性。虽然在中世纪，西方文明在经济、军事、文学等方面，似乎远远落后于世界

---

① Edmond Jaloux: “L’Esprit des livres”, *Les Nouvelles littéraires artistiques*, No. 118, 1925, p. 3.

② Jean Grave: *La Société mourante et l’anarchie*, Tresse & Stock, 1893, p. 1.

上某些地区，但是几个世纪后西方崛起的钥匙已经基本被欧洲人找到了。这就是理性。中世纪之后，文艺复兴的时代，理性成为艺术的主要指导工具，而且理性促使神学渐渐成为形而上学，其代表就是迪卡尔的《第一哲学沉思集》和斯宾诺莎的《伦理学》。理性的力量仍然在发展，在 17 世纪后期和 18 世纪，理性终于打开了科学时代的大门，其代表是牛顿万有引力定律的发现。卢梭看到了时代的潮流，这种潮流一旦进入政治、权力领域，就会引发王权和教会的崩溃。他顺势而为，而此时法国大革命的风暴已经在酝酿了。19 世纪上半叶，随着圣西门、傅立叶等人发展卢梭、达朗贝尔的思想，一种超越资本主义的新制度开始被人们想象，这种新制度要比卢梭提出的更为崇高一些。卢梭的《社会契约论》关注的是权力的来源与运作的问题，圣西门预见到不同制度的对抗以及国家的废除。在他们之后到来的无政府主义者，例如巴枯宁、克鲁泡特金，除了继续宣传崇高的社会形态外，也开始寻找打击旧制度的工具。在这种背景下，工人运动、工人革命开始进入历史。当然，这个过程也是马克思、恩格斯的社会主义学说建构的历史。

不能认为无政府主义就是卢梭学说的新发展。实际上卢梭学说在后世至少影响了两种不同的方向。第一种是共和国的民主政体的方向，朱尔·费里的政论文可以视为这种方向的代表。第二种是无政府主义、社会主义学说。这两种学说尽管对最终的社会制度有不同的理解，但都主张通过暴力革命推翻资本主义政府，废除私有制，因而在历史上，它们的成员多有分分合合的情况。

在象征主义者生活的时代，无政府主义崛起的一个历史契机是巴黎公社。巴黎公社是一种带有自治性质的政府组织，它的特征比较复杂，既有共和国政府的印迹，又有无政府主义的性质。历史学家梅里曼曾在对公社的研究中指出：

> 3 月 23 日，第一国际的巴黎分会给了公社强有力的支持。它发表了一份由铜匠阿尔伯特·泰斯执笔的文告，乐观地断言“公社的独立将意味着一份自由商讨的契约，这将杜绝阶级矛盾、实现社会平等”。这也呼应了第二帝国期间普遍提出的要求共和的主张：义务的、自由的世俗教育；集会和结社的权利；市政在军队、警察和公共健康方面的权力。用社会主义印刷工欧仁·瓦尔兰的话说，“政治革命和社会改革是相互联系的，二者彼此不可或缺”。①

引文中“杜绝阶级矛盾”这类表述，明显不同于第三共和国后来的意识形态，但是自由教育以及结社的权利，则是共和派人士费里非常赞同的。

巴黎公社中有不少积极分子，与象征主义者关系密切的是米歇尔(Louise Michel)。米歇尔出生于上马恩省，是一位私生女，她与祖母感情较好，但祖母很早就去世了。后来她得知她的祖父实际上是她的亲生父亲。生活在这种古怪的家庭里，米歇尔的童年是有些创伤心理的。她在无助的状态下，也渴望寻求外在的帮助，这养成了她冲动、大胆的性格。这种性格也在巴黎公社以及随后的政治斗争中表现了出来。她很早就与雨果通信，渴望得到后者的帮助。她会写诗，是受到了雨果的重要影响。1856 年，米歇尔来到巴黎，在一所学校当女学监，巴黎给她展开了一个广阔的世界，她渐渐开始接触女权主义思想，并成为布朗基主义者。年少时左右她命运的家庭生活的压力，现在换成了第二帝国。米歇尔不再默默忍受，她要把命运掌握在自己手中。在巴黎公社期间，她成为活跃分子，

① 约翰·梅里曼：《大屠杀：巴黎公社生与死》，刘怀昭译，中国政法大学出版社 2017 年版，第 40 页。

为第十八区警戒委员会工作。在抵抗梯也尔的政府军期间,人们看到她拿起枪加入战斗。公社被镇压后,米歇尔也被捕了,和她一起被俘的大约有四万名社员。囚犯们被从巴黎押往凡尔赛,女犯们被关进尚捷监狱。在狱中,米歇尔写下了这样的誓言:“只要我还留有一口气,这口气就要献给被打败的革命,我相信,万一革命再次兴起,我会从坟墓中醒来。”①但她渴望的死亡没有到来。1873 年,米歇尔与上百名囚犯被送上船,前往南太平洋的新喀里多尼亚,开始了苦役犯的生活。服刑七年后,1880 年年底,得到特赦的米歇尔成为英雄,回到了巴黎。

米歇尔在服刑之前,主业是教育工作者,但对诗歌和政治活动都比较热衷。放逐生活结束后,她成为专业的政治家,对无政府主义有了真正的理解。1881 年之后,她经常组织示威游行,并在报刊上发表政论文章,具有号召力。因为喜爱写作,她也与文学界有一定的联系。这给了她联合文学家开展无政府主义文学运动的想法。1886 年 10 月和 11 月,米歇尔和颓废主义、象征主义文学家开始会面,这就是米歇尔的无政府主义文学会议。一位无名的记录者曾这样在报刊上写道:“颓废文学,就像人们知道的那样,刚刚吸收了一名新成员:公民路易丝·米歇尔。”②这种会议得到了米歇尔的资助,表面上是讨论当前的文学流派,实际上是鼓励作家在文学战线向资本主义文艺原则发起挑战。参加会议的人员,除了颓废作家迪比、《颓废者》杂志的巴朱,还有马拉美,以及一位短暂的象征主义者吉尔。对于蔑视权威的颓废主义和象征主义,米歇尔正式表达了自己的敬意,并称赞它们为“新流派”。至此,两个单独发展的思潮,第一次交汇,并且形成你中有我,我中有你的态势。象征主义杂志,例如《文学与政治谈话》《法兰西信使》,开始发表无政府主义的文章和诗论,而无政府主义

---

① Louise Michel: *Lettres à Victor Hugo: 1850—1879*, Mercure de France, 2005, p. 59.

② Anonyme: “Louise Michel et les Décadents”, *La Liberté*, No. 20,1886, p. 2.

的期刊，例如《反叛》，也开始给先锋文学家提供园地。这是一种姻亲的关系，连接它们的是相同的反权威的立场。

对米歇尔来说，象征的价值不仅在反权威上，还表现在它的现代性上。象征不是旧时代的语言，而是新时代的语言。米歇尔理解的语言，并不只是文学的语言，它还包括社会的、科学的、政治的等等。这种判断当然不一定正确，没有任何理由表明 19 世纪末期的科学和政治，需要放弃理性的言说方式。但是在米歇尔的观点中，比较重要的是，她发现了当时能指与所指的紧张关系，哪怕这种发现只出现在一些小的领域，例如艺术，也是非常重要的，因为这让她与“语言炼金术”的主张者们建立了更深的共识。米歇尔参加第二次无政府主义会议时，针对象征做了发言，她发言的文稿发表在当年 11 月的《斯卡潘》杂志上。文中说：“我们今天对于科学、艺术，甚至对于一切，开始缺乏词语了，象征于是重新出现了。上千个世纪的秋天一切死掉的树叶下，人们看到来年春天的叶芽在发芽。”① 这里面有一种进化论的思想，新的语言代替旧的，于是象征就有了更大的适应力。其实，无政府主义和象征主义都具有进化论的思想。它们利用这种科学假说来给自己的存在合法性和打击旧权威提供辩护。引文中还有一个吸引人的地方，即一种二元对立的思维。米歇尔不是要求各种语言综合起来，协调起来，产生更多元的选择，她要求进行非此即彼的斗争，象征一定要战胜旧的语言，就像无政府主义一定要消灭资本主义一样。

米歇尔加快了无政府主义与象征主义结合的速度，并促使文学家在 1886 年之后政治化了，于是政治立场也成为文学流派的特征之一，这也正是雷泰将两种思潮等量齐观的原因。这种现象在 1888—1889 年的布朗热运动时期达到了高峰，虽然布朗热运动削弱了无政府主义，同时让民族主义崛起。雷诺在 1920 年的《象征主义论战》一书中回顾文学思潮时，

① Louise Michel: “Le Symbole”, *Le Scapin*, No. 5, 1886, p. 156.

曾强调无政府主义带来的关键作用：因为米歇尔和无政府主义思想的传播，象征主义者们才开始鄙视规则和权威，并极力维护个人主义。

三、象征主义的政治转向

象征主义和无政府主义并不是同性质的思潮，它们属于不同的领域，而且兴起的时间有别，但是它们是有关联的思潮，在1881年之后的巴黎，享有共同的时间和空间，并存在沟通的可能性。它们在政治姿态上都是反权威的，这让它们相互成为盟友。文学上的象征主义者，就是政治上的无政府主义的拥护者。文学史家麦吉尼斯认为，象征主义（颓废主义）是一种面向政治的“对抗式的反应”，象征主义者并非真正躲在理想的幻境中做梦的人，他们要破坏“统治阶级及其意识形态……这伴随着共和国军事上的故作姿态以及破败的权威主义”。[①] 无政府主义的视角让我们重新审视象征主义者，这群异域风景的观察者。这群在远方寻找梦幻的人，他们具有复杂的思想和立场。这里需要解释一下，虽然无政府主义者在新一代的人中更多，他们是卡恩、雷泰、格里凡、塔亚德等人，但是这并不是说，新老文学家出现了政治态度上的分化。马拉美曾沉溺于镜子中的世界，但他在1886年热心与米歇尔见面，并同情无政府主义者。兰波，巴黎公社的自由射手，很早就表示“推翻一切秩序”。在1886年以及之后的几年，象征主义朝着无政府主义的政治转向，可以说具有一定普遍性。

虽然象征主义者与无政府主义者具有相同的反权威立场，但是这里需要解释一下前者的政治转向。作为梦幻的探寻者，象征主义者为何能发生转向？照通常的解释，像波德莱尔、马拉美这类文学家，他们应该是厌恶现实的逃避者，他们的眼睛向内看，外在的商业社会，以及政治斗争，

---

① Patrick McGuinness: *Poetry & Radical Politics in fin de siècle France*, Oxford University Press, 2019, p. 34.

应该早就被挡在外面了，就像德塞森特门窗紧闭的房间隔绝一切外在的世界一样。厌恶政治与热心政治是一对矛盾。如果这种矛盾无法解释，那么象征主义就一定会留有一些无法抵达的领域。这里可以提出一种设想，它可能无法回答一切问题，但是能部分说明象征主义者政治转向的原因。这就是乌托邦的精神。象征主义者经营的梦境，并不是现实，而是个人的乌托邦，同样，无政府主义者带来的新社会的承诺，是集体的乌托邦。集体的乌托邦在某种程度上，可以包括个人的乌托邦，那里有理想的生活，有新的人生，有绝对的、胜过一切的自由；从否定面看，那里没有贫困，没有政治和经济的压迫，没有杀戮。

无政府主义者和象征主义者都有浓郁的乌托邦情结，他们竭力给自己的主义带来超越现实的神话，或者不如说他们都在营造一种梦境。这种梦境在理上已被认为是真实的，尽管在实践中、在事实中，这种梦境是不可能成真的，但是他们都期盼能在那种梦境中生活，这成了他们的信仰，并在信仰中渐渐成为真实。到了这一步，没有人怀疑他们追求的是虚假的东西，而且他们也想说服读者、大众，那种梦境的真实是毋庸置疑的。勒克吕是有影响力的无政府主义者，他曾在《无政府主义》一书中这样描述他珍视的梦境：

> 世界自由的梦想不再是一种哲学和文学的乌托邦，就像对于太阳城或者新耶路撒冷的创建者那样；对于联合起来的人群而言，它变成了实践的、被积极寻求的目的。这些人可坚定地合作，造就这样一个社会：将不再有主人，不再有公共道德的官方卫士，不再有监狱看守和刽子手，不再有贫富，而只有每天都有他们那份面包的兄弟，只有权力平等的人，他们维持着和平，维

持着真诚的团结……①

勒克吕强调新社会并不是“乌托邦”,但是他的这段话恰好带来了乌托邦。通过法国乃至欧美一个世纪后的历史来看,这种新社会仍旧是空中楼阁。监狱仍旧存在,权力没有平等,贫富差距更大了,“兄弟们”并不团结。

象征主义者在思考社会和文学时,同样有乌托邦的情怀。作为文学的表达工具,语言,完整的语言,也就是叙述、描写、说明的文字,都是文学有益的工具。象征的暗示,只是众多表达工具中的一种。需要看到,在象征主义之前很长的历史中,象征就存在了,它并不特殊。公元前10世纪甚至更早的神话、古埃及的《亡灵书》、中世纪的一些赞美诗,它们都不乏象征。象征主义者眼中的象征,明显具有理想化的、非实际的能力。比利时象征主义者维尔哈伦把象征视为“艺术的最高表达”“最具唯灵论的表达”,这是把象征当作一种神力。马拉美也是树立象征崇高地位的关键人物,他将象征与艺术的本质结合起来,认为象征是“唯一可能有的人类的创造”,似乎没有象征的文学在创造性上是无足轻重的。格里凡被马拉美说服了,这位美国裔的象征主义者认为象征就是“创造新的理想的实体”,他还说出了马拉美有所顾忌而未说出的话:象征主义就是诗,诗就是象征主义。

象征主义后期的代表理论家古尔蒙的观点,值得给予更多注意。在他那里,象征主义、唯心主义和无政府主义虽然是用在不同领域的三种思潮,但是同出一源。在讨论唯心主义的时候,古尔蒙指出:“一个个人就是一个世界;一百个个人就是一百个世界,一些人像另一些人一样有合法

① Elisée Reclus: *L'Anarchie*, Temps Nouveaux, 1896, pp. 7-8.

性,因而唯心主义者只承认一种政治类型:无政府。”①这种论述与波德莱尔、兰波等人的有很大不同。兰波走向无政府主义,是因为权威本身应受唾弃,是因为诗人是勇敢的人,他要开创新的秩序。进一步说,让兰波走向无政府主义的外在的原因与内在的原因一样重要。古尔蒙是完全通过内在的原因而提出他的理论的。无政府主义的必要性在于它根本就没有外在的事物,所有外在的东西,都是虚假的,都是自我的表象,因为人与人无法沟通,就像两颗行星无法相遇一样。既然每个人都处于一种孤独的原子状态,那么无政府主义就是天生具有的、无须外求的东西。

古尔蒙的这种唯心主义,当然与叔本华的哲学有些联系,但通过他的诗论可以发现,他受到了康德《纯粹理性批判》的巨大影响。他在《象征主义》一文的注释中,就引用了康德所说的实体要成为“自我内在现象的实体”的话。如果每个个体都是完整的自我,那么世界只是他的表象,他绝对地存在着,自足地存在着。他是自由的,因为没有外在的力量束缚他。相反,所有外在的力量都源于他,受他的作用。这种自我观带来了对自由的绝对渴望,而这正是象征主义一词在他眼中的含义。象征主义在舍弃象征之后,在自由和无政府主义那里找到了某种乌托邦的价值:“艺术是自由的……它自外向内发展,不必担心要和专横的实体分地盘;它在它自己身上发展、盘绕,从从容容地复杂起来,开枝散叶,绽放内在的花朵;它在自我的晦涩中发展壮大,在生命大爆炸的当今,它要急切地抛出它的繁衍物,它们令人惊愕,就好像它们是不正常的、非逻辑的、无法理解的果实。”②古尔蒙的象征主义是完全由内建造的,是一种自由的乌托邦。艺术不仅有自由,还有习惯、规则,语言本身就是约定俗成的规则。自我并不是唯一的中心,自我的意识是由社会塑造的,外在的社会并不是自我的

---

① Rémy de Gourmont: “L'Idéalisme”, *Entretiens politiques & littéraires*, Vol. 25, No. 4,1892, pp. 146-147.

② Remy de Gourmont: *L'Idéalisme*, Mercvre de France, 1893, pp. 33-34.

表象，相反，它决定自我，让人们在社会条件、社会习惯中运用它的意志力。古尔蒙设想的艺术自由王国，从来都没有在哪个时代真正实现。

总之，虽然象征和无政府主义看似是平行的、没有关联的思潮，但是它们内部存在着类似的管道，这些管道明显的是反权威的姿态，隐藏的是乌托邦的社会和个人理想。因为这些管道的存在，两种思潮就有了相互包含、代替的可能性。象征主义者可以通过无政府主义的管道完成文学的某种任务，无政府主义者也可以利用象征主义来完成政治的某种任务。于是这种互利合作产生了新的象征主义，一种可以不依赖象征的象征主义。这就是雷泰、古尔蒙等新一代的象征主义者不是象征的诗人的原因。象征主义的概念扩大了，象征主义可以不是象征的主义，只是自由美学的主义。于是象征主义的包容性形成了。新的象征主义谋杀了象征，但弑君者沿用了原来的国号和制度，在统一与多元的调和中，象征主义完成了自我进化。

第二节　自由诗

自由诗很多时候也被称作“象征主义自由诗”，从这个称呼可以看到它与象征主义的渊源。象征主义退潮后，虽然自由诗仍旧在不少国家继续存在，而且它渐渐成为一种被普遍采用的形式，但是它作为特定思潮的产物，它的定义和特征在今天仍旧受到制约。卡恩曾经把自由诗的创立视为象征主义时期诗歌“进化的关键问题”，而且法国象征主义的对外传播，最显著的成绩可能也在自由诗上。将自由诗还原到象征主义背景中，可以对这种国际性的诗体有更具体入微的理解。

作为一种诗体，自由诗与象征主义表面上看没有关系。象征关注的是表现手法，并涉及某些感受和主题的内容，在作品成形阶段，它似乎主要体现在语言、文学形象上，与采用何种诗体无关。马拉美的《海洛狄亚德》是亚历山大体，波德莱尔的诗作也多用这种古老的形式。但是就像无政府主义一样，自由诗也被容纳在象征主义中，并由此"篡改"了这个思潮的含义，并促使象征主义成为没有象征的主义。其中的原因在经过本章第一节的讨论后，并不难理解。因为自由诗可以凭借它形式无政府主义的身份，通过它反对权威诗体的姿态，建立某种与文学象征相似的通道。麦吉尼斯曾指出："自由诗的捍卫者，比如古斯塔夫·卡恩、爱弥尔·维尔哈伦和弗朗西斯·维勒-格里凡，通过各种有机的、政治的隐喻，将无政府主义、自由主义、普选的思想以及自由诗结合起来。"① 自由诗实际上是无政府主义的私生子，它是政治思想在文学形式上留下的标记。但它往往具有欺骗性，会让人们以为它是一种中性的形式，是纯粹文学内部的问题，与社会历史无关。但当人们检查自由诗的血统时，一切就都清楚了。因此，在正式讨论自由诗的问题之前，这里有必要再强调一下，自由诗并不只是一种诗体，而是具有政治姿态的形式反叛。这种反叛的源头是一个近代发生的事件，它在浪漫主义时期就已经开始，反叛的强烈程度经过累积，最终产生了自由诗。

一、从个性形式到自由诗

浪漫主义文学出现以来，出于个性的需要，诗律就有了一些破格。这种破格在美国诗人斯蒂尔(Timothy Steele)的《格律的丧失》一书中被概括为"有机主义"。为了带来有生命的形式，浪漫主义诗人希望形式突破严格的韵律规则。在美国诗人惠特曼的诗作中，可以看到相当自由的诗行。《草叶集》虽然一般被视为一部散文诗集，它收录的诗歌，多有散文诗

① Patrick McGuinness: *Poetry & Radical Politics in Fin de Siècle France*, Oxford University Press, 2019, p. 259.

的特征，但是诗集中有些诗有摆脱散文诗的倾向，例如《我自己的歌》。但浪漫主义较有个性的形式，与后来的两种诗体——解放诗和自由诗——存在着本质的不同。这种不同最明显地表现在诗行音节的长短上。一般认为，个性形式可以带来诗行音节数量的变化，但是这种变化的幅度很小，旧有的格律被小心地维持着。相反，自由诗则完全冲破了规则。形式上的这种区别，虽然有效，但是在实际的运用中并不可靠。例如，兰波的自由诗中有些诗节同样诗行相对稳定，音节数有较小的变化。《运动》一诗的第一节，就有多个连续的诗行围绕着 9 音节运动。

更重要的区别，实际上是在文化立场上。浪漫主义的诗人要求变化，但是他们认同韵律，信仰规则。他们是为了获得更生动的韵律而使用破格的。进一步说，浪漫主义韵律是为了维护韵律而带来了变化。形式的变化不是要打破规则，而是要拓展这种规则，探索新的个性的形式。这里面其实已经有了变革的要求，但是因为韵律本身已经有了数个世纪的传统，诗人们还没有完全把革命的思想用到形式中。

解放诗(le vers libéré)是个性形式的进一步发展。这种形式似乎在法国有了固定的名字，但在英美以及中国、日本，人们还没有注意到它的诗体地位，也没有给它命名。中国的初期白话诗，含有这种形式，五四时期广泛流行的“新体词曲”本质上就是中国的解放诗。[①] 日本的“新体诗”也带有它的特征。本节尝试引用解放诗的概念，来解释从个性形式到自由诗的过渡。上面各个国家的诗史都出现过共同的现象：从旧有的格律诗到自由诗的发展史，并不是一蹴而就的，而是经过过渡的阶段，这就是解放诗。迪雅尔丹给这种诗体下过定义：

① 笔者的硕士论文《一九一七年以来新体词曲概要》曾对这种诗体做过研究，但是当时笔者还没有意识到法国解放诗的存在。

> 解放诗所指如下：在亚历山大体的半行处不再要求有语顿，允许感觉上的元音重复和押韵，没有阴、阳韵的分别，也没有单、复数的分别，往往用 9 音节和 11 音节以及 13、14 音节甚至 15、16 音节（格律诗中也常用）。魏尔伦是这种诗的首倡者，今天大多数的诗人多多少少都采用它。①

归纳一下的话，就是这种诗打破了语顿的规则，也打破了音节数和押韵的部分规则，但是又不至于将亚历山大体的标准完全推倒。这个定义符合法国诗的情况，但不适合其他国家。英文诗并不在乎那个居中的语顿，日文诗完全没有语顿，每一句就是一顿。例如俳句，前五音是一顿，中间的七音又是一顿。中国诗讲究语顿，一般的诗律著作中常常用“上二下三”“上四下三”来指称，但是中国诗没有什么阴阳韵，也不讲究元音重复。看来，解放诗如果要指各国都有的那种过渡诗体，就必须把它的定义修正一下。这里可这样定义：解放诗是格律诗与自由诗的居间形式，它的存在时间较为短暂；它要求与旧格律拉开距离，但仍旧认同旧格律；它要求有变化，但仍旧以音乐性为指归；它与个性的形式难以区分，但常常有一个不同，浪漫主义的个性形式只在个别诗行上发生破格，解放诗可以在所有的诗行、诗节上出现破格。

这种定义并不是一个非常清楚的标准，它更多的是一种经验上的总结。这个定义在使用中，也不是不会出现问题。但它所说的三点，从历史上看是符合实情的：尊重格律；讲究音乐性；整体性出现破格。下面再以魏尔伦的《我敬佩自由诗的雄心》一诗来说明：

> J' admire l' ambition du Vers Libre

---

① Édouard Dujardin: *Les Premiers poètes du vers libre*, Mercvre de France, 1922, pp. 8-9.

—Et moi-même que fais-je en ce moment
Que d' essayer d'émouvoir l'équilibre
D' un nombre ayant deux rhythmes seulement?
我敬佩自由诗的雄心，
此时此刻，我不正是
在尝试着打乱仅有的
两个节拍数的匀称？

这首诗作于1894年，是魏尔伦反对自由诗，维护格律的一首论诗。这四行诗的音节数依次为：9、10、10、10。它采用的形式是十音节诗行，但是第一行缺了一个音。就语顿来看，第一行是上三下六，第二行是上七下三，第三行是上四下六，第四行是上三下七。虽然音节数变化不大，但是语顿非常混乱，几乎没有两行的语顿安排是一样的。当然，第一行和第四行都在第三个音节处出现了停顿，可是它们之后的音组却不相同。这种解放诗仍旧与旧格律关系密切。十音节诗行像是一个主调，这个主调没有被破坏。语顿仍旧存在；虽然语顿的位置和安排有了很大变化，但是魏尔伦没有取消它，而是让它带来意外的感受。在胡适早期的白话诗中，例如《十二月五夜月》，解放诗的特征主要体现在对平仄的打破上，但是仍旧保留了语顿。平仄从整体上看，在句中句末都突破了原本的格式，但是仍旧有平仄的印象。

虽然解放诗在法国仍旧存在，创作格律诗的人可以放宽旧格律，但是从东亚的情况来看，解放诗作为过渡的形式，人们在较短的时间内就抛弃了它。因为这种形式有别扭、不自然的地方，中国和日本的诗人们往往会有更大的解放，这带来了自由诗。之所以会做到这一步，是因为东亚的诗歌面临着与法国诗、英美诗完全不同的局面，它渴望的自由有两层，第一层是形式的，第二层是语言的。拿第二层来说，中国和日本需要从文言诗向白话诗转变，而解放诗往往仍旧保持着文言诗的旧调子。当诗人们决定完全放弃文言的时候，解放诗也好，旧的格律诗也罢，就被当作文言诗的附属物而一并被抛弃了。白话诗(或者口语诗)虽然确立了，但是因为它还未经长久的形式化，所以不能真正带来新的格律，这样一来，自由诗就成为东亚诗歌中现代诗的唯一形式了。萩原朔太郎曾这样分析日本诗的困境：

> 今天诗坛的低落，并非诗人本人的无能，而是他们使用的口语本身的缺陷。如果他们使用书面语，今天很多的诗人写的诗可能不会比过去的作家差。不过，他们并不会走这条路。为什么呢？不是别的，对于今天的诗人来说，书面语本身既属于过去，它就属于古雅的、没有生活感的作品。实际上，拥有书面语的世界，是锁国日本的传统世界，没有感觉到新日本的新鲜感。因而今日的诗人们，虽然明白自己口语诗的缺点，但是敢于冒这种危险。就像作者这种不幸的人，虽然有非艺术的感觉，但是无能为力。①

在自由诗诞生一个半世纪后的今天，回头来看它的历史时，人们会发现，自由诗在欧洲成为一种补充的诗体，或者可以说是多元并存的诗体中的一种，但在东亚，情况完全不同，自由诗几乎是唯一具有现代性的诗体。诗体的革命，在东亚远远比在欧洲来得猛烈、彻底。

这里再回到形式本身的问题上。自由诗的特征，是它比解放诗有更完全的自由，除了法国诗中哑音“e”的问题以及半韵、全韵的配合问题外，迪雅尔丹告诉人们“它将自由推至极端”。这也是后来的诗人和学者的普

① 萩原朔太郎：「萩原朔太郎全集」，第6卷，筑摩書房1975年版，第176页。

遍共识,比耶特里在他的书中也指出自由诗"不再受任何规则的约束"。就诗行来说,传统诗律的音步被废除了,诗行内的音步和音节数量不再讲究了。中国诗和日本诗也是如此,中国诗废除了以平仄交替、重复为原则的声律,也突破了五、七言诗的句式。日语没有平仄和重音,只有五、七音的配合,进入自由诗阶段后,日本诗也在诗行音数上突破了旧规则。各国的自由诗既有不同,又在形式上、在定义上保留了一些共同的特征。但是这些特征只是表面上的,它们有着共同的内核,这种内核就是政治上的反叛姿态。虽然随着历史的发展,不少自由诗已经有意抹去了这种姿态,变得好像温和起来,但是从它的起源来看,它拥有这种政治上的反叛姿态的印迹。

二、自由诗的反叛姿态

法国自由诗在 19 世纪中期已经有了形式上的新变化,散文诗开始受到诗人们的器重,波德莱尔也被视为一位诗歌形式试验的先行者。但这种判断需要慎重一些。就波德莱尔而言,他虽然在象征主义美学上对后来的诗人有很大的示范作用,但是在形式上,至少在韵律观念上,他仍旧是一位保守主义者。他大体上没有越过浪漫主义诗人的范围。在《1859年的沙龙》一书中,人们看到他肯定韵律的合理性:"修辞学和韵律学并不是凭空创造出来的束缚,而是精神存在物的构造本身要求的一套规则。"①这种观点与四十多年前柯勒律治《文学生涯》中的,几乎如出一辙。波德莱尔是一位认同个性形式的诗人,尽管他有一定的无政府主义立场(例如他对继父欧毕克将军的仇视,对第二帝国的厌恶),但这种立场并没有被他带到形式中。

---

① Charles Baudelaire: *Œuvres Complètes*, *tome 3*, edited by Yves Florenne, Le Club français du livre, 1966, p. 380.

在《恶之花》出版四年前，雨果的《惩罚集》出版。这部诗集中有非常自由的形式，其中有些诗节与半个世纪后的自由诗相比，似乎有相同的自由度。这种诗影响了公社诗人路易丝·米歇尔。米歇尔的不少诗，具有《惩罚集》的特点，即使用长短不同的诗行，像战歌一样，表达毫不妥协的情绪。例如《炸弹的舞蹈》中的这一节：

En avant，en avant sous les rouges drapeaux！
　　Vie ou tombeaux！
Les horizons aujourd' hui sont tous beaux.
Frères，nous léguerons nos mères
A ceux qui nous suivront.
前进，在红色的旗帜下前进！
　　去拼个死活！
今天的地平线多么迷人。
兄弟们，我们将把母亲
托付给追随我们的人。

诗中第一行是亚历山大体，语顿在第 6 个音节处，符合规则。第二行音节数只有 4 个(如果不停顿的话，也可视为 3 个)，这是解放诗中都不会出现的情况，因为从 12 个音节变成 4 个，完全超出了正常的尺度。第三行是十音节诗行，第四行又变为八音节诗行。整体来看，诗节中没有连续的两行音节数相同，而且前后的变化相当大。米歇尔曾在回忆录中说："红旗永远是自由的旗帜，它吓坏了刽子手，因为它被我们的血液染红了。”[①]这句话将米歇尔的反叛性完全透露了出来。米歇尔反抗“刽子手”们，和她在诗作中反抗旧格律是一样的。这倒不是说米歇尔认识到旧格律是政府机关的代表，所以将两者联系了起来。更合理的解释是，米歇尔的满腔怒火已不可能再用传统的诗律修改、润色。也就是说，米歇尔是在一种自然的情绪状态中写出这种自由诗的，这正合乎后来自由诗的诗人们给这种形式的解释。

米歇尔是最早的一批自由诗诗人，巴黎公社诗歌可以看作自由诗的本源，当然，这并不是说公社诗歌都是自由诗，而是说公社诗歌中出现了最早的自由诗。和米歇尔一样，认同公社、敌视政府的兰波，也可视为公社诗人。学界目前把最早的自由诗诗人的荣誉给了兰波，这并不正确，米歇尔就比他写得更早。谁是第一位自由诗诗人，这个问题是伪命题。真正需要关注的，是自由诗为何会产生。巴黎公社诗歌才是自由诗的真正起源。但兰波的地位仍旧需要重视，因为兰波与后来象征主义诗人卡恩、拉弗格的关系是非常清楚的，他确实成为自由诗的重要影响源。另外，兰波还有另外一种意义，他首次将反权威的精神引入诗体中。在阿兰·比于齐纳的《魏尔伦传》中，巴纳斯派诗人邦维尔记载了一段逸事：一天，兰波问他是不是到了消灭亚历山大体的时候。这种表述与波德莱尔的完全不同，它代表着诗歌形式的新纪元将要到来。

1872 年，一位自称为公社诗人的秘鲁人来到了巴黎，他就是炮兵中尉韦尔加洛。他其实并未参加公社的战斗，但是因为年少时在巴黎念过书，结交了不少后来加入公社的朋友，所以对公社非常有认同感，而且怀有相同的反叛性。韦尔加洛在秘鲁参加过军人起义，并因此流亡法国。1880 年，这位军官出版了诗论集《新诗学》，这是形式无政府主义诗学第

---

① Louise Michel: *Mémoires de Louise Michel écrits par elle-même*, CreateSpace, 2017, p. 240.

一次在巴黎亮相,也是自由诗理论的直接思想资源。书中,韦尔加洛表示他不愿模仿任何人、任何流派,他要创造他自己的流派,这就是韦尔加洛派。具体到诗体上,韦尔加洛第一次把“革命”这个词用在韵律学中,他意识到这种革命不会马上得到人们的支持,“因为理解并接受改革,欣赏革命,这需要时间”①。其实,分析诗人这一时期写的作品,可以发现它们还大体属于解放诗,但是诗人的主张却是破天荒的。在诗论后的附录中,可以看到许多巴纳斯派诗人给韦尔加洛喝彩的短文,他们中有普吕多姆、马拉美。即使写这些短文只是出于礼貌,诗人们还没有意识到自由诗的存在可能性,这也是非常值得重视的事件。还有一个现象需要注意,法国自由诗的主要推手卡恩拜访过韦尔加洛,而这时卡恩对形式解放还一无所知。

目前主流的文学史,将自由诗的诞生定在1886年,其标志性事件是卡恩的《风行》杂志发表了兰波的两首自由诗:《海景》和《运动》。迪雅尔丹持这种主张,当代诗论家斯科特在他的名著《自由诗》中,也将1886年看作自由诗进入历史的“分水岭”。② 这种从零散的小事件中寻找大历史的标记的做法,实际上并没有好处。再重复一下之前已经说过的话,从巴黎公社的大屠杀开始,自由诗就在形式和理论上做准备,1880年前后的数年间,自由诗的氛围即使还没有正式营造成功,也已经完成了关键的准备工作。在这一时期,女诗人克吕姗斯卡开始浓缩散文诗,想在散文诗的基础上缔造新的诗体。她的工作真正完成,还需要10年的时间,但她走的路正是兰波以前走过的,这说明自由诗的出现并不是个别诗人的心血来潮。另外一个希腊裔的诗人莫雷亚斯也感觉到了形式反叛的呼声,1884年他在《吕泰斯》杂志上发表《不合律的节奏》,这是一首自由诗,虽

① N. A. de Vergalo: *La Poëtique nouvelle*, Alphonse Lemerre, 1880, p. 16.

② Clive Scott: *Vers Libre: The Emergence of Free Verse in France 1886-1914*, Clarendon, 1990, p. 50.

然写作时间比兰波晚，但发表时间领先了 2 年。

时间走到了 1886 年，先前所有的酝酿，在这一年迎来了绽放的时刻。不是一朵、两朵，而是成片开放之势。比利时诗人维尔哈伦注意到了《风行》杂志的反叛活动，他也加入进来。在该年 6 月的《叙事抒情诗》这一诗论文章中，他开始传达年轻诗人对亚历山大体的“厌倦”之情，这个诗体虽然还被魏尔伦、邦维尔所维护(在语顿上也有解放)，但是在年轻诗人眼中已经是“虚弱不堪、令人反感”了。维尔哈伦呼吁“更多的自由”。维尔哈伦的文章明确地把旧诗体当作新形式的敌人，这比韦尔加洛又多迈出了几步。该年的 11 月，美国裔诗人格里凡也加入《风行》《独立评论》聚集起来的自由诗部落中，他出版了诗集《天鹅》，在序言中，格里凡像维尔哈伦一样，羞辱了亚历山大体，以及巴纳斯派“幼稚”的革新。

自由诗反权威的号角，雷泰吹得最响。这位向往极北之地的梦幻诗人，与韦尔加洛同样有着军戎生涯，而且骨子里有着与公社诗人一样的不妥协精神。他的诗论《自由诗》发表在 1893 年的《法兰西信使》上，虽然当时自由诗已经确立，但是还没有人像他那样厌恶亚历山大体。雷泰对资产阶级及其政府、艺术的态度，和他对亚历山大体的态度是一样的，他说：“我们文学上的无政府主义者像我们一样明白这一点：当代的资产阶级出于一种仇恨厌恶艺术家。”[①]出于无政府主义的对抗姿态，雷泰提出了这样的口号：“打倒诗歌技法和大师权威。”在他之前，有很多法国诗人表达过对传统诗律的不满，但是他们营造的二元对立关系是陈旧与新颖，是束缚与自由。该二元对立关系也为他们的自由诗理论进行辩护：我所做的诗律解放是有理由的，是为了让形式更好，更有未来。这种态度较为温和，而且也注意避免树敌过多。雷泰没有这些顾忌，他完全是挑衅性的，他是自由诗红旗下的路易丝・米歇尔。

---

① Adolphe Retté：“L’Art et l’Anarchie”，*La Plume*，Vol. 91，1893，p. 45.

在英美，自由诗也随着无政府主义而进入文坛。1908 年是英国自由诗的元年，该年休姆和斯托勒都提出了他们的自由诗理论。休姆像他的法国前辈卡恩一样，将自由诗与进化论、无政府主义结合起来，称建设自由诗就是建设未来。他的反权威姿态同样比较明显，在《现代诗讲稿》中，休姆指出他既对宗教没有兴趣，又对文学传统“没有敬意”。不过，休姆的自由诗有了新的变化，他将自由的形式与当时伦敦盛行的印象主义结合了起来，这里面有柏格森哲学在起作用。比休姆和斯托勒更为激进的是弗林特，一位对自由诗怀着长久兴趣的诗人，也是庞德意象派的核心成员。弗林特在 1909 年讨论法国象征主义诗人古尔蒙的文章中，借题发挥，阐释了他自己的思想。在他看来，古尔蒙的伟大之处在于和一切的旧思想决裂，当然也包括诗律的思想。他还称古尔蒙为“解放者”，古尔蒙解放自己，同时也让自己从旧有的一切束缚中挣脱出来。这里同样具有对抗的态度。

反权威的姿态在中国五四新诗中同样非常典型。就新文学的一大旗手陈独秀而言，他信仰进化论，主张破坏偶像，政治的、道德的一切不合理信仰，都被他视为偶像列入可破坏之列。这种思想渐渐地也扩展到文学信仰上，在《文学革命论》中，他给诗律加上了“雕琢的、阿谀的、铺张的、空泛的”等形容词，像欧洲的诗人们一样，陈独秀不但要让诗歌恢复活力，而且还敢于对抗：把旧的贵族文学打倒在地，让新的形式获得权力。文学革命成为政治革命的隐喻。日本新诗和中国新诗一样，面临着从传统的俳句、和歌中解放出来的要求，但是日本诗还有一个特殊之处，它要摆脱中国汉诗的影响。明治维新让日本文化走上了西化的道路，原本在日本江户时代受文人喜欢的汉诗，这时也被视为过时的旧权威，需要抛弃。近代学者、翻译家井上哲次郎在他的《〈玉绪歌〉的序言》中指出：“明治的歌应该成为明治的歌，不应是古歌。日本诗应该成为日本的诗，不应是汉诗。

这就是创作新体诗的原因。"[①]当然,新体诗只是迈向日本自由诗的过渡,还不是最终形式,但是新体诗实现了日本诗反对本国权威和中华权威的双重反叛任务。

自由诗诞生了,但是它的自由不能永远给人安慰,而是让它自身陷入新的危机之中。为了解决这种危机,自由诗需要否定它自己。自由诗的反叛姿态只是它的一面,另一面则是极力想与旧权威重新结盟。

三、自由诗的死亡与重生

自由诗的诞生,从文化上看,源自无政府主义。如果说无政府主义渴望废除政府,建立几乎完全自治的社会,并最大限度地保护个人的自由,那么自由诗就是要求废除诗律的一切规则,只根据内在的情感节奏建设多变的诗行,它保持诗节最大限度的独立性,并赋予诗行相对的独立性。如果个体在无政府主义社会中脱离了社会等级秩序,那么诗节在自由诗中绝对地脱离了诗作的整体韵律结构,诗行相对地脱离了诗作的整体韵律结构。

可是就像之前已经提到的那样,无政府主义只是一种理想,与空想社会主义非常相近,一个半世纪后,在世界上的任何地方,无政府主义都没有成为有一定规模的社会形态。而无政府主义竭力要推翻的资本主义,在进行多次调整并改善和保障工人利益后,具有了更强大的生命力。两次世界大战,加强了国家存在的必要性,使得政府在各个方面的权力得到了巩固。也就是说,无政府主义作为一种政治学说,在两次世界大战时期,就已经被宣告了死亡。法国民族主义者巴雷斯很早就开始思考新的国家应该有的样子。这种国家不是无政府主义肢解的碎片,相反,它应是新的、更高级的协调:"一切力量都协调起来,个体和集体的一切权力和利

① 外山正一、矢田部良吉、井上哲次郎:「新體詩抄」,丸屋善七 1882 年版,第 15 页。

益都能发展,并在国家精神有益的激励下,让它们得到满足。主张改造国家,这就是危害祖国!"①巴雷斯代表着一种新的趋势,它与无政府主义对抗,并让个体、群体和国家结合成一种新的同心圆的结构。

巴雷斯、莫拉斯在法国提出的新主张,被英国诗人休姆注意到了。休姆早期信仰无政府主义,这也是他在伦敦提倡自由诗的原因之一。受到新触动的休姆,改变了自己的思想,转而反对无政府主义。在他看来,一切现有的等级秩序不但不是有害的,而且能保障个人与社会的利益:"除了无序,没有什么东西本身是坏的;在一个等级秩序中被安排起来的任何东西都是好的。而且,人的本性是稳定的,给他带来最好结果的、不可或缺的教导,在每一代人那里都是一样的。"②休姆的思想影响了艾略特和庞德,于是后面两位在意象派成立四年后就开始否定无政府主义。在中国,新民主主义革命的特殊环境让中国的象征主义成为昙花一现的短命流派,无政府主义很快就丧失了它生存的土壤。

当无政府主义的号角静下来后,艺术将会返回到旧传统身边,至少这是一种普遍的趋势。法国自由诗进入 19 世纪 90 年代中期后,陷入了一个停滞期,原因就在这里。作为无政府主义附着物的自由诗,初衷在于解构,而非建设。自由诗一开始并不是为了寻找某种新形式,相反,聚集起来的一群爆破手是奔着毁坏一切形式规则而去的。这可以解释为什么最早的一批自由诗倡导者并不讳言自由诗就是散文。拉弗格在他的书信中说他忘记一切韵律规则了,他的自由诗"好像来自散文"。在英国,弗林特完全否定形式的必要性,称形式本身是"荒唐的东西"。另一位英国诗人福特认为自由诗比散文还要自由,他改变了诗的定义,提出来一个很有代表性的观点:散文即诗。在中国,"五四"时期白话诗的名称就含有胡适的

---

① Maurice Barrès: *Scènes & doctrines du nationalisme*, Félix Juven, 1902, p. 501.

② T. E. Hulme: "A Tory Philosophy", *The Commentator*, No. 4, 1912, p. 295.

这种观点：话该怎么说，就怎么说，说话就是诗。而在日本，萩原朔太郎则给自由诗取了一个新的名称——“印象的散文”，这是一个贬义词。

就像风本身无法看见，只能借用它的作用来看它，人们在波浪中看风，在晃动的树叶上看风，但当浪平树静的时候，风就不存在了。自由诗也是这样，它就是形式无政府主义掀起的风潮，一旦无政府主义丧失力量，晃动的格律诗静下来了，它则无处可寻。进一步说，无政府主义丧失声誉，就意味着自由诗的死亡。这是各国都发生过的事情。在法国，提倡自由诗的人很快就改旗易帜，卡恩、格里凡等人在新世纪到来之前就改了口，承认格律诗，而作为最早的自由诗理论家，威泽瓦开始尊重传统，要求模仿古人。1894 年，批评家勒贝乌尔呼唤新的革命，可这次的革命不再是打倒什么，而是“恢复”，恢复旧诗律“崇高的殿堂”。这时巴纳斯派诗人们重新恢复了力量，一个比利时巴纳斯派诗人吉尔坎宣扬诗律的好处，并且要求“吹响集结号”，召集仇视无政府主义的诗人向自由诗进攻。在英美，第一次世界大战硝烟未散，自由诗几乎就成为众矢之的。艾略特在《反思自由诗》一文中，公开指出自由诗并不存在。而在艾略特之前，斯托勒就已经发生了转变，这种转变甚至发生在第一次世界大战之前，是因英国保守党丧失政权而激发出的。斯托勒指出：“在艺术中、政治中，或者其他任何活动的领域中，个人主义的狂欢被另一个时期整体性地、自然地代替，这一个时期以形式和行为的严格为主要宗旨。”①之前被诗人们当作形式解放的“自由”，现在成为诗歌的罪状，诗人们纷纷强调诗歌并不自由，这种论调就是自由诗死亡的最主要征兆。

面临自由诗严重的危机，除了极少数诗人仍旧坚持自由诗和无政府主义外，大多数自由诗诗人都不想再将自由诗与散文等同起来。他们对

---

① Edward Storer：“Classicism and Modern Modes”, *Academy and Literature*, No. 85, 1913, p. 294.

自由诗怀有感情,不愿看到自由诗真正成为历史。这种感情的背后,当然还有更深的心理需要:无政府主义已经进入他们的血液,他们不能完全否定自我。自我不得不适应新的现实,但是有一种办法可以避免自我受到残忍的折磨,它就是用规则和秩序的糖稀来包裹酸涩的无政府主义,就像冰糖葫芦一样。于是自由诗开始被重造,但重造的主要力量,再也不是自由,而是规则的观念。从自由诗的历史来看,这种重造在东西方出现了两种截然不同的模式。在西方,因为用口语写格律诗已经有数个世纪的时间,基本上浪漫主义以来的格律诗大体是用口语写的,所以只需回归格律诗即可。具体做法是承认格律诗是自由诗的一种形式,利用格律诗的诗行技巧。这种做法表面上看是扩大自由诗的范畴,把一部分格律诗也纳入进来,实际上是用格律诗的要素来替换之前的自由诗。这种诗名义上还被称作自由诗,实际上已经完成了内核的替换。尽管诗人们大多坚持他们的新形式是自由诗,但这就像资产阶级政府承认工会合法性一样,无政府主义成为资本主义的辅助工具。1897 年卡恩在他的《论自由诗序》中承认旧诗律是自由诗的新形式的"特例",已经给旧诗律返回自由诗开了通道。1892 年马拉美在《法国的诗体与音乐》一文中对自由诗的特例有过概括,他称这种做法为亚历山大体的放宽,诗人们"害羞地改动亚历山大体,或者在它四周灵活地活动"。亚历山大体并不是固定不变的形式,它可以变得个性起来,容纳一些变化的形式。而如果做到这一步,亚历山大体就收编了自由诗。这种情况在英美也出现过,艾略特用轻重律五音步收编了自由诗,轻重律五音步并不是一成不变的形式,诗人在具体的运用中,可以偏离它,而诗体的生命,就在于"固定和变化的对立"。这些做法,本质上是保留旧诗律的框架,这是规则的一面;但是在运用中又可有限地偏离,这是自由的一面。自由不再体现在破坏力上,而是体现在尊重规则的程度上。

在东亚,因为自由诗的诞生伴随着语言的革命,即使自由诗面临死亡的危机,诗人们也无法向旧诗律靠拢。旧诗律与文言长达两千年的紧密联系,使它们几乎成为一个统一体。诗人们需要在口语中重造诗律,这就是中国的“现代格律诗”的起源,从新月诗人到九叶诗人,再到朦胧诗之后的诗人,如何寻找新格律成为一直让人头痛的难题。大多数中国新诗的研究者,因为缺乏比较意识,对世界范围内自由诗的历史知之甚少,所以一直将中国现代格律诗视为与自由诗平行的新形式。实际上,现代格律诗是中国自由诗陷入危机后,诗人探索改造自由诗以便保存它的尝试。这种尝试与西方用旧诗律重造自由诗在用意上是相同的。虽然中国自由诗在 20 世纪 20 年代中期就陷入危机,但是后来仍旧有一些人坚持使用它,不在乎形式无政府主义面临的指责,这些人中有艾青、废名等。于是新诗人就分成了两派,在形式上呈现分庭抗礼之势。这种表面上的对立,让人们很难看到所谓的现代格律诗其实和自由诗是同一路数的,现代格律诗所要维护的其实正是自由诗。中国现代格律诗在原则上,和艾略特的一样,也是寻求“固定和变化的对立”,简言之:诗行要有节奏单元,诗节中每一行的节奏单元在严格情况下需要数量一致,这是固定;诗行的节奏单元中的音节数量可以增减,诗节中每一行的节奏单元在宽松情况下可以增减,这是变化。当然,一般诗节内要求隔行押韵,在严格情况下,押韵需要讲究平仄,但韵字以听觉为准,完全不必使用《切韵》《广韵》之类的韵书了。

中国现代格律诗的做法是在节奏单元上创造诗律。其实,格律诗和自由诗都是有节奏单元的,它们最大的区别在于有没有音律单元。中国现代格律诗诗人们忽略了这个区别,希望节奏单元能给他们带来诗律的规则性。1930 年孙大雨在他的《黎琊王》一诗的后面谈到过“音组”的概念,叶公超随后也使用了这个术语。在叶公超看来,音组内的字数可变,一行诗内的音组数也可变。这与西方诗人的认识是一样的。在音组内,需要有一个“比较重长的音”。[1] 除了他们外，何其芳、卞之琳等人，也是这种诗体的倡导者，虽然他们给节奏单元起的名称不同。闻一多也做过试验，他超越了前面这几人。就《死水》来看，闻一多是真正想给新诗找到新格律的人，但他在平仄的探索上后继无人。在日本，随着自由诗的名分和本体地位陷入危机，也有一些诗人像中国诗人一样(例如川路柳虹、萩原朔太郎)，要求创造新诗律，这就是“新律格诗”(しんりっかくし)。它的目的也是给自由诗找到出路，让它有音律之美。

东亚的现代格律诗的这条道路，在西方也是存在的，只不过西方诗的选择更多样一些。英美诗人庞德、门罗，以及提倡“可变音尺”说的威廉斯，都提出了各自的节奏单元理论。还有一种理论比较盛行，这就是舍弃韵律上的音节组织，采用意义上的停顿单元。法国诗称其为音组(le Groupe rythmique)，和孙大雨的概念接近。迪雅尔丹也发明了一个术语：节奏音步(le Pied rythmique)。什么是节奏音步呢？迪雅尔丹认为这是多个词语的集合。这里用的词语不再是音节。因为音节的组合不涉及意义，而词语的组合有表义性，往往可以成为一个短语或者它的一部分。这条路利用的是与散文相同的节奏单元，尽管在节奏单元的组织上可以做到相当有规则，但是毕竟缺乏音律特有的回环往复。这是一种貌似格律诗的自由诗，它想区别开散文，但穿着的却是散文的衣服。1896 年，有一个比利时的无名作者曾在文章中嘲笑了这一路诗人：“他们并没有创造一种新的诗律，他们重造了散文。不过，他们的散文有双声和半韵做装饰，就像原始人的鼻子有圆环和坠子装饰一样。”[2]这句话说得很幽默，但其中的道理值得自由诗诗人反思。

第一条路可称为“篡改”，即保留自由诗的名目，但改变它的内涵。第

---

① 叶公超：《论新诗》，《文学杂志》1937 年 5 月 1 日，第 17 页。

② Anonyme: “Memento”, *La Jeune belgique*, Vol. 16, No. 1, 1896, p. 136.

二条路可称为"伪装",即用节奏单元打扮成格律诗。虽然这两条路都各有支持者,在试验上都各有成绩,并在无政府主义衰落之后,让自由诗得到重生,但是要看到,它们已经与最初的自由诗不同了。最初的自由诗凭借其反权威姿态这个管道,可以称为象征主义,而后来的自由诗在丧失这个管道后,与象征主义没有了关系。这正是各国诗史现在的情形,自由诗(或者名义上的自由诗)仍然存在,但是早已不是兰波、拉弗格的"坏血统"了。

第三节 民族主义

一方面,象征主义的美学特征一般而言是世界主义的,它要吸取异域的形象。印度洋赤道附近的人文与自然风光,在波德莱尔诗作中闪耀着永恒的光彩,它们也吸引了放弃文学生涯的兰波。从美学上看,德国的唯心主义、唯意志论哲学,具体来说是康德和叔本华的思想,成为古尔蒙、拉弗格的主要理论来源,而德国音乐家瓦格纳对威泽瓦、迪雅尔丹的影响,造就了内心独白的诗学,并促进了自由诗的本体建设。另一方面,象征主义的成员是世界性的,他们各自带来母国文化的特质,并汇入一个共同的熔炉中。象征主义的命名者莫雷亚斯是希腊人,格里凡和梅里尔是美国人,威泽瓦是波兰人,韦尔加洛是秘鲁人,拉弗格长期给德国王室工作。他们要么带来母语诗歌的松散节奏,要么撇开法国文学传统,寻找他们感兴趣的任何影响源。这两方面带来了象征主义自由、开放、反传统的精神倾向。对于不少巴纳斯派的文学家来说,象征主义者是一群反叛的、目空一切的破坏者。麦吉尼斯在分析象征主义美学的时候,曾经指出象征主义本质上具有“分离的、自主化的话语和意识形态”①,它寻求摆脱原有的美学范式。

结合之前论述的内容,这种世界主义也好理解。象征主义者发现既有的语言、形式、文体都不再适用了,他们渴望传达无意识的心理,以及梦幻的风景,在他们眼中,传统的语言、形式、文体是事后的、理性的观念,而非即时性的、暗示性的表达。象征本身就有反民族传统的意味。

与世界主义相对,民族主义的特征是保守的、较封闭的。民族主义维持固定的标准,无论它是诗律的准则,还是措辞、主题的习惯。因而,民族主义可以看作世界主义的对立面,追求世界主义的象征主义将会小心提防民族主义,以免它破坏自己的美学基础。可是,象征主义是一种驳杂的文学思潮,它不但公开地提倡世界主义,而且悄悄地传达民族主义的内容。这两种貌似水火不容的主义,竟然奇怪地纠缠在一起,就像双螺旋结构的多核苷酸链一样。在《19世纪西方文学思潮研究·第五卷·象征主义》中,笔者曾提出过“忧愁的世界主义”的主张,这种世界主义忧愁的来源,就是“内心深处的民族主义”。文学家们并不是不食人间烟火的“异乡人”,他们厌恶现实,蔑视社会,但又不能不与脚下的土地保持着血肉的联系。世界主义像珍珠般光亮,但它的内核是民族主义的痛苦。

一、逃　避

逃避是人的两种本能之一。在弗洛伊德看来,任何人天生就有两种本能,一种是寻求快乐,另一种是逃避痛苦。寻求的是未有的东西,而逃避的则是已有的事物。这两种行为,看上去方向相反,一个是向心运动,另一个是离心运动,但是又可以合起来看,因为它们都出于同一种推动

① Patrick McGuinness: *Poetry & Radical Politics in fin de siècle France*, Oxford University Press, 2019, p. 38.

力:愿望。为了满足愿望,人们做出不同方向的行动。因为逃避是要与某种令人恐惧的力量分开,所以心理学家试图揭示它的运作方式。对创伤的梦的分析,有助于达到这一目标。心理学家发现,很多人重复相同的噩梦,例如参战的士兵多年以后还会梦回炮火连天的战场。这种梦给弗洛伊德的理论带来了挑战。因为这位德国心理学家曾主张梦是愿望的实现,而许多噩梦并没有明显要实现的愿望,做梦者得到的只是焦虑。弗洛伊德在 1933 年的《精神分析新论》中承认早期的理论"面临两大难题",其一就是创伤的梦。弗洛伊德的解决办法并不是推翻自己的理论,而是把它做了一点修正,即在一些情况下,梦并没有实现它的意图,它受到了干扰,最终无法让做梦者的愿望得以实现。

当代德国哲学家图克提出了新的理论,认为创伤的梦可以起到心理治疗的作用,而最后的结果,是可以帮助人逃避内心的恐惧:"不断重复的恐惧会不再让人害怕。我们开始习惯它。它获得了某种熟悉度,尤其是在它的重复中,它不再是在我们身上突然爆发的,而是按照梦者的命令在上演。这种频繁重复的上演试图弱化它,使它可以忍受或者变正常,因而最终让它走开。"①这种解释,实际上是给弗洛伊德做补救。于是噩梦仍旧成为愿望实现的方式,只是这个愿望不再是寻求快乐的愿望,而是消除恐惧的愿望。图克发现,原始人恐惧自然,无法摆脱,于是就发明了献祭的仪式。害怕被自然毁灭是原始人内心巨大的压迫力量,献祭的仪式是这种心理的象征。人们在自然面前杀死他们中的某个人,这是重复他们心中的恐惧。通过这种重复,原始人可以"缓解某种折磨"。这就好像创伤的梦中不断重复可怕的场景,最终是为了让梦者摆脱那种恐惧一样。因为不断地重复它,在象征中重现它,原始人就可以在一种"仪式的空间"

---

① Christoph Türcke: *Philosophy of Dreams*, translated by Susan H. Gillespie, Yale University Press, 2013, p. 43.

中尝试关注它,并最终控制它。

创伤的梦不是忽视、否定某种恐惧,而是在另一种形式中面对它、肯定它。人的逃避冲动也是这样,表面上看,这种离心运动,是对某个空间的远离、放弃,实际上它想借助一个想象的空间来关注原本的空间,并控制它。逃避从来都没有离开所恐惧的对象,在某种意义上,逃避的结果是回到原点,一个已经被心理力量改造的原点。经过逃避的过程,那个令人不安的原点,已经与人有了新的联系。就好像献祭后,人与那个可怕的自然又订立新的盟约一样。真正让逃避得以继续下去的,与其说是远方的召唤,一个不存在的未来的吸引,还不如说是对那种令人不安的空间的关注。

不但原始人有逃避的冲动,现代人同样如此。逃避不仅表现在现代人的无意识中,还表现在意识中。当现代人通过感觉或者知识了解到不堪的处境后,他就会利用意志力来执行逃避的活动。当个人的意识相互结合起来,变成一个社会的意识时,逃避就成了普遍的现象,可以进入文化生活中。在东西方的文学史中,人们可以看到许多逃避心理产生的作品。《红楼梦》中的大观园营造了一个几乎以宝玉为中心的女儿国,宝玉对"仕途经济"的厌恶,实际上传达的是曹家对身处雍正朝大厦将倾的畏惧与无助。对于无法改变的政治灾难,曹雪芹通过大观园来营造一种心理逃避的空间。在西方,卡夫卡的小说中逃避是最重要的主题之一。《地洞》中一个类似野猫的动物,苦心挖掘了一个堡垒似的地洞,里面四通八达,储备有食物,外面则是壕沟和掩饰的洞口。《地洞》将卡夫卡逃离家庭和社会,畏惧它们强大的"审判"力量的心理写了出来。

在法国象征主义时期,在逃避心理上着力的流派是自然主义。莫泊桑的《羊脂球》写的是一辆要逃离战争的马车,但作家实际上是想不断重复普法战争的灾难,尤其是人性的灾难,就像创伤的梦通过这种重复的场景来缓和内心的恐惧一样,莫泊桑的《羊脂球》试图把那些伤疤再揭开来看。包含《羊脂球》的《梅塘之夜》一书，其中作品也都有逃避恐惧的用意。书中的作家都经历了普法战争中人性的灾难，虽然有些作品宣扬了法国人的尊严与勇气，但是这些作家对人性的黑暗面怀有深深的焦虑。

象征主义者和自然主义者生活的环境相同，对于民族和个人的命运，他们当然也有相近的感受。拿晚年生活颓废的魏尔伦来说，他在 1870 年 12 月，即巴黎围城期间，参加了国民自卫队。在回忆录中，诗人说："在围城的紧张时刻，在我们很多巴黎人中，都有点爱国心。"① 虽然诗人的工作并不称职，他因玩忽职守，被短暂地关进了监狱。兰波也有民族主义的情怀，他流浪的心下面藏着对家乡的爱。在 1870 年普法战争后期，兰波写了一首诗《山谷里的睡者》，这是为了纪念战争中死去的法国士兵，诗中张着嘴、"一脸笑容"的士兵，胸口有两个洞，躺在阳光下、青草丛中。在巴黎公社流血事件后，兰波还写了一首诗《我的心啊，这对我们算得了什么》，诗中写道：

所有人都要战斗、报仇，都要带来恐怖，
我的精神！让我们在伤口处打转：
啊！走开，这里的共和国！君主，
军团，上校，人民，够了，够了！②

虽然这里有反政府的思想，但是诗中使用的是"我们"的口吻，这是一个集体，指所有公社社员，也可以指公正的、有勇气的法兰西民族。无政府主义并非与民族主义冰火难容，在无政府主义的怒火中，燃烧的往往是对民族前途真正的关切。这里可以对颓废进行新的解释。颓废文学呼吁

① Paul Verlaine: *Œvres completes de Paul Verlaine*, *tome 4*, Albert Messein, 1926, p. 363.
② Arthur Rimbaud: *Œuvres Complètes*, Gallimard, 1972, p. 71.

远离现实，鄙视道德，似乎给人一种空想文学的形象，实际上颓废文学只是把它对现实的关切掩藏了起来，虽然在颓废中含有变革的要求。就在这一点上，颓废与民族主义紧密结合了。麦吉尼斯在分析颓废的时候，指出颓废有时含有“新秩序从旧秩序的衰落中产生出来的思想”，颓废并不完全否定秩序，而是要求新的秩序，因为对旧秩序的厌恶，就给人逃避现实的印象。这种情况从波德莱尔到兰波，再到年轻颓废主义者，都出现过。颓废主义者巴朱在《颓废者》杂志上，一直宣传精英文学，要求表现心灵的幽微之处，可是他在 1888 年的《颓废者和“姿态”》一文中，道出了很多象征主义者、颓废主义者没有说出的话：“对政治问题假装轻视，这是我们有才能的年轻作家的偏见。今天政治侵入所有阶层之中：贵族、资产阶级、工人、农民，所有人都关注它。”[①]颓废其实并不颓废，用在道德风化上，它可能是对的，用在政治上，颓废只是一个面具，把它摘下来，人们可能就会看到民族主义的面孔。

二、理想的空间

象征主义者和自然主义者一样，基本上都有民族主义的关切，但是具体到文学创作上，两者似乎出现了很大的不同。自然主义者像利用献祭仪式的原始人一样，不断地上演他们的恐惧，文学就是他们的祭场，象征主义者极少描写那些令他们不安的内容，他们要么关注镜子内的世界，要么陶醉于城市风景或者异域风景。也就是说，自然主义者撇不开那个自己要逃避的原点，但是象征主义者却在虚构理想的空间。象征主义者似乎压抑了自己的民族主义情怀。他们给人逃避现实、远离现实的印象，现实好像真的被他们遗忘了、放弃了。他们生活在一个理想的世界，像年深日久的移民，已经完全记不起他们的故乡。

① Anatole Baju："Les Décadents et la «pose»", *Le Décadent*, No. 9, 1888, p. 5.

这种情况说明，象征主义的逃避，并不是一种典型的逃避，它有特殊性。这个特殊性就是逃避与寻找这两种心理冲动已经结合在一起。自然主义者——这里不包括龚古尔兄弟和于斯曼——是典型的逃避者，他们重复内心的创伤，不断地察看它，并明显要与民族的未来建立新的关系。象征主义者怀着相同的创伤，但是他们用寻找的冲动掩盖了这种创伤。寻找本身涉及理想化的操作，促使人们寻找的，是一个原点缺乏的空间。因为寻找的东西可以补救这种缺乏，所以它才具有超越性。超越指的是对现有原点的超越。一切寻找都具有超越性。当然，这种超越性首先是在内在心理中完成的，涉及幻想的力量。图克发现，幻想在原始人那里就出现了，它曾在人类意识的发展中起到关键作用。它既是感觉，又是想象力，或者可以更加准确地说，幻想是将外在刺激的感觉，通过想象力转化。转化的结果就是创造了一个"想象性的内在空间"。这样，外来的可怕的刺激，就不再像以前那样折磨原始人，原始人可以通过这个内在空间来控制这些刺激。心理学家后来所强调的两大原则(浓缩与转移)于是就有了存在的可能性。可以用梦来解释幻想的作用。感到口渴并做梦的人，并没有除去那些口渴的刺激，而是通过幻想，产生了喝水的情节。口渴的刺激被转化了，也被满足了，虽然这是一种想象性的满足，但是梦者的感觉是真实的，他觉得他真的在喝水。在做梦喝水和口渴之间，存在着距离，一个是原点，一个是可以补偿它的东西。

通过幻想寻找理想的补偿品，这在东西方都是存在的。中国的刘阮天台遇仙、孙悟空食长生不老果，都是对生命有限性的心理补偿，而歌德的《浮士德》中返老还童、进入海伦的世界，也提供了德国版的遇仙故事。寻根究底，这些作品都回应了内心深处寻找的冲动。象征主义时期，波德莱尔《出游的邀约》中"传说的乐园"，雷泰《雾中的图勒》中北方"我们的小岛"，卡恩《插曲》中"想象中的世外乐土"，都是通过幻想找到的一个美丽而安宁的地方。

就像幻想并不取消原来的刺激一样，文学家们理想的乐园并不是绝世独立的，作为补偿品，它有针对性，它是对一个切实的现实的补偿。寻找与逃避是反向的，象征主义文学的幻想性与自然主义文学的现实性也是对立且互补的。它们构成了一个圆，就像正数和负数成为绝对值一样。因而，象征主义的文学想象，不同于以《梅塘之夜》为代表的作品重复个人与民族的创伤，这种创作并不是缺席的，而是在象征主义文学没有书写的地方存在着。这种创伤总的来看，在象征主义文学中是不明显的，但是它们是不存在的存在者。正是这种创伤的现实刺激，才催生了象征主义文学想象的空间。象征主义文学家们利用幻想改造了这些原本就存在的刺激，并试图控制它们，减弱它们。就像喝水的梦一样，一旦做梦者喝到了水，口渴的刺激就消失在梦中。但是喝水的梦肯定了口渴的真实性。象征主义文学中很难看到来自现实的恐惧感被不断重复，但是这些恐惧感一直存在着，甚至在幻想的世界里也存在着。那些理想的乐园，其实只是无法排遣的民族心理创伤的面具。

如果进行具体的文本分析，就可以看出潜在的现实关切。还以波德莱尔的《出游的邀约》为例，诗中有这样一句："一个真正的乐园，那里一切都是美丽的、富足的、安定的、真实的；那里奢华往往闪耀秩序的光彩；那里生命是富饶的，有轻柔的呼吸；那里混乱、骚动和意外都被排除了；那里幸福伴随着宁静。"这里用了很多的形容词，基本上都是美好的词语，可是它们恰好说明诗人对现实生活的感受：那里不乏丑陋的、贫乏的、动荡的、虚假的大事件。诗人经历过 1848 年革命，他还在笔记《裸露的心》中将其形容为"对报复的渴望。从毁坏中产生的自然的愉悦"。临时政府与工人的互相杀戮，让诗人感到了厌恶和恐惧，他逃到了北方"奇异的国度"，并编织他幻想的世界。就像筑巢的鸟雀一样，波德莱尔造出高高的、远离大地的封闭世界，但是一经分析，人们就可以看出来，这个鸟巢包围的，其实仍旧是来自地面的痛苦的心。波德莱尔越是强调那个封闭世界没有"混乱、骚动和意外”,他的诗就越透露出他对现实世界的真正态度。

马拉美也是这样,他在《海洛狄亚德》《牧神的午后》中都编造了一个神话的世界,那个世界要么是纯美的,要么洋溢着神性的色彩。牧神在黄昏之时,在西西里岛的岸边,看到了美丽的仙子,她们有红润的肤色,她们就像纯真的百合花,牧神和她们一起徜徉。这种爱情的冒险,没有一点人间的烟火气。马拉美借他的诗,探索了唯美主义的诗风。但是诗作越是轻松、纯美,现实在诗人心中就越是残酷、黯淡。马拉美生活的时期,曾发生过波兰的独立运动,以及法国的工人运动,诗人一度对它们比较热心,但是现实的流血牺牲让他感到不安,他在给友人的书信中写道:“你知道所有我在政治上的幻想都一个接一个地破灭了,假如我挂起一面红旗,这只是因为我痛恨无赖、厌恶暴力……只有艺术才是真实的、不变的、神圣的。所有政治上空洞的争吵都在烟消云散,因为它们本身没有任何绝对的东西。”①为了让自己获得解脱,为了让自己相信艺术的永恒是“真实的”,马拉美在他的诗中幻想纯美的世界,一个脱去善恶属性的海洛狄亚德在镜子中向尘世的诗人招手。但这些美丽的形象,其实只是痛苦的心幻化出来的,诗人从来都没有忘记现实的丑恶,漂亮的形象是从污泥中长出的荷花,它们的确美丽,但是它们来自生存的挣扎。

文学家们对现实的关注,实际上是为了民族的尊严和勇气。他们希望一个富强、美好的国家代替被战争和腐败所破坏的国家,他们显然具有一定的民族主义者的身份。即使是无政府主义者米歇尔,她也同样具有民族主义者的身份,她曾在给雨果的书信中写道:“法国将是伟大的,因为它现在重新找回它的灵魂。”这句话很有意味。一般来说,无政府主义者要取缔国家,代之以“新社会”,因为国家在无政府主义者(以及社会主义者)看来,就是阶级压迫的工具,就是私有制的产物。但是在米歇尔的引

---

① Stéphane Mallarmé: *Correspondance complète: 1862-1871*, Gallimard, 1995, p. 147.

文中她并不关注一个无政府主义的欧洲，她强调的是“法国”，法国的荣光她并没有忘记，她不是一个彻底的无政府主义者，民族的未来仍旧在她心中占有重要地位。

普法战争、巴黎公社以及之前的工人运动，只是象征主义者民族主义的一种土壤，另一种更重要的土壤是布朗热运动，它将以更强大的力量改变象征主义的命运，并让一些象征主义者成为更加坚定、积极的民族主义者。

三、布朗热运动

1887 年开始、1889 年基本终结的布朗热运动，是法国文学思潮的分水岭，甚至后来也影响了英美现代主义的轨迹。布朗热运动可以视为象征主义的危机，在《〈风行〉杂志与象征主义自由诗》中，笔者就将布朗热运动看作象征主义自由诗落潮的一个标志性事件，而且在《19 世纪西方文学思潮研究 · 第五卷 · 象征主义》中，布朗热运动也被解释为象征主义思潮的一个转折点，当然是一个消极的转折点。但这种认识并不等于将布朗热运动以及随之崛起的民族主义当作象征主义的敌人。象征主义本身就有民族主义的元素，布朗热运动只是强化了它，并让它成为更重要的力量。自由诗经过理论调整，成为自由与规则的复合体，象征主义也是一样，布朗热运动促使象征主义成为无政府主义与民族主义的复合体。两个看似矛盾的精神，以一种奇怪的方式，共同存在于象征主义的血液中。象征主义发生了美学的转型，同时它也成为一个具有巨大包容性的思潮。

布朗热运动的主角是布朗热将军，但是背后民族主义一直在准备着这场运动，就像一个普遍的观念，它的含义早就构想好了，人们需要的只是一个标语。布朗热将军就是民族主义的一个标语、一个词。普法战争失败，割地赔款，成为一代法国人的梦魇。历史学家加里格曾将其比作

"裸露的伤口"①。早期的象征主义者可以选择掩盖它,假装忘记它,可是一般的民众并不是这样。《黑猫》杂志就是一个很好的证据。它上面经常发表丑化德国人的画作,德国士兵被描绘得肥胖、愚蠢、残忍,这是民族的精神胜利法。宣扬法国士兵英勇的作品非常受欢迎,一部叫作《士兵之歌》的小说,在1889年之前,据加里格的统计,再版了129次,该作品还被大量捐赠给学校。一方面,人们期望出现一个强有力的政府,另一方面,法兰西第三共和国不但不符合这种期望,而且经常暴露各种丑闻。荣誉军团勋章丑闻,就是这一时期典型的激怒民意的导火索。民众对第三共和国的民主政体越来越失望,解散议会、建造有力政府,以便法国重新强大起来,成为很多人的心声。就在这种背景下,布朗热将军走进人们的视野。

布朗热将军作战勇敢,1871年被授予上校军衔,因为受伤,他没有直接参与巴黎公社的屠杀,这让他在文艺圈有不错的个人形象。1886年被任命为战争部长后,他进入内阁,开始了新的人生。他利用军队报刊,树立自己的名望,他也把自己打扮成一位善于体恤下情、对敌强硬的领导者,法国文人和民众们,在绝望之中开始了对他的幻想,围绕着布朗热将军,形成了一个近乎英雄崇拜的广大圈子。布朗热知道,要获得民众更大的支持,他就要成为现有政权的批评者。这让他和未来鲁维埃的政府关系紧张。1887年5月,鲁维埃组建新的政府,布朗热被抛弃了。这位将军决定反击,共和派政府成为他斗争的对象。加里格指出:"从此以后,通过直接号召人民,通过创造真正的布朗热主义运动,该将军期望恢复权力。作为共和国的殉道者,他被激进报刊描绘成机会主义者们的牺牲品,并成为反对朱尔·费里的象征,即是说成为反对机会主义者共和派的

① Jean Garrigues: *Le Boulangisme*, Presses Universitaires de France, 1992, p. 5.

象征。”①

共和派政府几乎所有的敌人，都开始接近布朗热将军，这些人中有左派的群众、布朗基主义者、波拿巴主义者，他们要么支持这位将军，要么提供政治资金。布朗热将军还控制了一个叫爱国者联盟的组织，该组织人数最多时达到20万人，是一个准军事组织。布朗热相信自己赢得了民心。1887年12月，随着格雷维总统的辞职，将军迈的步子更大了，他缔造了国家抗议者委员会，并决定通过议员选举来积累声誉，并最终入主凡尔赛。共和派在经历一阵手足无措之后，决定以危害国家安全的罪行传唤他。随着将军的外逃以及他与保皇党密会事件的曝光，如日中天的布朗热运动落入低谷。

虽然布朗热运动失败了，但是它对法国的影响是深远的。第一，卷入这个运动，并同情布朗热运动的象征主义者大有人在。魏尔伦原本是一位颓废者，正是布朗热运动唤起他的国家情感，使他决定放弃象征主义，倡导古典主义。从魏尔伦给朋友的信，以及他写的论诗来看，魏尔伦不再追求“被诅咒的”风格，不再强调“精美”“微妙”，明晰、精确成为他新的原则。另一位象征主义理论家威泽瓦也在稍后的几年中放弃了象征主义，虽然他解释他的诗学转变与法国传统诗歌有关，但是文化背后其实是民族主义政治思想的影响。第二，该运动直接导致了法国思想中民族主义的崛起。在巴黎公社大屠杀之后，法国盛行的是无政府主义，米歇尔就是推波助澜者。1880年，在蒙马特的一个会议上，米歇尔发出了这样的宣言：“我们回来了，我们独自向前走，因为我们知道打动我们的不是报仇，而是公正。我们没有个人的复仇，我们为我们的伙伴死去感到骄傲。”②这种话在当时非常有力量，也能够引起共鸣。布朗热运动发生之后，情况

① Jean Garrigues: *Le Boulangisme*, Presses Universitaires de France, 1992, p. 18.

② Louise Michel: *À Mes Frères*, éd., Éric Fournier, Libertalia, 2019, p. 55.

就有了极大的改变，整个社会的思想偏向了民族主义。颓废派的大本营《颓废者》杂志在 1888 年的第 25 期，居然刊发了布朗热的诗作，这对于宣传精英文学的刊物来说有点让人费解。在 1889 年，有人指出《颓废者》杂志已经成为布朗热主义的杂志，这让《颓废者》不得不公开做出澄清。《颓废者》是不是布朗热主义的杂志并不重要，在 1889 年，这个杂志确实开始关心起政治问题。这是一个重要的征兆，它说明文学家们已经无法像之前那样藏在象牙塔中了。

在这种背景下，象征主义者身上被掩盖的民族主义像冲出乌云的太阳，一下子发出火和热了，象征主义渐渐四分五裂，从它的母体内长出了新的生命：罗曼派。罗曼派是非常有意思的一个流派，它的成员要么是颓废主义者，要么是象征主义者，即都是文学先锋派，但是他们的口号却是古典主义。从文学主张上看，罗曼派就是象征主义内部的敌人，他们做出的是一种试图扭转文学无政府主义的救赎行为。但如果对象征主义进行心理分析，可以发现，罗曼派对民族主义的提倡，对逃避、反叛的抨击，实际上只是前期被压抑的意识的一次反抗罢了。也就是说，罗曼派是象征主义派的一种心理补偿。两者貌似敌对，但把它们统一起来，就能看到一个完整的 19 世纪末文化心理。

四、民族的文学

莫拉斯是一位布朗热主义者，他从他的朋友巴雷斯那里接受了该主义。巴雷斯是布朗热的得力助手，在布朗热自杀后，仍旧坚持下来。布朗热在民族主义上的一大作用是提出了“野蛮人”这个文化概念。布朗热利用古代高卢人对北方日耳曼“野蛮人”的排斥心理，将布朗热运动打造成了一个新的抵御外族入侵的运动。这种民族被迫害的隐喻，首先来自普鲁士人的入侵。普法战争原本并非普鲁士人单方挑起，志在必胜的拿破仑三世原本想同他的叔叔那样，进军柏林。但是色当的惨败，让被侵犯者成为新的入侵者。法国人心中有巨大的亡国之痛,这让"野蛮人"入侵的心理变得真实了。其次是议会政治。在巴雷斯看来,议会政治是实现普鲁士继续"压迫"法国的手段,因为在议会政治上,各种党派陷入纷争,国家无法形成统一力量,也就无法团结起来对付外患。巴雷斯曾借他小说中人物的嘴,说过这样的话:"受到德国强迫的内阁,无法一直违逆民意。如果它倒了,布朗热将军将重掌权力,他是国家安全所必需的。"①因而议会政治这个具有法国色彩的制度,在特定的形势下,同样成为"野蛮人"的工具而被否定。

巴雷斯想和古代的高卢人一样,反抗"野蛮人",实现国家的统一和富强。这种信仰感染了莫拉斯。莫拉斯和他的同龄人不同,他没有上过世俗学校,接受的是宗教学校的教育。他的生活环境,让他一开始偏好形而上学的沉思,对政治非常厌恶。像象征主义者一样,其实他对社会的冷漠是被遮掩的假象。他患有耳疾,不便与人交往。厌恶群体活动其实是主动保护自己的一种方式。但当他接触巴雷斯的思想后,被压抑的民族主义变得不可抑制了。他开始走上街头,进入人群。莫拉斯明白巴雷斯要做的是什么,这是在恢复法国人的集体力量,复活他们与过去的联系。他开始在报刊上发表政论文章,巴雷斯曾在书信中高兴地写道:"你理解我内心的思想,正是这一点而非您文学评判的善意更多地打动了我。"②

《蛮族艺术和罗曼艺术》在莫拉斯的思想发展中具有重要意义,莫拉斯将政治上的"野蛮人"运用到了文艺中。正常情况下,欧洲各国的文学、艺术、哲学都在相互影响,这种影响是有益的。拿浪漫主义文学来说,法国文学就从德国的哲学中获得了很多启发。但是莫拉斯把受迫害的心理带到了文化中,他称法国浪漫主义者向德国的借鉴,是"一个错误"。例如

① Maurice Barrès: *Maurice Barrès: romans et voyages, tome 1*, établie par Vital Rambaud, Robert Laffont, 1994, p. 785.

② Maurice Barrès & Charles Maurras: *La République ou le roi*, Plon, 1970, p. 18.

雨果,雨果向席勒学习“狂想曲”的形式,莫拉斯遗憾地表示这背离了“但丁和维庸表现出的优美的习惯”。[①] 莫拉斯并不是完全用本国的和北方国家的这个差别来评判文学,他的“野蛮人”文学有一定的系统性,虽然不一定完全合乎常理,但是也可以具有感染力。以古罗马文学以及它的继承者法国民族文学(例如普罗旺斯文学)为典范,他找到了民族文学的基本特征:匀称、平和。相对于此,北方文学则是混乱的、狂野的。后者首先表现在感受力上,北方文学带来过度的感受,“甚至让人恶心”,还附带着神秘性,但是“粗糙”。法国民族文学则平静、明晰,像一条“透明而和谐的优美水流”一样,静静地滋养着人的心灵。莫拉斯呼吁“明天的文学”应该摆脱野蛮人的精神。

法国象征主义是德国精神最新影响的思潮,它的理论内核主要来自瓦格纳主义、叔本华哲学以及斯威登堡的感应论,也就是说,在莫拉斯看来,法国象征主义就是北方“野蛮人”文学的最新代表。莫拉斯不会错过批评象征主义的机会。他瞧不起雷泰的《雾中的图勒》,认为这种诗像“一团团乌云”,是“古怪的原生动物”。[②] 他也不喜欢兰波,把他和“粗野者”“野蛮主义者”摆在一起。对于马拉美的信徒,其实就是年轻的象征主义者,如雷尼耶、卡恩等人,莫拉斯嘲笑他们受到了“愚弄”。如果沿着这条思路往下思考,那么法国文学的处境就非常可怕。它先是被宣扬个性与病态感受的浪漫主义破坏,然后又落入颓废主义、象征主义“沉重的套子”中。它的词汇被改造了,语法被破坏了(兰波的一大成绩就是打破语法),形式被抛弃了(自由诗就是代表)。法国人放弃了民族固有的天性和语言,丧失了与这片土地的联系。

莫拉斯的第一位重要的支持者,不是法国诗人,而是来自希腊的莫雷

① Charles Maurras: “Barbares et Romans”, *La Plume*, No. 52, 1891, p. 229.

② Charles Maurras: “Le Repentir de Pythéas”, *L'Ermitage*, Vol. 30, No. 1, 1892, p. 4.

亚斯。这一点让人意外，又在情理之中。莫雷亚斯受到希腊文化的熏陶，更容易接受莫拉斯倡导的"罗曼性"。莫雷亚斯是象征主义内部的第一位"背叛者"，他的这种做法在当时引起不少的非议，有人取笑莫雷亚斯是为了文学上的"垄断权"，所以每隔一年就创立一个新的流派。但是深层的原因在于，象征主义所代表的文学无政府主义无法满足莫雷亚斯全部的心理需要，它只迎合破坏的、新奇的冲动。就真正的文学美感而言，莫雷亚斯对古希腊、古罗马的文学之美无法真正割舍，就像法国人对七星诗社仍旧怀有乡愁一样。

1891 年 9 月(离《象征主义》一文发表正好五年)，莫雷亚斯发表了罗曼派成立的宣言。巴雷斯和莫拉斯掀起的民族主义浪潮，真正冲向了象征主义的海滩。莫雷亚斯亲口说象征主义为"无价值的东西"，而新的流派是出于对"古希腊-拉丁语言的爱"。当然，他也没有忘记法国人的民族情感，罗曼派尊重法国传统文学的"纯粹"，以免它受到"北方的阴郁的污染"。① 莫雷亚斯的罗曼派，最终成为古典主义的思潮。这种思潮要求系统性的复古：在措辞上，使用古希腊、古罗马和早期法国诗人的词汇，这些法国人包括 13 世纪的行吟诗人、拉辛和龙萨；在语法上，尊重传统语法的明白、自然，反对随意颠倒语序；在风格上，学习经典作家的作品，并掌握朴素、精确的文风；在形式上，重新重视押韵和音律。这种复古有一个更形象的称呼，即"回炉"。在文艺复兴时期，欧洲不少国家都出现过向古希腊经典回归的要求，罗曼派是现代主义时期向文艺复兴致敬的第一个流派。

雷诺是莫雷亚斯的一位追随者。在加入罗曼派之前，雷诺是《颓废者》杂志的撰稿人，这种身份让他和莫雷亚斯一样，成为"背叛者"。伏尔

① Anonyme："Une nouvelle école", *Le Figaro*, Vol. 256, No. 37, 1891, p. 1. 这篇文章引用了莫雷亚斯的原话。

泰咖啡馆给他们提供了活动的空间，雷诺至少在1891年就在这青烟袅袅的咖啡馆里了解过罗曼派的动机，并受到吸引。雷诺非常清楚韵律的复古意味着什么，虽然之前支持过颓废文学，但还是意识到形式的颓废，伤害的只是形式的美感，因为旧形式的精确是心血来潮的自由诗所无法相比的。当然，词汇本身也很重要："恢复法语最初的完整性，这是非常重要的。保卫我们的遗产，使它免受比利时、德国、鞑靼人以瓦格纳的名义发动的疯狂攻击，这是非常重要的。罗曼的思想因而主要源自民族精神的觉醒。"①

除雷诺之外，罗曼派的信奉者还有塔亚德、普莱西等人。虽然魏尔伦和威泽瓦没有加入他们，但是其思想倾向与他们的非常接近。魏尔伦也要求古典文艺的复兴，虽然他仍然在写颓废的诗作。这种倾向向外蔓延，终于在外省也得到了响应，这就是布埃利耶流派，该派推崇"对土地和传统的崇拜"，要求恢复法国文学的民族精神。

罗曼派及其后续的流派是否人数众多并不重要，它们代表了民族主义在象征主义者或者在年轻的文学家心中重新燃起。民族的文学和象征主义的先锋文学之间并不是你死我活的斗争，它们是人们心中原本就有的两种心理力量——自由与规则——的显现。这两种心理力量是统一在一起的，并成为一体，在巴黎公社之后，文学释放的主要是自由的力量。在布朗热运动后，规则的力量重新积蓄起来。从力量的性质来看，先锋文学是阳性的，民族的文学是阴性的，阴阳此消彼长，共生共存。其结果就是带来了一个驳杂的象征主义：它向前演进、发展，同时也包含否定它的思潮。

① Ernest Raynaud: "A Propos du «Premier Livre pastoral»", *Mercvre de France*, Vol. 25, No. 6, 1892, p. 199.

参考文献

一、中文文献

[1] 坂卷康司.象徵主義と風景[M].東京:水声社,2018.

[2] 波德莱尔.恶之花　巴黎的忧郁[M].钱春绮,译.北京:人民文学出版社,1991.

[3] 程颢,程颐.二程集[M].北京:中华书局,2004.

[4] 萩原朔太郎.萩原朔太郎全集[M].第6卷.東京:筑摩書房,1975.

[5] 傅浩.西方文论关键词:自由诗[J].外国文学,2010(4).

[6] 郭淳.瓦格纳"整体艺术品"的社会隐喻与美学内涵[J].中央音乐学院学报,2023(1).

[7] 蒋承勇.从"镜"到"灯"到"屏":颠覆抑或融合?[J].浙江社会科学,2020(2).

[8] 蒋承勇.十九世纪现实主义"写实"传统及其当代价值[J].中国社会科学,2019(2).

[9] 李国辉.象征主义在中国本土化的历程和策略[J].法国研究,2020(4).
[10] 李国辉.19世纪西方文学思潮研究·第五卷·象征主义[M].北京:北京大学出版社,2022.
[11] 李建英."通灵人""另一个""现代性":兼谈兰波诗学几个术语的汉译[J].台州学院学报,2021(5).
[12] 李建英.以诗歌"改变生活":博纳富瓦论兰波[J].外国文学评论,2015(3).
[13] 李建英."我是另一个":论兰波的通灵说[J].外国文学评论,2013(1).
[14] 刘波.波德莱尔:从城市经验到诗歌经验[M].北京:北京大学出版社,2016.
[15] 乔治·卢卡契.卢卡契文学论文集[M].第1册.高中甫,译.北京:中国社会科学出版社,1980.
[16] 覃子豪.论现代诗[M].台中:曾文出版社,1982.
[17] 阮元校刻.十三经注疏[M].北京:中华书局,1980.
[18] 罗杰·斯克鲁顿.性欲:哲学研究[M].朱云,译.南京:南京大学出版社,2016.
[19] 让-吕克·斯坦梅茨.兰波传[M].袁俊生,译.上海:上海人民出版社,2008.
[20] 唐湜.新意度集[M].北京:生活·读书·新知三联书店,1990.
[21] 外山正一,矢田部良吉,井上哲次郎.新體詩抄[M].東京:丸屋善七,1882.
[22] 于斯曼.逆流[M].余中先,译.上海:上海译文出版社,2015.
[23] 朱熹.朱熹文集编年评注[M].第5册.福州:福建人民出版社,2019.

[24] 张隆溪.略论“讽寓”和“比兴”[J].文艺理论研究,2021(1).

二、外文文献

[1] ADAM, PAUL. M. Paul Adam[M]// Ed. Jules Huret. Enquête sur l'évolution littéraire. Paris: José Corti, 1999.

[2] ANONYME. Richard Wagner et Victor Hugo[J]. Revue wagnérienne, 1885(5):129-131.

[3] AQUINAS, THOMAS. Summa Theologiae, volume 13 [M]. Lander: The Aquinas Institute for the Study of Sacred Doctrine, 2012.

[4] AUGUSTINI, SANCTI AURELII. De Natura Boni contra Manichæos [M]// In Sancti Aurelii Augustini, Opera Omnia, tomus octavus. Parisiis: Venit apud editorem in vico dicto Montrouge, 1841.

[5] BALAKIAN, ANNA. The Symbolist Movement [M]. New York: Random House, 1967.

[6] BALZAC, HONORÉDE. La Peau de chagrin[M]. Paris: Charpentier, Libraire-Éditeur, 1845.

[7] BARRE, ANDRÉ. Le Symbolisme[M]. New York: Burt Franklin, 1968.

[8] BARRÈS, MAURICE. Scènes & doctrines du nationalisme[M]. Paris: Félix Juven, 1902.

[9] BAUDELAIRE, CHARLES. Œuvres Complètes, tome 3 [M]. Paris: Le Club français du livre, 1966.

[10] BEASANT, ANNIE. Esoteric Christianity or the Lesser Mysteries [M]. New York: The Bodley Head, 1902.

[11] BLAVATSKY, H. P. The Voice of the Silence[M]. Madras: The Theosophical Publishing House, 1970.

[12] BOETHIUS, ANICIUS MANLIUS SEVERINUS. Theological Tractates, Consolation of Philosophy[M]. Cambridge: Harvard University Press, 1973.

[13] BOURDE, PAUL. Les Poètes décadents[J]. Le Temps, 1885 (8863):3.

[14] BRUNETIÈRE, FERDINAND. L'Évolution de la poésie lyrique en france au dix-neuvième siècle[M]. Paris: Librairie Hachette, 1922.

[15] BUISINE, ALAIN. Verlaine, Histoire d'un corps[M]. Paris: Tallandier, 1995.

[16] CATULLUS. Catullus: The Poems. Edited by Kenneth Quinn [M]. London: Macmillan, 1973.

[17] CATULLUS. Les Lauriers sont coupés suivi de Le Monologue intérieur[M]. Roma: Bulzoni Editore, 1977.

[18] CATULLUS. Mallarmé par un des siens[M]. Paris: Messein, 1936.

[19] CÈRE, EMILE. Le Bréviaire du Bouddhiste[J]. Entretiens politiques & littéraires, 1893,50(7): 218-240.

[20] CORNELL, Kenneth. The Symbolist Movement[M]. Hamden, Connecticut: Archon Books, 1970.

[21] DEMETRIUS. Demetrius on Style[M]. Trans. T. A. Moxon. London: Everyman's Library, 1941.

[22] DONNAY, MAURICE. Autour du Chat Noir [M]. Paris: Bernard Grasset, 1926.

[23] DUJARDIN, ÉDOUARD. A La Gloire d'Antonia[J]. La Vogue, 1886,3(2): 81-96.

[24] DUJARDIN, ÉDOUARD. Mallarmé par un des siens[M]. Paris: Messein, 1936.

[25] ECKHART, MEISTER. Eeister Eckhart: A Modern Translation. Trans. Raymond Bernard Blakney [M]. New York: Harper Torchbooks, 1941.

[26] GAUTIER, THÉOPHILE. Le Club des hachichins[J]. La Revue des deux mondes, 1846(13): 520-535.

[27] GHIL, RENÉ. Traité du verbe[M]. Paris: Éditions A.-G. Nizet, 1978.

[28] GHIL, RENÉ. De la poésie scientifique[M]. North Charleston: Createspace, 2015.

[29] GILSON, ÉTIENNE. History of Christian Philosophy in the Middle Ages [M]. Washington: The Catholic University of America Press, 2019.

[30] GOURMONT, RÉMY DE. L'Idéalisme[J]. Entretiens politiques & littéraires, 1892,25(4): 145-148.

[31] GOUDEAU, EMILE. Dix Ans de bohème[M]. Paris: Librairie Henry du Parc, 1888.

[32] GRAVE, JEAN. La Société mourante et l'anarchie[M]. Paris: Tresse & Stock, 1893.

[33] GOUDEAU, ÉMILE. Chansons de Paris et d'ailleurs[M], Paris: Bibliothèque-Charpentier, 1896.

[34] HENNEQUIN, ÉMILE. J. K. Hÿsmans[J]. La Revue Inndépendante, 1884(1):199-216.

[35] KAHN, GUSTAVE. Le Vers libre[J]. L'Art modern, 1891,11(7): 51-55.

[36] LAFORGUE, JULES. Oeuvres Complètes de Jules Laforgue, Tome IV[M]. Paris: Mercvre de France, 1925.

[37] LAFORGUE, JULES. Mélanges posthumes[M]. Paris: Mercvre de France, 1923.

[38] LAKOFF, GEORGE, MARK JOHNSON. Metaphors we Live By [M]. Chicago: The University of Chicago Press, 2003.

[39] JULES, LEMAÎTRE. M. Paul Verlaine et les poètes "symbolistes" & "décadents"[J]. Revue Bleue, 1888(25): 2-14.

[40] LEVIN,MIRIAM R. Republican Art and Ideology in Late Nineteenth-Century France[M]. Ann Arbor: UMI Research Press, 1986.

[41] LISLE, LECONTE DE. Œuvres de Leconte de Lisle[M]. Paris: Alphonse Lemerre, 1942.

[42] LISLE, LECONTE DE. Notes d'esthétique[J]. La Revue blanche 1896,84(2): 481-488.

[43] MALLARMÉ, STÉPHANE. Correspondance complète: 1862-1871[M]. Paris: Gallimard, 1995.

[44] MALLARMÉ, STÉPHANE. Œuvres complètes[M]. Paris: Gallimard, 1945.

[45] MARKS, LAWRENCE E. Synaestheisa: Perception and Metaphor [M]// Aesthetic Illusion: Theoretical and Historical Approaches. Ed. Frederick Burwick and Walter Pape. Berlin: Walter de Gruyter, 1990.

[46] MENDÈS, CATULLE. Le Mouvement poétique francais: de 1867 à 1900[M]. New York: Burt Franklin, 1971.

[47] MICHEL, LOUISE. Lettres à Victor Hugo: 1850-1879 [M]. Paris: Mercure de France, 2005.

[48] MICHEL, LOUISE. Le Symbole[M]. Le Scapin, 1886(5): 156-157.

[49] MOCKEL, ALBERT. Esthétique du symbolisme[M]. Bruxelles: Palais des académies, 1962.

[50] MORÉAS, JEAN. L'École romane[J]. Le Figaro, 1891, 266(37): 1-2.

[51] MORICE, CHARLES. La Littérature de tout *à* l'heure[M]. Paris: Librairies Éditeurs, 1889.

[52] NIETZSCHE, FRIEDRICH. Human, All Too Human. Translated by R. J. Hollingdale[M]. Cambridge: Cambridge University Press, 1996.

[53] NOVALIS. Philosophical Writings. Translated by M. M. Stoljar [M]. Albany: State University of New York Press, 1997.

[54] OBERTHÜR, MARIEL. Ombre et lumière au théâtre de séraphin au Chat Noir[M]. Genève: Slatkine, 2020.

[55] PROUST, MARCEL. Contre l'Obscurité[J]. La Revue blanche, 1896(11): 69-72.

[56] ROUSSEAU, JEAN-JACQUES. Émile ou De l'éducation[M]. Paris: Gallimard, 1960.

[57] RALL, GEORGES. Ombres Chinoises: Narcisse[J]. La Nouvelle Rive gauche, 1883(52): 3-5.

[58] RECLUS, ELISÉE. L'Anarchie[M]. Paris: Temps Nouveaux, 1896.

[59] RETTÉ, ADOLPHE. Chroniques: les poésies[J]. L'Ermitage, 1892(5): 404-410.

[60] RETTÉ, ADOLPHE. Du Haschich[J]. La Wallonie, 1890(8):

283-288.

[61] RETTÉ, ADOLPHE. Thulé-des-brumes[J]. La Wallonie, 1890(8): 262-265.

[62] RIMBAUD, ARTHUR. Œuvres complètes[M]. Ed. Antoine Adam. Paris: Gallimard, 1972.

[63] SAINT-ANTOINE. Qu'est-ce que le symbolisme? [J]. L'Ermitage, 1894,6(5): 332-337.

[64] SCHOPENHAUER, ARTHUR. On the Suffering of the World[M]. London: Penguin Books, 1970.

[65] STORER, EDWARD. Classicism and Modern Modes[J]. Academy and Literature,1913(85): 293-294.

[66] SYMONS, ARTHUR. The Symbolist Movement in Literature[M]. London: Archibald Constable & Co. Ltd. , 1908.

[67] THIBAUDET, ALBERT. Intérieurs[M]. Paris: Librairie Plon, 1924.

[68] TAILHADE, LAURENT. Quelques Fantômes de jadis[M]. Paris: Société des trente, 1913.

[69] TRÉZENIK, LÉO. Paul Verlaine[J]. La Nouvelle Rive gauche, 1883(54): 4.

[70] TÜRCKE, CHRISTOPH. Philosophy of Dreams[M]. Trans. Susan H. Gillespie, New Haven: Yale University Press, 2013.

[71] VERGALO, N. A. DE. La Poëtique nouvelle[M]. Paris: Alphonse Lemerre, 1880.

[72] VERLAINE, PAUL. Correspondance de Paul Verlaine, tome 2[M]. Paris: Albert Messein, 1923.

[73] VERLAINE, PAUL. Œuvres complètes de Paul Verlaine, tome 2[M]. Paris: Albert Messein, 1926.

[74] VERLAINE, PAUL. Œvres completes de Paul Verlaine, tome 4 [M]. Paris: Albert Messein, 1926.

[75] VERLAINE, PAUL. Œuvres poétiques complètes [M]. Paris: Gallimard, 1962.

[76] WAGNER, RICHARD. Quatre Poèmes d'opéras [M]. Paris: Librairie Nouvelle, 1861.

[77] WILSON, EDMUND. Axel's Castle [M]. New York: Farrar, Straus and Giroux, 2004.

[78] WORRINGER, WILHELM. Abstraction and Empathy [M]. Trans. Michael Bullock. Chicago: Ivan R. Dee, 1997.

[79] WYZEWA, TÉODOR DE. Nos maîtres[M]. Paris: Perrin et Cie, 1895.

[80] WYZEWA, TÉODOR DE. Notes sur la littérature wagnérienne [J]. Revue wagnérienne, 1886,5(2): 150-171.

[81] WYZEWA, TÉODOR DE. Peinture Wagnérienne [J]. Revue wagnérienne, 1885,5(1): 154-156.